우물의 난간

# 우물의 난간

민금애 역사장편소설

도화

# 우물의 난간

초판 1쇄인쇄  2022년 11월 25일
초판 1쇄발행  2022년 11월 28일

저  자  민금애
발행인  박지연
발행처  도서출판 도화
등  록  2013년 11월 19일 제2013-000124호
주  소  서울시 송파구 중대로34길 9-3
전  화  02) 3012-1030
팩  스  02) 3012-1031
전자우편  dohwa1030@daum.net
인  쇄  유진보라

ISBN ┃ 979-11-90526-89-0 *03810
정가  13,000원

도화道化, fool는
고정적인 질서에 대한 익살맞은 비판자,
고정화된 사고의 틀을 해체한다는 뜻입니다.

# 차 례

누가 뭐래도 나는 참 행복한 사람이다.
하고 싶은 일을 하면서 사는 것만큼 행복한 삶.
어제까지는 정말 치열하게 살았다.

누구도 고칠 수 없는 기저질환.
요즘 나이가 기저질환이라는 것을 실감한다.
조용한 전원생활은 아닐지라도 나만의 공간에서 독서하고
글쓰는 일을 계속한다. 신의 축복이라 생각한다.

어느 선배님이 말했다. 소설가는 거짓말쟁이라고.
나름의 철학을 즐기시던 분이다.
제 글을 읽어보시고 보내주신 최고의 찬사다.
그 말씀이 용기가 되었다.

현시대의 이야기는 쓰고 싶지 않고

자신의 이야기도 아직 이르다는 생각이 든다.

그래서 아직은 주변의 이야기만 쓰고 있다.

그리고 아직도 많은 주변의 이야기.

그들의 이야기를 얼른 내보내고 싶은 간절함 때문에 조금은

초조하다.

우물의 난간

# 1

"가만있어."

연하의 명령에 송이의 요란한 몸놀림이 순간 멈춘 듯하지만, 바람 없는 날의 파도 같은 미미한 흔들림은 여전하다. 어쩔 수 없는 본능은 마음먹기로 어찌 되는 것이 아니었다. 어떤 사람도 결코 조절할 수 없는 몸의 노래다.

혼자는 절대 벌어질 줄 모르는 꽃이다. 닭 볏을 연상하는 탐스러운 붉은 맨드라미 모양이다. 봉곳한 잔등에 선홍빛 꽃망울은 입을 굳게 다물고 연하를 맞이했다. 그러기를 조금 지나면 연하의 손놀림으로 금방 잡은 홍합이 잠시 넋을 빼고 벌어진 모양으로 변했다. 신기한 변화다. 홍합의 속 살이 계속 꿈틀꿈틀한다. 연하의 아랫도리도 덩달아 꿈틀거렸다.

천민들 사이에서 은밀하게 떠돌아다니는 음서淫書를 읽은 연하는 오직 누군가의 입술에서만 벌어지는 꽃이란 말의 뜻을 처음에는 알지 못했다. 그러나 송이를 접하고 비로소 뜻을 알았다. 머릿속에 음서가 한 장씩 열리기 시작했다. 아찔한 기분이다.

　　중놈도 사람인 양 자고 가니 그립다고
　　중의 송락(松絡) 내가 베고 내 족두리(簇頭里) 중놈 베고
　　중의 장삼(長衫) 내가 덮고 내 치마 중놈 덮고 자다가 깨달
　　으니
　　둘의 사랑이 송락으로 하나 족두리로 하나
　　이튿날 하던 일 생각하니 흥글항글 하여라.
　　　　　　　　　　　　　　　　　　　〈작자 미상〉

주막에서 들은 풍월이다. 천민들의 입에서 오래전부터 주저리주저리 흘러나온 알 듯 말 듯 한 가사다. 절묘한 69 표현이다. 중과 여인이 운우지정을 나눈 이야기다. 여염집 아낙이 주색에 빠져 돌보지 않는 남편에 대한 반발로, 시주 차 집에 온 돌중을 호려 질펀하게 정사를 나누고 자랑스럽게 읊은 넋두리다. 연하는 조용히 웃었다. 연하는 중이 되어 송이를 더듬었다. 혀를 송이의 꽃에 댔다.

고高. 송이의 꽃은 뒤쪽보다 배꼽 쪽에 더 가까이 있다. 엎드

린 상태에서 안성맞춤의 장소다. 콧속으로 알 수 없는 향이 스며들었다. 송이는 특유한 향을 언제나 사용했다. 애초 송이를 만난 곳이 유곽인 만큼 새삼스러운 일이 아니다. 이상한 흥분을 일으킨다. 가만히 있던 송이의 몸이 일순 출렁거렸다. 이것이었구나.

비肥. 꽃이 여느 여자들보다 탐스럽다. 볼록하게 위로 솟아올랐다. 혀끝에서 꿈틀거리는 꽃은 아직 봉오리 상태다. 혀끝으로 조용히 주위를 핥았다. 작은 연못 안의 조각배 한 척이 자리를 잡은 모습이다. 연못을 혀끝으로 더듬었다. 연하의 침과 더불어 송이도 액을 분출했다. 연못 안 조각배가 출렁거렸다.

수水. 조금 벌어진 꽃에서 흘러나온 수액으로 주변은 흥건히 젖는다. 연하는 자꾸 흐릿해졌다. 연하는 입으로 수액을 핥았다. 약간의 찐득거림은 있는데 향내에 묻혀서인지 다른 냄새는 없다. 분명 요에도 흔적이 있어야 하는데 주변에 얼룩이 없는 것이 너무 신기한 일이다.

모毛. 연못을 싸고 촘촘히 박힌 검은 숲은 물이끼 가득한 폭포를 연상하게 한다. 가운데 빨간 꽃은 유난히 핏빛이다. 손가락으로 꽃 속을 더듬으니 너무나 뜨거워 데일 것 같다. 어딘들 이런 꽃을 몸에 붙이고 다닌 자가 있으랴. 그는 송이의 백옥같은 몸을 눈으로 음미하고 혀로 더듬었다. 발가락을 손으로 만지고 발바닥을 간지럽히니 송이의 몸이 질풍노도로 변했다. 잠시 동작을 멈추니 놀란 사슴처럼 파들거린다. 까닭 모를 희열이 전신을 노곤하게 한다. 향내가 진동한다. 자신을 맞기 위한 송이의 노력이다. 약간 헤벌리듯 양쪽으로 솟은 유두. 그리고 터질 것 같은 팽팽한 가슴. 한 움큼이 넉넉한 두 개의 봉오리가 탱글탱글하다. 목덜미에서부터 아래로 미끄러지는 아름다운 곡선. 아이를 낳은 적이 없는 여자의 몸은 탱탱한 뱃살이 말해준다. 언제 보아도 흠 없이 아름다운 송이다. 정말 아름답다고 연하는 생각했다. 수줍은 듯 안쪽으로 숨어있는 배꼽. 그곳에서 반짝거리는 장식은 그녀를 처음 유곽에 선보일 때 만든 주모의 선물이란다. 배꼽 아래 올라붙은 보송보송한 체모가 감싸고 있는 꽃은 여전히 고집스럽게 서로를 부둥켜안고 있다. 또 체모 속에 숨어있는 콩알만 한 점. 마치 금방 잡아 올린 꼬막처럼 꽉 아물고 있는 봉오리. 연하는 다시 혀끝으로 꽃봉오리를 간지럽혔다. 꼬막이 입을 벌리듯 조심스럽게 꽃이 웃었다. 입을 벌린 꼬막이 속살을 내놓고 날름거리듯이 꽃이 움직인다. 혀로 조심스럽게 꽃 안을 더듬고 꽃 등을 핥았다. 아무리 살 속이라지만 너무 뜨거워 혀가 후끈하다. 꽃은 조금씩 더 피어나기 시작했다. 주변의 검은 숲은 훌륭한 꽃받침이다. 벌어진 꼬막 안에서 붉은 살이 계속 날름거린다. 꽃은 마지막 피기를 수줍어하면서도 서둘러 개화했다. 다시 손가락을 펴서 꽃 속으로 넣었다. 뜨거운 속살이 일정한 간격으로 손가락을 물어준다. 자디잔 포도송이들이 손가락에 잡힐 듯 말 듯 했다. 깊숙이 혀를 넣으니 혀가 잘릴 것 같다. 연하는 동작을 멈추지 않았다. 주변이 젖다 못해 질퍽거린다. 연하는 혀로 액을 핥았다. 송이는 모든 것을 연하에게 맡기고 가만히 흐느꼈다. 아름다운 곡선을 따라 연하의 혀는 겁 없이 종횡무진으로 활동했다. 머릿속에 음서는 아직 몇 장 남아있다. 엉덩이, 허벅지, 귓불, 목, 손, 어깨 등. 능선을 따라 연하의 혀는 마구 달리기 시작했다. 단말마적 신음이 송이에서 흘러나왔다. 송이의 꽃 깊숙이 혀를 들이밀었다. 꽃송이가 뿜은 수액은 천정까지 솟았다가 수줍은 골을 타고 바닥을 적신다. 만개한 꽃은 그대로 살아 움직이는 꼬막이다. 꼬막 안에서 핏빛 살이 나오듯이 꽃이 출렁거린다. 꽃이 입안 가득히 들어왔다. 역시 향긋한 냄새다. 연하는 더는 자신을 주체하지 못하고 어렵지 않게 송이버섯을 꽃 가까이 댔다. 그리고 격렬하게 꽃에 담갔다. 송이의 샘은 주저 없이 뜨거운 물이 계속 솟구친다. 새삼 느끼지만, 안이 너무 뜨겁다. 데일까 잠시 염려스럽다. 송이의 흐느낌은 작은 노래가 되어 전신을 휘감았다.

연하는 한 손으로 더듬더듬 머리맡에 놓인 보자기를 풀었다. 그리고 작은 항아리 안에 손을 넣었다. 미지근한 물이다. 손가락에 보드라운 것이 느껴진다. 아마 그것은 조금 모양을 바꾸고 있을 것이다. 미묘한 웃음이 연하의 얼굴에 퍼졌다. 전신이 나른해지며 호흡이 가빠오자 연하는 잠시 행동을 멈추었다. 송이의 꽃 속에 숨어 요란히 트림하는 또 하나의 자신을 보았다. 손에 느껴지는 감촉에 신경이 곤두선다.

항아리 안에는 버려두면 마음껏 늘어졌다가도 만지면 돌덩이처럼 딱딱해지고 콩알만큼 작아지는 것이 들어있다. 천천히 자신의 모양을 바꾸면서 움직이는 생물이다.

거머리. 일단 붙으면 절대 혼자 떨어지지 않는 집요함을 가진 생물이다. 때로 작은 동그라미가 되기도 하지만 길게 늘어지면 꽤 길다. 돋보기로 자세히 살펴보면 날카로운 이빨도 보였다. 모양은 끝이 갈라진 나뭇가지 같다. 아마 그것으로 숙주의 몸에 상처를 내는 것 같다. 거머리의 침에는 상처 주변을 얼얼하게 하고, 핏줄을 확장하고, 피가 굳는 것을 방해하는 성분이 있는 듯하다. 거머리가 숙주의 몸에 붙어 있는 한 그 부분의 피는 굳지 않는다. 피가 굳지 않는 성분을 토하는 아주 작은 생물. 그것이 지금 연하의 손가락에서 놀고 있다. 느낌은 징그럽지만 만질수록 딱딱해지는 생물이다. 남자의 그것처럼. 손등에 올려놓았다. 분명히 상처난 손등에서는 피가 나오는데 통증은 없다. 회심의 미소가 연하 얼굴에 퍼진다. 연하는 손으로 거머리를 꺼내 송이의 관자놀이에 얹어 놓았다. 잠시 죽은 듯 멈추다가 거머리가 서서히 움직였고 조금 지나 관자놀이에서 가늘게 피가 보이기 시작했다. 한바탕 소용돌이를 일으킨 송이는 죽은 듯 움직이지 않는다.


서 의원의 지시는 냉혹했다. 정신 놓고 뻗은 사내는 계속 열을 뿜어댄다. 몸의 열을 우선 내려야 한다며 사내의 옷을 전부 벗기라는 명령을 어길 수가 없다. 주섬주섬 더듬거리며 만정은 서 의원의 지시를 따랐다. 전체적으로 균형 잡힌 몸매. 이것은 조상의 은덕임이 명백하다.

얼굴 중앙에 잘 다듬어진 코. 눈은 감고 있으니 큰지 작은지 오리무중이다. 숱이 유난히 많은 눈썹도 신기하다. 두툼한 입술에 귀밑에서부터 네모 얼굴에 골고루 퍼진 많이 자란 산적 수염. 아무렇게 풀어헤친 곱슬머리까지. 거인이 연상되는 몸매다. 다리 하나가 어지간한 나무의 몸통만 하다. 언뜻 손에 느껴지는 단단해 보이는 근육이 무언가 포만감을 준다. 짜릿하게 알 수 없는 뜨거움이 전신에 골고루 퍼진다. 몸 전체에 드문드문 골고루 퍼진 체모도 곱슬이다. 겨드랑, 가슴, 팔, 손등, 다리도 송골송골하다. 그리고 만정을 더 설레게 하는 것은 양물陽物을 숨겨놓은 곳의 무성함이다. 험한 일 전혀 하지 않은 것 같은 손등의 섬세함도 신기하다. 열 손가락 열 발가락까지 전부 털을 키우고 있다. 유두 주변의 앙증맞은 털 몇 가닥도 신기하다. 배꼽에서부터 거슬러 오르는 가슴팍도 여전히 상당량의 털을 보듬고 있다. 보송보송한 팔다리의 털을 뽑아보고 싶은 충동에 만정은 움찔거렸다. 유난히 숱이 많은 특정 부분의 무성함은 전신을 짜릿하게 한다. 이리저리 사내 몸을 움직이며 관찰하니 양물 아래서 뒤로 이르는 골짜기도 신기하기 그지없다. 오밀조밀한 모양새에 거뭇거뭇한 털이 이끼처럼 붙어 있다. 만정은 가슴 떨며 사내 몸을 관찰했다. 처

우물의 난간

음 있는 일이다. 울컥하며 뜨거운 것이 자꾸 가슴 아래서부터 치밀어 올랐다. 이유를 알 수 없는 전율이다. 얼굴이 화끈거렸다.

"사내 몸을 처음 보냐? 어서 물수건으로 몸을 닦아라."

버럭 소리 지르는 서 의원이 아니었으면 만정은 정신없이 사내의 몸만 훑어보고 있었을 것이다. 그렇게 사내는 만정의 정신을 마음대로 휘저었다. 그런 만정을 서 의원이 차갑게 꾸짖는다. 그렇겠지. 네 녀석과 다른 몸이니 설레는 게 당연하지. 서 의원의 꾸짖음에는 가여움과 장난기가 서로 공존하고 있다. 그는 인간의 어쩔 수 없는 인연의 시작을 본 것이다. 저렇게 볼품없기도 힘들지. 만정을 향한 서 의원의 마음이다. 서 의원은 문득 얼마 전에 본 벽보가 생각났다. 그 사내구나. 삼별초. 역적 홍다구에 의해 진도에서 참형을 당했다는 비운의 왕족. 일부는 찢어져 잘 알아볼 수 없지만, 서 의원의 날카로운 눈매가 온을 알아본 것이다.

왕손이라는 것은 어떤 경우에도 화목할 수 없는 혈연관계지만 서로를 죽이는 일은 삼가야 하는데, 본인들의 생각과는 항상 반대로 그런 일이 비일비재한 세상이 지금의 현실이다. 어지러운 세상에 추종자를 잘못 만나, 억울한 죽임을 당한 왕손이 얼마나 많은가? 살리고자 하는 자와 죽여야 한다는 사람 중 누구를 먼저 만나는 가에 따라 생사가 바뀌는 난세. 풍문에 의하면 온의 동생(영녕공永寧公)이 아들에게 절대 죽지 말라 은밀히 명했다는

17

데, 부모의 감정싸움에 홍다구가 개인적인 반감으로 죽였다는 말도 있다. 주막의 의원이란 것은 각지에서 몰려드는 상인들에 의해 정사든 야사든 제일 먼저 접하는 곳이다. 태조 왕건의 남발한 혼인 정책으로 강인하지 못한 후손들이 양산된 시대다. 죽지 않아 다행이다는 안도 다음에 온의 비참한 몰골을 대하니 새삼 감회가 새롭다. 왕족! 서 의원의 입가에 비웃음이 지나간다. 서 의원. 그도 왕씨 성을 한때는 갖고 있었다. 그런데 어느 날부터 그 성을 사용하지 말라는 종친의 명령이 떨어졌다. 흔하면 천해지기 십상이니 더 추락하기 전에, 버릴 수 있으면 미련 없이 버리고 사는 것이 현명한 처사라고 윽박지른 집안 어른의 추상같은 명령에, 감히 불평 한마디 내놓지 못하고 따랐다. 날벼락이었지만 어린 그에게 하늘의 명령으로 다가왔다. 그래서 부모를 버리고 떠돌이 생활을 하면서 여기저기서 익힌 것이 의술이다. 어디를 가든 입 하나는 건사할 줄 아는 것이 의술임을 어려서 집에 드나든 의원을 보고 체득했고 실지로 아픈 사람을 고치면서 나름의 보람도 느꼈다. 마음속에는 세상에 대해 증오 한 덩어리를 키우면서도. 서글픈 체념은 그를 괴팍하게 만들었지만.

이런 몸을 가진 사람도 아플 줄 아는구나. 연거푸 찬 수건을 갈아가며 몸을 닦으니 창백한 얼굴에 화색이 돌았다. 만정은 사내에게 옷을 입혔다. 차라리 모른 체할 것을 하는 후회가 꾸물거린다. 심부름하고 오는 길에 발에 걸린 남자다. 덩치가 커서 질질 끌다시피 하여 겨우 도착한 주막에 남자를 옮겨놓고, 방 한 칸을 얻어 사람들을 치료하는 서 의원을 불렀다. 행색은 꾀죄죄하지만, 의술이 뛰어나 인근 마을까지 명성을 떨친 사람이다. 약초를 구한다고 산을 헤매다 가끔 요窯에 들려 아버지 연하와 주안상을 마주한 사람이기도 하다. 어려서부터 만정을 보아온 사람이다. 그래서 만정은 서 의원이 참 어렵다.

누구인지 무엇을 하는 사람인지 전혀 알지 못한 사람. 열은 내렸지만, 여전히 정신 놓고 있는 사람, 모르는 사람이라고 이제 와서 도망칠 수도 없는 암담한 상황이다. 이런 만정의 마음을 무시하고 서 의원은 계속 소리만 지르면서 무엇인가를 지시했다.

어렵소. 화색이 도니 무슨 망발인지? 칠팔월 개불알처럼 늘어진 부분이 꿈틀거리더니 불쑥 솟아올랐다. 그러더니 고개를 빳빳이 든다. 끝부분이 마치 산소 찾아 내미는 물고기의 입 같다. 얼굴이 화끈 달아올랐다. 가슴도 콩닥거렸다. 살아가기 위해 시작한 남장이다. 손등을 일부러 바위에 갉아 다치니 흉물스럽기 그지없다. 아프지만 선택의 여지가 없는 상황이었다. 여자이지만 아비의 체격을 닮아 우락부락한 것이 크게 도움이 되었다. 또 장대한 골격도 만정이 남자 행세하는데 일말의 의심도 만들지 않았다. 천한 사람들에게 거대한 체격은 천만번 다행한 일이다. 하늘이 자신에게 준 마지막 축복이라 생각했다. 어디를 뜯어봐도 곱상한 부분이 없는 자신에게 준 최고의 축복이라 생각했다. 부모가 내린 가슴 아픈 권고였다. 하고 싶은 대로 살아라. 예쁘지 못한 천민의 여자는 갈 곳이 없느니라. 재수 없어 공녀로 끌려가 평생 남자 근처 얼씬 못할 바엔 차라리 남자로 사는 게 더 자유스럽지 않겠나 하는 것이 연하의 허락이고 배려다. 반반하면 양반의 첩실이라도 되지만 어찌 그리 생겼느냐고 눈물 훔치시던 아버지다. 기왕에 여자로 대접받지 못할 바엔 마음대로 살기를 허락한 아버지다. 그래서 행색은 남자지만 내용은 별수 없는 여자인 만정이다. 그렇게 어릴 때부터 시작한 남장에 누구도 만정을 의심하지 않았다.

산허리 자른 곳은 상당히 높다. 만산홍엽을 꿈꾸는 녹음방초다. 오솔길의 동물 우는 소리는 적막한 자연의 한숨이다. 하늘은 복 없는 자를 내지 않으며, 땅도 이름 없는 풀을 기르지 않는다는 말이 생각난다. 산 사람들은 산의 정기를 마시고 이름 숨긴 풀들은 온갖 호사 누리고 행인들을 보고 웃는다. 새들은 제 이름 부르며 울고 꽃도 제 모양을 이름이라 짓고 열심히 사는 곳이 야산이다. 여름 산이 파란 이빨 드러내놓고 사람들을 기다린다. 산꼭대기는 벌써 가을 냄새 풍기니 세월이 무심하다. 세월의 야속함을 누가 탓하랴마는. 여기저기 피면서 지기 시작하는 야생화가 보인다. 고산에서 오히려 요염한 민들레, 토끼풀, 보라색과 자주색을 섞은 듯한 방울꽃이 서로 잘났다고 으스대며 키재기에 열중이다. 모내기 끝난 논은 산 그림자 품으며 가을을 약속하지만, 갈라진 산속에서, 사람들에 의해 몸통 드러난 바위들의 원성 또한 끝이 없다. 그대로 땅속에 묻혀 살기를 바란 듯하다. 몸통이 드러난 순간부터 동물들에게 밟히면서 마모되는 게 싫은 듯. 누군들 밟히기를 원하는 것은 없을 것이다. 지척의 산봉우리들이 손짓하지만 갈 길 바쁜 사람들은 앞만 보고 걷는다. 지는 해가 가여워 잠시 우울했지만 내일 다시 보자고 웃었다,

산허리에 잠깐 허리 누인 해가 만정을 보고 눈웃음치니, 웃는 얼굴에 어찌 침 뱉으랴 하면서 만정도 미소 지었다. 밤이면 산짐승도 잠을 자는지 고요하다. 멀리 풀벌레 짝짓는 소리가 아련히 들린다. 사람들은 왜 저 소리를 울음이라 하는지? 울음이 아니라 상대가 측은지심으로 저절로 찾아오게 일부러 처량한 소리를 낸다는데. 분별없는 유혹의 소리라는데. 가만히 들어보면 모든 소리가 따로따로다. 소리마다 특징이 있다. 모든 수컷 동물들은 암컷의 가련한 소리에 측은지심이 생겨 맥없이 쓰러진다는 말이 진리인가 하는 생각이다. 오늘은 어떤 동물이 얽혀 운우지정을 어디서 나눌까?

사람들의 숨소리도 들릴 만큼 조용하다. 옆에서 뒤척이는 남자를 느끼니 잠자리가 불편하다. 남자가 여전히 깊은 잠속이라 별수 없이 같이 잠자리에 든 것이다. 쓸데없는 짓 했다는 후회가 턱

밑까지 차오르니 괴롭기 한이 없다.

　언덕에 자리 잡은 주막은 고개를 넘나드는 사람들에 의해 언제나 문전성시다. 겹겹이 둘러싸인 산허리를 가르는 땅거미. 저 높은 산허리에도 사람들이 살고 있는지 궁금하다. 남자의 숨소리가 평온해졌다.


　　가는 길은 다르지만 갈 곳은 한곳.
　　넘어가는 고개 포(包)는 다리 아파 빼버리고,
　　앞만 보고 가는 차(車)길은 전쟁 중에 최악이니
　　함부로 전진할 수 없고.
　　상(象) 따라 구불구불
　　마(馬) 따라 약간 비틀거리니
　　적군은 희색이 만만이라.
　　초(楚)나라도 한(漢)나라도 내 나라는 아니로다,
　　천천히 신중하게 움직이라는
　　졸(卒), 사(士)도 가끔은 쓸모가 있어.
　　훈수하는 사람은 뺨 맞기 십상
　　개평으로 마신 술에 전신은 노글노글
　　투전판 법칙은 누가 만든 악법인가?
　　모른 체하지만 언제나 시끌벅적.


　문밖에는 장정 서너 명이 장기(상희象戱)판을 벌이고 있다. 장기라는 것이 그렇다.

무지한 천민들에게 장기만큼 시간 보내기 적당한 것이 없다. 그래도 투전판보다는 한 수 위인 놀이다. 누가 만들었는지 오랜 세월 서민들의 즐거운 놀이임은 틀림없다. 다른 쪽에서 화투판이 벌어지고 있고 어두워질수록 더 요란하다. 어렵게 번 돈을 한순간에 상대에 넘기고 한탄하는 사람들이 있는가 하면 회심의 미소를 지으며 주머니를 두둑이 채우는 사람들도 있다. 투전판은 밤낮을 가리지 않는 유일한 놀이다. 고성방가가 합법적으로 묵인되는 곳으로 서민들의 울화를 잠재우는 놀이다. 여기저기서 욕설이 거침없이 터져 나왔다.

자신의 모습과는 반대로 귀티 나는 남자가 흥미롭다. 남자가 이렇게 생기기도 하는구나 하는 호기심은 본능이다. 그리고 알 수 없이 꿈틀거리는 설렘도 억제하기 힘들다. 남자의 알몸을 본 순간부터 무언가 간질거리는 느낌은 또 무슨 망령인가. 전신의 힘이 전부 빠져 기진맥진한 무력감도 고역이다. 속곳이 젖은 듯한 습한 느낌은 왜 날마다 계속되는가, 무어라 딱 말할 수 없는 근질거림도 참을 수 없다. 만정은 이상한 화끈거림에 스스로 놀라워했다. 이 기분은 무엇일까? 지금까지 경험해보지 못한 야릇함이다. 죽은 듯이 잠에 빠진 남자다. 허기와 탈진이지 큰 병이 아니라는 서 의원의 말에 일단 안심했다. 이 남자를 어찌해야 하는가?

## 2

절은 고려 초기부터 왕의 은덕으로 많은 농지를 보유했다. 산 모양이 멀리 금강산을 전체적으로 같은 비율로 축소한 것과 같다고 승려들이 말했다. 승려의 권력과 부는 고려 또 하나의 계급의 상징이다. 왕족 다음의 상위층으로 권문세가의 자제들이 앞다퉈 승려가 되었고, 그들의 횡포는 왕을 능가했다. 지방마다 절은 부지기수로 늘어나고 승려도 마찬가지다. 절은 고려의 병폐로 처음부터 자리매김한 것이다. 삼국의 반 조각만 차지한 왕건은, 여기저기 흩어진 채 세력을 부풀려 왕권을 위협하는 호족들을 다스리기 위해 그들이 오래 숭앙한 불교를 국교로 삼고 숭불정책을 실시했다.

북한산과 설악산이 통정하여 만든 산을 산세 험악한 관악산이 질투하여 멀리 내다 버린 산이란다. 금강산과 한라산이 서로 사모하고 애틋해 하니 산신령이 오가며 그리움 달래라고 비슷하게 만든 작고 이쁜 산이란다.

낙엽이 춤추길래 가을인 줄 알고 놀라 주위를 살피니 아직은 녹음방초다. 작년에 떨어진 잎이 산의 아름다움에 취해 아직 떠나지 않고 사람들을 맞는다. 험한 길 올라서니 뿌듯한 성취감이 중천을 찌르고 시시덕거리는데, 쉬지 못하고 혹사당한 다리는 아프다고 투덜거린다. 태어나면서부터 줄곧 품고 있는 산이지만 높은 곳에 오르면 언제나 다리는 엄살이다. 옹알이하는 아랫도리 달랠 길 없어 가슴 앓고 있는데 들려오는 산새 울음이 만산이다. 어느 곳이나 기묘한 바위들이 여전히 기세등등한 산이다.

멀리 날아가던 산새가 단아를 보고 손 흔드니 그 새 쫓으려다 하마터면 그녀는 낙상할 뻔 했다. 이름 모를 나비는 음지에서도 훨훨 날아다니고, 바위를 기어오르는 담장이 넝쿨은 개경 그리는 촌색시의 환생이려나. 기암괴석의 단아함도 일품이다. 언제 봐도 어디를 봐도 절경이다. 그곳에 의연하게 자리를 잡은 도갑사의 웅장함도 가히 놀랄 만하다. 바위들은 저마다 개성 있는 모습으로 여러 가지 동물 형상이다. 깎아지른 절벽은 사람들 발길을 용납하지 않으려 날카롭게 하늘을 쏘아보고 있다.

비구니 단아는 오늘도 어머니를 위해 서둘렀다. 오늘은 무슨 이야기를 해드려야 하나? 걷지 못해 세상을 구경하지 못하는 어머니에게 절을 찾은 사람들에게 들은 먼 곳 소식을 전해주는 것이 단아의 일과다. 절 귀퉁이에 방 한 칸. 먹고 자는데 걱정은 없다. 모든 스님은 한결같이 친절하다. 철이 들면서 단아는 오직 어머니를 위해 살았다. 아버지라는 말은 모른다. 한 번도 해보지 않는 말이다. 그녀가 알고 있는 것은 절벽 아래 쓰러져 있는 어머니

를 지나가는 지산스님이 발견하여 이곳으로 옮겨진 것이다. 어머
닌 그 이후로 어떤 말도 하지 못한다는 것이다. 그때 어머니가 다
리 하나를 많이 다쳐 제대로 구실을 못한다는 것이다. 임신 중인
어머니에게서 기적적으로 자신이 태어난 것이다. 사내였으면 사
산되었을 것인데 여자라서 죽지 않고 세상 구경을 했다는 것이
다. 모든 것이 부처님의 공덕이라는 것이다. 이것이 단아가 아는
세상 소식이다. 대웅전에 들어가 읊조리기 전에 지산스님을 알
현한다. 한결같이 주변을 서성이며 돌봐주는 사람이다. 표정 변
화를 전혀 알 수 없는 사람이다. 그렇지만 행동이나 눈빛이 언제
나 포근함을 보여준 사람이다. 하루를 단아는 그렇게 시작한다.

　신라 말기에 도선국사가 지었다는 절은 지금까지 계속 확장 공
사 중이다. 원래 문수사 터였지만 도선국사가 어린 시절을 보낸
곳이라는 이유로, 그가 어른이 되어 중국을 다녀온 뒤 개축하면
서 절 이름이 바뀌었다. 주변 경관이 뛰어나고 천왕봉을 바라보
는 주위 풍광은 가히 신선의 발목을 잡을 만하다. 사방 어디를 둘
러봐도 산세가 아름답다. 멀리 보이는 바위는 저마다 위용을 자
랑하고 여름나기를 열심히 한다.
　단아는 오층탑을 합장하고 열다섯 번 돌았다. 범사에 감사하라
는 지산스님의 말씀을 가슴에 눌러 앉혔다. 부모가 누구인지 모
르는 동자승들에 비해 비록 반쪽이고 성한 몸이 아닐지라도, 어

머니가 계시니 얼마나 행복한 중생이냐고 머리 쓰다듬어주신 지산스님이다. 비록 허드렛일하지만, 편안히 쉴 곳이 있는 생활이다. 힘든 일 하지 않아도 하루 세끼 배부르게 먹을 수 있는 안일한 곳이기에 단아는 큰 욕심 없이 나날을 그렇게 보내고 있다. 그런데 남들처럼 머리에 장식은 하지 못하지만, 서서히 변해가는 몸의 변화를 느꼈다. 언젠가부터 새벽이면 음산하게 다가오는 유령 같은 가슴앓이만 없다면 정말 이곳이 천국이거늘. 어느 날 느닷없이 단속곳에 나타난 선혈에 놀란 뒤부터 생기는 설렘이 죽을 맛이다. 젊은 스님을 보면 온몸이 달아오르며 얼굴이 화끈거린다. 비단옷 걸치고 절을 찾는 귀족의 남자들을 보는 날이면 몽설夢泄에 시달려 새벽에 눈을 뜨면 아래 속옷이 축축하다. 귀족의 남자는 바라보기만 하는 먼 산의 불이다. 장엄하고 요란한 행렬과 호탕한 웃음에 가끔 자신의 처지가 한스럽다. 그 뒤를 따르는 화려한 여자들의 간드러진 몸매에 격세지감을 느꼈다. 초라한 자신과 비교할 생각도 못 한 단아다.

나이만큼 날마다 엎드리라는 큰스님 말씀을 따라 오늘도 부처님 앞에 열다섯 번을 엎드렸다. 한번 엎드릴 때마다 마음속으로 무엇인가를 간절히 빌건만 대웅전만 나서면 모두 하얗게 물거품이 되어 떠오르지 않는다. 어려서부터 아무렇게나 잘린 머리에 치마를 입기 전에 바지부터 걸치기 시작한 다리다. 지금 다시 세속으로 돌아간다 한들 반겨줄 사람 없음이 자명한 일이건만 가끔은 밖으로 나가고 싶다. 그러나 어머니를 어찌하지 못하니 벙어리 냉가슴이다. 피투성이 속에서도 자신을 붙잡고 계신 어머니다. 온갖 어려움 중에도 자신에게 젖꼭지를 물리셨다는 어머니의 마음, 어찌 그런 어머니를 홀로 두고 혼자 이곳을 떠나기를 바라랴.

아침 안개 뿌연 산은 곳곳에 서 있는 소나무 자태가 우아하다. 대웅전 뜨락에 올라서니 멀리 냇가가 보인다. 사방 어디를 봐도 너무 아름다운 곳이다. 부처님의 섬세함과 조물주의 요란함이 어우러진 풍경으로 수려하기 이를 데 없다. 바위의 이름이야 처음 본 사람이 모양 보고 지어 전하면 그만인걸.

대야에 물을 가득 담아 어머니 앞에 놓았다. 비록 걷지는 못해도 소세梳洗는 거르지 않는다. 말은 하지 않아도 가끔 웃음은 보여준다. 단아는 그래서 서글프다. 의사소통은 눈빛이다. 내일은 어머니를 수레에 태워 저기 보이는 냇가에 갈 생각이다. 아직은 체력이 따라주지 않으니 별수 없다. 어릴 때는 다른 비구니가 도와주었지만, 지금은 완전히 혼자 몫이다. 내 아버지는 어떤 사람이길래 나를 이렇게 작게 만들었나? 또래에 비해 작은 체구에 항상 불만이다. 지랄이다.

# 3

아직도 내 곁에 머물고자 서성이는 구름을 어찌할지. 비는 오지 않는데 며칠 계속 구름이다. 산기슭에서 천천히 움직이는 게으른 안개를 어찌 탓하리오.

만정은 몸은 이곳에 있지만 모든 생각에 안절부절못한다. 그러는 게 아니었어. 차라리 그곳에 둘 것을 하는 마음이다. 단단한 근육에 비해 희멀건 얼굴이 힘든 일은 구경도 하지 못했을 몰골의 사내를 난장판에 버리고 온 자책감만 든다.

만정은 결국 사내를 요로 데리고 왔다. 빈털터리 사내는 말 없이 만정을 따라 요로 들어왔다. 난감하기는 만정도 마찬가지인데 서 의원이 그런 만정의 등을 떠밀었고, 사내도 마다하지 않아 그렇게 된 것이다. 가끔 죄를 짓고 숨어든 사람들도 있지만, 이곳에 들어오면 일단 위험으로부터 신변은 보장받는다. 나라님 손도 이곳까지는 미치지 못했다. 요는 권력 없는 지방 요새다. 이곳의 수장인 연하가 만정의 아버지다. 연하는 만정이 내민 서 의원의 서찰을 보고 잠깐 얼굴을 찌푸렸으나 별말 없이 사내를 맞이했다. 남자는 힘든 허드렛일이라도 시킬 수 있기 때문인 듯하다.

만정은 사내를 요에 남기고 다시 유랑을 시작했다. 그런데 이번 유랑은 자꾸 요에 두고 온 사내 때문에 예전처럼 마음이 자유롭지 못하다. 아버지에게 일을 배운다 해도 허락하지 않는다. 사내들만의 일이다는 이유로. 아버지는 그에게 어떤 일을 시킬까. 머리에 찬 서리 희끗희끗 내려앉은 아버지가 가끔 안쓰럽다. 네가 아들이었으면 얼마나 좋을는지. 언젠가 자신의 손을 잡고 울먹이시던 아버지. 그 통한의 한마디에 며칠을 가슴 아파한 기억이 지금도 새롭다.

아마도 아버지는 제일 힘든 일을 시킬 것이다. 흙을 반죽하는 일을 할 것이 뻔하다. 점토는 찐득거리며 다리를 물고 늘어진다. 흙과 흙 사이의 공기 구멍을 없애기 위해 일주일 이상 반죽한다. 마른 길도 걸을라치면 힘든데, 찰거머리처럼 달라붙는 흙 위를 이리저리 다니면서 골고루 밟아주는 일은 정말 보기도 힘들다. 보나 마나 아버지는 그 일을 시킬 것이다. 덩치로 보면 무난히 넘길 것 같지만 요령 없으면 쉬운 일도 어렵게 하는 사람이 많은데 그 사내가 딱 맞다. 어떻게 견디고 있는지? 눈에 자꾸 어른거리는 사내의 벗은 몸에 만정은 고개를 살래살래 흔들었다. 화색이 들자마자 기다렸다는 불쑥 솟은 곳. 손등 발가락까지 꼼지락거리던 털은 무슨 조화인가. 너무 신기한 몸에 숨이 멈출 것 같았다. 남자의 특정 부위라 생각이 들자 확 달아오르던 가슴은 무슨 지랄 같은 충동인가?

실지로 흙 반죽하는 일을 견디지 못하고 도망간 사람도 부지기수였다. 설마 하면서도 걱정이다. 서 의원이 아버지에게 보낸 서

찰의 내용이 궁금하다. 의뭉한 서 의원의 눈빛과 아버지의 불쾌한 듯한 표정이 가시처럼 목에 걸리지만, 물을 수도 없다.

바위에 뿌리내린 작은 소나무가 천 년을 주마고 약속하는데 백년도 기약하지 못하는 우리네 인생은 날마다 허둥지둥이다. 이름 모를 하얀 꽃들이 눈처럼 피어있다. 지푸라기로 엉성하게 지어진 새집 서너 채가 보인다. 저 집을 짓기 위해 몇 날 며칠을 고생했을 어미 새의 고달픔을 생각하니 마음이 짠하다. 새빨간 꽃이 녹음 속에서 요염하게 웃고 있다. 난쟁이 이름 모를 꽃도 구석에 소박하게 피어있다. 계속되는 짝 부르는 벌레의 울음은 가는 세월이 아쉬워 그러는지 날마다 더 시끄럽다. 한해살이 동물들의 마지막 절규라 생각하니 처연했다. 결국 만정은 요로 발길을 돌렸다.

아무것도 묻지 않은 아버지의 쉬운 허락이 조금 의아하지만 온을 길동무 삼아 세상 구경을 하고자 괴나리봇짐을 쌌다. 삼 년이란 한정된 기간이다. 머뭇거리던 온이 따라붙었다. 아버지의 관대함은 언제나 만정을 놀라게 한다. 노잣돈도 후하다. 며칠 새 초췌해진 모습이 짠하다. 어디를 가나? 막상 나서니 특별히 갈만한 곳이 없다. 말없이 따라오는 온의 모양새가 좋지 않다. 무슨 생각을 하는지 도통 알 수가 없다. 고령토를 밟는 것도 아니고 산에서 검불만 긁어오는 허드렛일만 했단다. 일하고는 거리가 먼 사람이라는 아버지의 이야기다. 그러려니 했다. 그런데 어떻게 저런 우람한 몸을 가졌는지 의심스럽다. 그렇다면 쓸모없는 덩치인 셈이다. 픽 웃음이 나오면서 온에 대한 연민이 만정의 가슴을 달군다. 실지로 요에서 가장 쉬운 일이 나무하는 일이다. 아침을 먹고 지게를 지고 산으로 들어가 오후에 요로 돌아온다. 나뭇단의 크기에 대해서는 누구도 탓하지 않는다. 대신 그들은 그냥 나무꾼이었다. 다른 어떤 기술적인 면에는 접근이 허락되지 않았다. 그야말로 제일 전망 없는 허드렛일이다.

가는 곳마다 고운 산세가 두 사람을 취하게 한다. 가을 준비하는 나무꼭대기의 불그스름한 기운이 조금은 서글픈 하루다. 그러나 세월의 정확함을 누가 탓하랴! 오가는 길에 바래기 시작하는 녹음을 보니 그 모습이 권력에 휘둘리다 내동댕이쳐진 자신의 모습 같다. 나무꼭대기부터 천천히 색을 바꾸는 나무들이 지천으로 깔려있다. 하지만 나무는 묵묵히 앞으로 몇십 년을 그대로 버틸 것이지만 기약 없는 인간의 삶은 서글프기 그지없다. 늘어진 다래 넝쿨이 여기저기서 사람들을 유혹한다. 긴 여름비에 계곡은 맑은 물이 가득하다. 어디서부터 흐르는 물이기에 이리 맑은지 놀랍다. 누가 만든 은총이 이리도 맑은 것인지. 영원히 오늘의 맑음, 유지하라 누누이 이르고 지나건만 다음날이 걱정된다.
폭포가 웅장한 모습 나타내고자 애쓴다. 폭포를 위해서는 계속 하느님이 울어야 하는데 하고 웃었다. 물속에서 한가하게 놀고 있는 햇빛을 잡고자 손 내미니 어느 순간 사라짐이 꼭 부질없는 권력이다. 잠깐 반짝이다 사라지는 햇빛. 꿈 같이 머물다 치욕만 주고 떠난 권력. 모두 순간이었다.

얼룩얼룩한 자갈길이 물에 젖은 채 갈 길 바쁜 두 사람 발목을 잡고 늘어지는데 야속함이 앞에서 웃으며 달아나는 세월 같다. 어디서 흘러오든 맑음에 혀를 내돌렸고 이렇게 좋은 곳을 지날 수 있다는 사실이 감개무량하다.

죽지 않고 살아있음이 고맙다. 깎아지른 바위의 날카로움이 오싹하지만 기이함도 절경이다. 길을 잘못 들어 같은 길로 내려오면서 다음을 기약했다. 문득 인간의 삶도 조금이라도 되돌아갈 수 있었으면 하는 생각에 콧날이 시큰거린다. 더도 말고 덜도 말고 지난 일 년만이라도 되돌아가고 싶은 바보 마음을 누가 알아주랴? 임 그리다 잠들면 임은 꿈에라도 찾아오던데. 바람 동무하며 가버린 세월은 돌아올 줄 모르니 이정표 돌려세워 세월이 가는 길목에 박으면 혹시라도. 아니면 시름을 안주로 삼아 세월에 술이라도 먹여서 자빠뜨려보면 놀란 세월이 잠시라도 쉬어가지 않을지.

구름의 분노를 누가 다스릴 것인가, 여러 가지 모양을 마음대로 구사하는 구름이 오늘따라 화를 잔뜩 내고 있다. 산발한 여인 몰골이다.

오락가락하는 비를 무시하고 북쪽을 향해 걸었다. 넓은 하천은 여름을 이기고자 안간힘 쓰고, 검은 나비가 물 위를 서성거리는 것은 무엇을 찾고자 하는 나비의 몸부림인지? 크고 작은 자갈들이 오솔길에서 낮잠에 취해있고 여기저기 물 흐르는 소리가 요란하다. 여름 냄새 지독한 칙칙한 산줄기다. 물줄기 또한 힘차게 뻗어있지만 멈추지 않고 흐르기만 하는 물이 못내 안타깝다. 물이끼 안고 누운 조약돌은 미끄럽지만, 은어의 춤사위가 조용히 느껴지는 곳이다. 방아깨비 몇 마리가 헤엄치면서 물 위를 휘젓는다. 잠자리 두 마리가 물을 따라 날고 바위에 앉아서 여름을 즐기는 왜가리가 보인다. 온은 잠시 쉬어가고 싶은데 만정은 등만 보인다.

한탄강 줄기, 무에 그리 한이 많아 이름을 한탄강漢灘江이라 지었는가? 궁예가 후고구려의 도읍지로 정하려 했던 곳으로 한문으로야 뜻이 무엇인지 모르지만, 어감이 한탄이니 약소 민족의 서러움이 느껴진다. 그리 흘러 서해에서 대동강을 만나 회포라도 풀려나? 말이 씨가 된다고 누군가 무심코 지은 이름들이 다 이름값을 하고 있다. 끝없는 한과 넘치는 탄식을 안고 사는 나라. 주변 강대국으로부터 끊임없이 침략을 당한 나라. 그렇지만 결코 완전히 무너지지 않고 슬픈 역사를 계속 만들고 있는 나라.

구름 뒤에서 마지막 빛을 내면서 나오는 저 시뻘건 해는 누구를 잡겠다고 작렬하는가, 내 너를 붙잡아 배중손에게 보내고자 하니 인제 그만 숨고 나와라, 제발 나와라. 생각이 길을 잘못 들어 먼 길로 돌아오고 있으니 너의 직진하는 성질을 뺏을 것이야. 색다른 권력 고리에 덜미 잡혀 헤매는 사람들에게 바르고 곧은 길을 안내할 것이야. 아직도 제주도에서 서성이고 있는 김통정에게 이 소식을 어찌 전하랴. 김통정. 누군가가 가슴을 헤집은 느낌이다. 피고름이 맺히는 고통이 스쳤다. 살쾡이의 발톱이 할퀴고 간 듯한 고통이다. 간헐적인 괴로움의 연속이다. 어찌 잊어질 수 있는 일인가? 저승에 가서도 사그라지거나 잊히지 못할 피눈물 나는 욕망속 잠행인 것을.

누구의 역마살이 내게 붙어 있나? 아버지는 한곳에 벌써 몇십 년을 그대로다. 어느 날 사라진 어머니의 역마살인가? 누구도 들려주지 않는 어머니의 이야기. 어렴풋이 떠오른 어머니에 대한 기억이 만정은 괴롭다. 부정했다. 아버지의 당황한 모습. 서둘러 그릇들을 깨버리고 가마터조차 부숴버리던 아버지의 초조한 광기에 어린 만정은 숨도 제대로 쉬지 못했다. 그리고 느닷없이 다가온 송이라는 아름다운 여자가 아버지와 자신의 주위에서 서성이고 있었다. 부정이라는 말의 뜻을 만정은 아직 모른다. 아무도 설명해주지 않는다. 아니 누구에게 묻지도 못했다. 어머니에 관한 이야기는 금기사항이 되었다. 사람들은 서로 수군거리다가도 만정을 보면 입을 닫아버렸다. 궁금했지만 불가항력이었다. 열

서너 살 되어 서 의원에게 넌지시 물어도 묵묵부답이었다. 구태여 알려고 하지 마라. 다르게 해석하면 알아봤자 도움은커녕 오히려 가슴앓이가 된다는 뜻이다. 용기도 없었지만, 진실에 대한 두려움으로 만정은 입을 다물었다. 아버지에게 보낸 서찰 내용도 궁금하지만 역시 물어볼 수 없다. 서 의원은 그저 빙긋이 웃을 뿐이었다. 만정은 가끔 서 의원의 웃음에서 아버지와 자신에 대한 분노와 조롱을 보았다. 가끔 연민까지 느껴지는 알 수 없는 묘한 감정이었다. 두 사람은 어찌 보면 막역한 사이 같지만 가끔은 소름이 끼치는 냉기가 흐를 때도 있었다. 그 시기는 묘하게 두 사람 사이에 술잔이 오갈 때다. 부딪히는 술잔에서 화기애애함이 아닌 아주 미묘한 기류였다. 애증의 팽팽한 줄다리기 같은 감정이 가루처럼 주변에 휘날리고 있었다. 그때마다 만정은 아슬아슬했다. 누군가의 잔이 상대의 이마를 향해 날아갈 것 같은 두려움이다. 그리고 누군가가 피 흘리고 쓰러지고 마는.

4

초벌구이를 마치고 기대를 안고 가마를 들여다보던 연하는 경악을 금치 못했다. 이럴 수가! 그렇게 정성 들여 빚었고 수없이 가습 콩닥거리며 불을 지폈거늘. 불이 타는 동안 하루에도 수십 번씩 드나들며 불길을 조정했고, 마음이 행여 여색에 흔들릴까 봐 아내 근처도 얼씬거리지 않았거늘.

오래전부터 전해온 불문율로 그릇을 굽는 동안은 여자를 멀리하는 것이고, 이유 여하를 막론하고 여자들의 가마터는 출입 금지다.

사람들은 하찮은 이야기에 운명을 걸기도 한다. 그리고 행여 나쁜 일이 생기면 원인을 찾는 게 아니라, 전해오는 나쁜 이야기를 생각하고 어쩔 줄 모르고 허둥댄다. 나라에 상서로운 일이 생기면 반드시 OO가마터에서 기이한 일이 벌어졌다는 소문이 돌아다녔다. 확인된 사실이라는 후담은 없었지만 믿었다. 허무맹랑한 이야기지만 사람들은 믿었다. 구심점이 없는 사람들은 쉽게 흉한 전설에 현혹된다.

요는 번창했다. 이곳에서 생산된 자기瓷器들이 다른 곳의 물건보다 고가로 거래되었고 연하의 명성은 그릇과 함께 주변으로 퍼졌다. 탁월하다는 것은 본인에게는 유리하지만, 제삼자에게는 오히려 독이 되기도 한다. 시기는 인간에게 다스릴 수 없는 기본 감정이고 그것이 밖으로 나오면 무시무시한 사건을 일으킨다. 연하는 명성에 취하기 시작했다. 자만과 고집이 엉키기 시작했고 독선과 아집이 늘어나기 시작했다. 이런 상황에 생긴 돌발적인 사고에 연하를 비롯한 사람들은 공포에 싸였다.

그릇의 전부가 깨지거나 뒤틀려 있다. 몇 달 동안의 일이 전부 허사가 돼버렸다. 생활 용기는 그렇다 치고 그릇을 한번 구울 때마다 걸작을 만들어 개경으로 보낸다. 그래서 가마에 불을 붙이려면 관아에 신고하고 허가가 떨어져야 한다. 그 이면에 진상품을 상납하는 묵언의 조건이 있다. 진상품에 대한 조정의 하사품은 백미 열 가마에 황소 한 마리로 대단했다. 그리고 최고의 예우로 수장에겐 개경 나들이가 부상으로 주어진다. 왕을 알현하게 되는 것이다. 이십여 년 전 이곳에도 그런 일이 있었지만, 불행히도 그때는 연하가 수장이 아니었다. 연하는 그런 수장을 보고 결심했다. 나도 왕을 볼 것이야. 그때부터 연하는 욕심을 키웠고 그 결심이 밑거름되어 남보다 빨리 수장이 되었다. 연하는 수장의 신임을 얻어 기술 익히기에 온 힘을 기울였다. 수장에게 자식이 없었던 것이 연하에겐 다행이었다. 남의 불행이 내 행복일 수밖에 없는 것이 세상사다. 무조건 선택할 수 있는 좋은 기회가 연하를 기다린 것이다.

연하는 수장을 위해 최고로 복종했다. 장인匠人 특유의 아집도 괴팍함도 몸으로 받아들였다. 때로는 수장의 노리개가 되기도 했다. 수장은 가끔 연하를 침실로 끌어들였다. 여자와 운우지정을 나누기 전에 수장과 성희를 즐겼다. 수장의 샅을 만지고 빨았다. 수장은 그릇이 마음에 들지 않는다고 마당에 수십 개의 그릇을 깨버렸다. 마당에 쌓인 파편은 날카롭게 연하를 할퀴었다.

손을 베어가면서 깨진 쓰레기를 혼자 치웠다. 다 괜찮은데 피가 보이는 육체의 고통은 힘들었다. 손바닥의 많은 생채기는 그것이다. 이상하게 자기 파편이 할퀸 상처는 아물어도 흉터가 고스란히 남는다. 그릇에 문제가 생기면 여자가 제물이다. 수장이 들려준 전래의 이야기가 생각나 연하는 몸서리쳤다. 그래서 지금 상황은 연하에게도 청천벽력이다. 어찌한단 말인가? 누구를? 살인을 종용하는 사건이다.

누구의 소행인가? 아니 누구의 저주인가? 연하뿐 아니라 모든 사람이 가슴을 쓸어내렸다. 근래에 이런 일은 없었다. 민심이 흩어지면 여기를 가도 웅성웅성, 저기에 가도 웅성웅성 이다. 사람들은 쉬쉬하며 말을 아끼고 서로의 눈치 살피기에 여념이 없다. 만약 이 일이 소문이라도 나서 다른 가마터에 알려진다면? 나라님은 가마터를 없애라는 불호령을 내릴 것이다. 나라에 상서롭지 못한 일이 생긴다는 것이다. 외침을 받거나 전염병으로 백성들이 많이 죽거나. 아니면 가뭄이 심하거나 등. 그렇지 않아도 연하의 명성을 시기했던 사람들은 이 사건을 확대하여 연하를 옥죄일 것이 뻔하다. 최악의 결과는 요의 폐쇄다.

요가 폐쇄되면 일에 종사하는 많은 사람은 일터를 잃고 뿔뿔이 흩어지게 될 것이다. 실지로 국난에 부딪히면 백성 간에 이런저런 이야기가 흉흉하게 떠돌아다녔다. 사람들은 소문을 믿고 산

사람들이다. 말을 아끼면서도 불안한 표정은 감추지 못했다. 집안 식구들이 관노나 사노로 누군가의 소유물이 되어 자유를 잃게 될 사실이 불안하다. 부귀영화가 보장된 귀족은 아닐지라도 이곳은 마음대로 돌아다닐 자유는 보장된 곳이거늘. 배 주리지 않고 여자도 마음대로 만날 수 있는 곳. 비록 천민이지만 자유로운 생활, 육체의 노동도 착취당하지 않는다. 기술만 있으면 어느 귀족보다 자유로운 삶을 누릴 수 있다. 권력의 개가 되지 않아도 되는 삶이다. 양반이 못될 바에 이보다 더 살기 좋은 곳이 어디 있으랴. 무엇보다 노비의 대물림을 걱정하지 않아도 되는 삶이다. 아무 일만 없으면 너무 평화로운 곳이다. 그릇만 제대로 구워진다면. 근래 몇 년 동안 그랬다. 정말 별일 없이 그릇들이 구워진 것이다.

연하는 허한 마음으로 멀거니 불 꺼진 가마 앞에 망연자실한 채 서 있었다. 며칠을 굶어도 배가 고프지 않다. 뒷산에 올라 바위에 앉아 맥없이 지는 해를 바라보고 있었다. 낮에 잠깐 다녀간 소나기로 검은 구름이 하늘에 넓게 깔려있다. 바위에 홀로 앉아 물결을 보면서 강태공이라도 되어 명상에 잠겨보고자 했다. 언감생심이다. 세상 낚아 보겠다는 어림없는 욕심에 잠시 현혹되었다가, 세상에 오히려 낚이어 허둥지둥 상태다. 모든 것이 착잡하고 감회롭다. 서산에 허리를 걸친 해는 서둘러 모습 감추기에 급급하다. 구름 속에 머물던 해가 서둘러 자취 감추려다 서러움에 피

눈물 한 방울 흘리고 사라졌다. 물먹은 구름에 피눈물이 스며 서서히 주변 하늘에 퍼진다. 그렇게 하늘은 구름과 붉은 노을이 노닥거리다가 산은 금방 검은 옷으로 갈아입는다.

인기척이 들린다. 누군가? 누가 나를 위로하고자 이렇게 유령처럼 다가오는가? 가만히 눈을 감았다. 어떻게 이 난관을 헤쳐나갈 것인가? 아무리 생각해도 묘안이 없다. 이십여 년 전에도 이런 일이 일어났고 그때는 비렁뱅이 여자를 제물로 삼았다. 비록 비렁뱅이였지만 제법 곱상었다. 수장의 시중도 들고 다른 사내들과 어울리기도 했다. 실지로 그 여자가 가마터에 가고 안 가고는 문제가 되지 않았다. 연하는 그때 멀리서 수장의 살인 행위를 보았다. 뜻밖에도 효험이 있었다. 연하의 믿음은 그래서 확고해졌다. 사람들은 우연한 행운을 기적으로 착각하고 좋지 않은 일에는 눈을 희번덕거리며 주변에서 희생물을 찾으려 혈안이 된다.

"나리."

연하는 뜻밖의 여자 목소리에 후다닥 놀랐다. 이곳은 혼자만의 은밀한 곳인데. 돌아보니 아내가 부리는 종이다. 무슨 연유로 이곳까지 기어들었는지, 제법 곱상한 얼굴이다. 문득 연하는 아랫도리에 심한 통증을 느꼈다. 근원을 알 수 없는 요란한 통증이다. 한 번도 여자로 생각해 본 기억이 없는 상대였다. 여자에 대해 생리적인 분출구 외는 어떤 감흥도 없는 연하다. 예쁜 구석은 없지만 다소곳한 아내로 족하다. 많은 억척같이 드센 천한 여자들 틈에서 아내는 그렇지 않았다. 유곽에서 수없이 본 이쁜 여자들의 탈선이 못마땅한 연하다. 반반한 얼굴을 무기로 이 사내 저 사내 훑어대는 여자들을 연하는 많이 보았다. 그래서 아내는 이쁘지 않은 여자지만 감사하며 택했다. 그런 아내 시중을 들던, 아내보다 이쁜 여자다.

아, 언젠가 한 번 진탕 취했던 여자다. 처음으로 기억 속에서 여자가 떠올랐다. 그렇구나. 저 여자가 이유인가? 연하는 회심의 미소를 지었다. 저절로 걸려든 인간 제물이다. 더구나 이쁘다. 그래서 조금 아깝지만 적시에 나타난 유용한 제물. 교활한 미소가 연하를 자극했다.

"너는?"

"이제 알아보시는군요."

"어떻게?"

"나리를 맞은 뒤로 잊을 수 없어 팔도를 헤맸습니다. 그리하여 결국 이곳을 알아냈습니다. 못 알아보는 나리가 야속했지만, 장소가 장소인지라 그저 바라만 보았습니다."

"너에게 몹쓸 짓을 했구나."

"아니옵니다. 그저 나리를 옆에서 모시는 것만도 행복한 소첩입니다."

"그런데 무슨 일로 나를 찾아왔느냐? 그리고 이곳을 어찌 알고."

"가끔 나리 혼자 이곳을 찾으심을 알았습니다. 그리고 긴히 드릴 말이."

연하는 완전히 컴컴해진 서산을 조용히 보았다. 무슨 망령된 생각인가. 지금 이곳에서 일어난 어마어마한 사건을 두고 망발도 유분수지하고 속으로 자신을 나무랐다. 어둠 속에서 흰옷을 입은 송이가 어른거린다.

"가마에 불을 붙이기 전에 그곳에서 마님을 보았습니다. 소첩의 투기가 아닙니다. 이런 일이 일어날 줄 알았으면 미리 말씀드리는 것인데."

울먹이기까지 하며 조아리는 송이의 진심이다. 연하는 순간 아차 했다. 도연이가? 그럴 리 없다는 생각이 먼저다. 도연이는 순종형이고 같이 산지 여러 해다. 알려주지 않아도 금기사항 정도는 꿰뚫을 수 있다. 더구나 임신 중이다. 조금만 부정을 타면 태중 아이가 잘못될 수도 있다. 그런데 이게 무슨 얄궂은 기대인지. 연하는 흐물흐물 웃음이 나온다.

만정이 세 살 때의 일이다. 전해오는 이야기로 불을 붙이기 전 가마에 얼씬거린 여자는 절벽으로 떨어뜨려 죽인단다. 실지로 가마터에서 북쪽으로 십여 리 더 가면 험한 절벽이 있다. 비라도 올라치면 남자들도 혼자는 그곳을 지나기를 두려워한다. 요가 생긴 뒤로 알게 모르게 많은 여자가 죽임을 당한 곳이라는 전설 때문이다. 그리고 역병으로 요의 사람이 죽으면 그냥 버리는 곳이다. 장례를 치르는 번거로움을 피하자는 것이다. 절벽 아래는 바다로 들어가는 물줄기가 언제나 사람들의 시체를 기다리고 있는 곳이다.

연하는 송이를 이악스럽게 끌어안았다. 그는 성난 수컷이 되었다. 극한의 두려움이 절박한 성적 충동을 일으킨 것이다. 목석처럼 응대하는 송이를 내려다보았다.

"네가 필요할 때도 있구나."

그는 송이의 몸 위에서 그대로 엎어졌다. 전신을 휘감는 나른함은 무엇 때문인가. 밤이슬이라도 맞아야겠다는 처절함을 누가 알아주랴! 달과 별이 내려다보고 있다. 어디선가 짐승의 짝 찾는 소리가 들린다. 송이의 흐느낌이 느껴진다. 너는 암컷일 뿐이다. 앞으로도 그냥 암컷일 뿐이야. 아니 너는 하나의 도구일 뿐이다. 내 남성을 죽이는 도구.

밤이슬에 젖은 몸이 축축하다. 연하는 조용히 산에서 내려왔다. 어둠이 걷힌 마당에서 만정이 놀고 있고 아침을 준비하는 아내의 부산스러운 모습이 보인다. 멀리 송이가 고개를 푹 숙이고 뒤따라오고 있다. 연하는 다짜고짜 아내의 손을 잡고 집을 나왔다. 굴뚝에서 나오는 연기가 음산하게 골짜기로 퍼진다. 너 때문이라는 생각에 연하는 정신이 없다. 흔한 말로 부정 타서 모든 것이 무너진 것이다. 이런 일은 있을 수도 없으며 있어서도 안 되는 일이다.

"아니에요. 살려줘요."

질질 끌려오면서 아내가 간절히 말했지만, 연하는 들은 체하지 않았다.

"아니에요, 살려줘요."

이유를 말하자 아내는 더 간절하게 애원했다.

"당신의 아내인 내가 어떻게 감히?"

한 번쯤 재고할 만도 하지만 연하는 물리쳤다. 아내를 절벽 끝까지 질질 끌고 갔다. 누가 보기 전에, 들키기 전에, 알기 전에 해치워야 한다는 절박한 마음뿐이다. 그리고 악몽으로부터 얼른 벗어나고 싶은 조급한 마음이다. 어떤 다른 것을 생각할 여력도 없다.

"아니에요. 아니에요."

마지막까지 아니라는 아내가 그를 더 노하게 했다. 본 사람이 있는데. 끝까지 아니라는 아내가 더 짜증이 난다. 연하는 이미 이성을 상실한 상태였다.

"송이가 봤어."

아내가 변명과 반항을 멈추었다. 아내가 체념한다고 생각했다. 아내를 절벽 아래로 힘껏 밀어버렸다. 임신 중이었지만 아내는 마른 풀처럼 바람에 가볍게 날려 절벽 아래로 떨어졌다. 첨벙첨벙하는 소리가 들리는 듯했다. 아내의 시신도 거두지 않았다. 까마귀 밥이 되거나 산짐승의 먹이가 되었을 것이다. 물고기에 보시한다고 허하게 웃었다. 가슴 속에 휑하고 찬 바람이 요란하게 지나갔다. 그 느낌은 아프기도 하고 시원하기도 하고. 묘한 고통이었다.

자연스럽게 만정은 송이의 보살핌으로 자랐고 그릇은 큰 사고 없이 잘 만들어졌다. 그날 이후. 그러니까 아내(도연)를 절벽으로 떨어뜨린 날부터 일주일이 넘게 연하는 송이를 짓밟았다. 그것은 짐승의 몸부림이었다.

송이는 다소곳이 연하의 발광을 수용했다. 그녀는 그렇게라도 연하가 곁에 머물러 주는 것이 좋았다. 오랫동안 잘못 빚어진 그릇처럼 방치된 상태를 벗어난 것에 만족했다. 연하의 욕정은 횡포였다. 연하의 등만 바라보던 송이, 등만 보일 줄 아는 연하가 고약하지만, 등만도 감사하는 바보 사랑이 송이의 사랑이었다.

"이것은 약속일 뿐이다."

연하의 혀끝에서 가장 순수한 즐거움을 느낀, 그의 섬세한 손끝에서 감미로운 행복에 잠긴, 그의 몸과 엉켜 가장 아름다운 즐거움을 느낀, 그런 행복은 더는 송이를 찾아오지 않았다. 그렇다고 다른 여자를 곁에 두고 사는 것도 아니다. 묵묵히 일하다 맹수로 변해 덮치는 연하. 차마 다가가지 못하는 죄스러움을 누구에게 말하랴. 송이는 자신의 몸이 기다림에 시들어가고 있음을 느꼈다.

송이는 연하의 뒤를 따라 들어오는 만정을 보았다. 맨발에 날카로운 사기그릇 조각을 밟는 아픔이 계속된다. 날카로운 끝에 가슴이 콕 찔리는 고통은 힘들다. 죄 많은 몸. 어떻게 어디 가서 속죄해야 하나. 단 한 번의 정사에 모든 것을 건 무모한 마음이 저지른 만행. 여자의 최대 약점인 질투라는 너울, 질투는 수렁이었다. 말 타면 종 부리고 싶은 인간의 끝없는 욕망이 예외 없이 송이에서 달라붙은 것이다.

노류장화에게 색정色情은 무의미한 것이거늘. 세상에 화대로 사내 마음을 달라는 것이 심히 어리석은 짓임을 모르지 않거늘. 더구나 노류장화의 신세로 언감생심임을 너무나 잘 아는 송이다. 그러나 어쩌랴. 마음이 어찌 머리로 다스릴 수 있는 것인가. 불가능한 영역인 것을.

만정을 위해 정성을 다했지만 어쩐지 다가서지 않는 만정이다. 그날의 참혹함은 그대로 함구 되어 누구도 들먹이지 않았다. 한 치 앞도 모르는 세상. 편한 마음으로 행동하련다고 수없이 들먹이지만, 그것은 머리일 뿐이었다. 마음과 머리는 이렇게 절대 하나가 될 수 없는 것이다.

늙어가는 것은 진리이고 낡아지는 것은 자신의 태만이다. 연하를 향한 마음이 절름발이 사랑임을 정녕 몰랐는가?

가을은 변하지 않는 앓이의 계절이다. 선현들도 한결같이 절절하게 가을을 앓았다. 나 같은 여자의 망상을 없앨 묘약을 만들 편작은 정말 없는 것인가? 가버린 청춘 아쉽다 한들 돌아오는 것은 회한만 가득한 적막강산이다. 차라리 내년 봄에 찔레꽃 꺾으며 저승사자 몰아낼 궁리라도 하면 어쩌려나. 세월이 나를 품고 가는구나, 좀 두고 가라지. 오늘만이 내 것 임을 어찌 모른단 말인가?

　누구의 옷자락인 줄도 모르면서 그냥 휘감겨서 웃고 사는 세월, 그것이 연하의 옷자락이기를 바랬건만. 그것은 바람일 뿐. 바위가 있어서 그래도 좋을 것이야. 연하의 그늘이라면 그리할 것인데. 평생 그늘이라도 그리할 것인데. 연하의 그림자 속에서 이끼처럼 기생할 것인데. 누구의 눈에도 뜨이지 않겠지만 연하의 그늘이라면.

### 5

어느새 가을밤은 점점 길어지고
맑은 바람 솔솔 부니 쓸쓸함이 더해가네.
불볕더위 물러가니 초가집이 고요한데
섬돌 아래 잔디밭에 맑은 이슬 반짝이네!
〈맹호연의 초추(初秋)〉

온은 조용히 옛 글귀에 젖어 들었다. 왕족으로 아무것도 하지 않고 지낸 세월. 도망 두 달 동안 모든 것이 지친 상태다. 오한이 나고 다리가 휘청거려 더는 걷기 힘들다는 생각이 들자 자기도 모르게 주막 쪽으로 향하고 있었다. 사람들 속으로 들어가야 한다는 절박함이다. 지금까지 이렇게 사람 고픈 적이 없었다. 지나온 길은 돌아보고 회한에 잠기는 어리석음의 반복은 정말 싫은 일이다. 되돌릴 수만 있다면 2년 전으로 돌아가리다. 피로와 외로움이 이렇게 자신을 무기력하게 할 줄 몰랐다. 문득 개경에 두고 온 아내가 궁금하다. 많은 장수가 아내와 자식들을 죽이고 합류했을 것이다. 몽골인들에게 능욕당하기를 미리 피한 행동이다. 그런 배려도 없는 무모한 자신의 행동. 아내는 자신의 옷가지를 싸면서 어떤 말도 묻지 않았다. 그는 무심하게 잠들어 있는 아이를 보았다. 성공하면 너에게 부귀영화를 줄 수 있지만. 온은 다음 말은 차마 생각할 수 없다. 성공이 무엇을 의미하는가? 성공은 역모인 것을. 단순한 역모가 아니라 나라 기강을 바로 세워보려는 왕족의 몸부림이다. 아무것도 모르고 곤히 잠들어 있는 아들의 손을 한 번 잡아보았다. 이 손을 다시 잡는 날이 올 수 있을까?

"아이와 절로 들어갈 생각입니다. 개경에서 먼 작은 암자를 찾아서. 마치 집안 어른이 멀리 남쪽 어느 귀퉁이에 작은 암자를 짓고 혼자 지내시는 곳이 있습니다. 오산사라고. 화엄사의 말사末

ᅕ입니다. 혹시 나중에라도 찾아오시라고 말씀드립니다. 그리고 부탁드리는 것은 이왕 마음먹은 일, 어떤 경우라도 비겁하지 마시라고, 단 목숨과 비겁 중 하나를 선택해야 하는 상황이면 신중한 선택을 하세요. 극한 상황에서는 한번 비겁해지세요. 우리말에 개똥밭에 굴러도 이승이 좋다고 합니다. 살아있음은 먼 훗날을 바라볼 수 있습니다. 저랑 환은 입적하겠습니다. 어떤 경우에도 스님은 건드리지 않는다지요. 옥체보존은 필수입니다."

배중손이 인질로 잡은 귀족의 자녀들이 슬금슬금 섬을 빠져나가도 조용히 그들을 관망했다. 귀족의 자녀들은 훌륭한 병졸이 되지 못했고 천성적으로 육체적 괴로움에 나약했다. 그들은 어려서부터 걸친 귀족이라는 옷에 익숙했다. 그래서 배고픔에 특히 취약한 것이다. 쓸모없는 병졸은 군량미를 축낼 뿐 오히려 성가신 존재였다. 정부는 몇 사람 남은 귀족 자제들을 무시한 채 무차별로 공격해왔다. 배중손의 생각이 틀린 것이다. 이미 하나의 독립국이 된 삼별초에 편입된 귀족의 자녀들도 다만 반란군이다. 빠져나간 귀족의 자녀들은 부모의 품으로 돌아갔고 그들은 강제징용을 고집했다. 죽음과 굶주림 앞에 장사 없다. 살기 위한 배반이다.

겨우 아홉 살인 아들을 아내의 손에 맡기고 떠나온 개경이다. 쫓기는 왕의 후손들은 어떤 작은 영화도 없다. 끝내 따라오지 않는 아내에 대해 미움도 원망도 없다. 아내는 이미 이런 결과를 예견하고 한사코 같이 오기를 거부한 것이다. 식구들은 어찌 되었는가? 관노가 되었거나 사비가 되었을 것이다. 누구도 전해주지 않는 개경 소식이다. 죄송합니다, 아버님. 집을 빠져나올 때 사랑방엔 불이 켜져 있었다.

반란군 수뇌. 반역자. 나는 정말 반역자인가? 아니 재수 없는 왕손일 뿐이다. 숨도 크게 쉬지 말고 살라시던 아버지의 추상같은 호령. 그것이 단순한 호령이 아니라 호구지책인 것을 왜 깨닫지 못했는지? 맞는 말이다. 크건 작건 한나라의 왕은 하나여야 한다. 태양이 왜 오랫동안 우주를 지배했는지. 그것은 하나이기 때문에 가능한 것이다. 조금 큰소리만 내도 반역의 무리에 휩쓸린다. 또 하나의 나라. 자신의 평범한 안락을 뿌리째 흔들어버린 모반의 수장 탄생은 선택이 아니라 엉겁결에 손에 잡힌 허상인 것을.

몸이 쇠약해지니 모든 것이 후회뿐이다. 왕족으로 평화를 누리고 살아온 수많은 날의 영화가 주마등처럼 떠오른다. 원나라의 꼭두각시 왕이 되지 않는 현실에 감사했으면 그것으로 만족할 것을. 어디서부터 잘못 쓰인 지 모르지만, 뒤죽박죽인 족보로 원종의 16촌이지만 실지는 내외종 6촌이다. 고려 왕족의 촌수는 원칙이란 것이 없다. 남자들이 전쟁하는 동안 여자들은 본능에 충실했다. 점령자가 제일 먼저 취한 것은 그 촌락의 여자들이다. 이곳저곳의 여자들은 외로움을 달래기 위해 스스로 여장부가 되었다. 여자의 풍요는 탈선의 지름길이고 그런 풍토가 고려 시대 사회상이다. 특히 왕족은 우후죽순으로 늘어났다. 아버지의 여자를 취해도 크게 비난받지 않는 사회. 이모를 범해도 허허하고 웃어 넘기는 사회는 귀족에게 더 관대했다. 그래서 촌수는 그냥 적당히 편리할 대로 맞추는 사회다. 어찌 되었든 먹고 사는 일상에 불평 없는 삶이면 감사하거늘. 고생없는 풍요는 정신을 병들게 하는 지름길이다.

부원 배가 아니면 아무것도 할 수 없는 시대다. 나라가 힘이 없으면 백성, 특히 고충을 당하고 사는 사람은 왕족이다. 난세일수록 왕족은 처세가 힘들다. 언제나 죽음이란 위험이 도사리고 있다. 주변 인물이 적인지 아군인지 긴장해야 한다. 말 한마디 실수하면 천 길 낭떠러지로 떨어진다. 삶이 언제나 뱀의 혓바닥처럼 넘실거린다. 두 개로 갈라진 뱀의 요망한 혀처럼. 죽음과 삶의 극단적 상황이다. 근친혼으로 유약한 왕족에 비해 그런대로 강건한 체력이 배중손의 눈에 들어 억지로 올라온 자리에 연연하지는 않지만, 줏대 없이 흔들려 작은 욕심에 멍든 삶을 탓하는 마음조차 어찌 없으랴. 처음부터 무모한 짓임을 모른 것은 아니지만 마음속으론 한 번쯤 원하고 있었던 자리다. 그런데 막상 앉아보니 허황한 자리였음을 알고 느낀 모멸감이 무서웠다. 온은 연거푸 뜨거운 숨을 몰아쉬었다. 만정의 손끝에서 느껴지는 찬 기온에 열이 내려가고 있었다. 누군가가 나를 돌보고 있다는 안도감과 함께 이 사람이 아군인지 적인지 구분하느라 시간이 필요한 상태다. 암담한 현실에서 온은 한참 머뭇거렸다. 살짝 눈을 뜨고 보니 차림새가 다행히도 정부의 끄나풀은 아닌 것 같았다. 그것만도 다행이고 고마웠다. 살았구나 하는 안도감이다. 살 수 있겠구나 하는 희망이기도 했다.

옆에서 뒤척이는 만정의 몸짓에 온은 불편하다. 한사코 그냥 한뎃잠을 자려는 만정을 기어이 방으로 불러들였다. 하나 남아있는 아주 작은 구석방은 두 사람이 눕기도 버거울 만큼 좁다. 서로 등 돌리고 누웠지만 불편하기는 마찬가지다.

허드렛일을 하려 해도 힘든 일을 해보지 않는 온은 배고픔이 차라리 더 견딜 만했다. 왕족이라, 참 어이없는 장식품이다. 난 정말 왕족이었는가? 아니 왕이었어. 아주 짧은 기간이지만 왕이었어. 힘이 없는 왕은 노예보다 못했다. 욕망이 앞만 보고 달리다가 넘어지니 돌부리가 웃으며 오히려 사람을 동정하는 꼴이다. 배중손에 의해 만들어진 왕. 그의 죽음으로 사라진 권리. 애당초 왕 같은 것 욕심내지 않았건만. 어쩌다가. 그렇다. 어쩌다가 왕이 된 것이다. 그것은 마치 길을 걷다가 무심코 눈에 들어온 버려진 비단옷을 주운 행운 같은 것. 그렇지만 그 비단옷은 자신의 체격을 완전히 외면한 것이었다. 걸친다고 무조건 내 옷이 될 수 없다는 것을 깨닫지 못한 어리석음을 탓한들 이미 엎질러진 물이었다. 세상사가 모두 그런 것을 아니지만.

동가숙 서가식 하기도 이제 지쳤다. 옆에서 계속 뒤척이는 것은 잠자리가 불편하다는 무언의 암시다. 같은 남자끼리 구태여 이렇게까지 등을 돌리고 구부리고 자야 하는지? 주체인 만정의 잠자리가 불편하다면 객으로 할말이 없다. 그동안 여기저기 아무 곳에서나 새우잠을 잤다. 자다 보면 옆 사람의 다리가 목을 억누르기도 했다. 몸은 불편했지만, 마음은 너무 편했다. 돌아보면 한 치 앞에 적의 칼날이 번뜩이는 상황의 비단금침이 하룬들 어찌 편한 잠을 취할 수 있으랴. 철벽같이 군졸이 지킨다지만 어느 순간 그 군졸의 칼이 자신을 향해 춤을 출지도 모를 긴박한 상황에서 꿈인들 편할 리 없었다. 배중손의 깍듯한 예우도 바위처럼 무거웠다. 허연 수염이 안정된 연륜보다는 가엾다는 느낌이 먼저인 모습이었다. 이빨 빠진 늙은 호랑이. 날개 찢긴 늙은 독수리의 모습이었다. 보살핌을 받는 것보다 차라리 보살펴주고 싶은 사람인 것을. 군신의 예의를 지키고자 발버둥을 치는 노장의 처연한 모습이 안쓰럽기만 했다. 수염조차 희끗거리는 늙은이. 젊은 날의 용맹은 흔적 없이 사라지고 희망 없는 항전에 지친 모습인 사람. 피곤과 자책으로 일그러진 모습은 보는 이의 마음조차 아리게 만드는 몰골이었다.

초저녁에 들이켠 탁주가 자꾸 방광을 자극하니 힘들다. 달빛이 괴괴하다. 외로움이 엄습하니 견디기 힘들다. 언제부터인가 혼자라는 외로움에 그는 치를 떨었다. 건달보다는 왕이 더 좋은 줄 알았다. 그러나 그것이 착각인 줄 알았을 때 이미 그는 왕이 되어 있었다. 영화는 없고 오욕과 불안만 있는 자리, 권리는 없고 쫓김만 있는 자리. 구하고자 하는 백성은 없는데 배고픈 무사들만 주변에 득시글득시글했고 볼모로 잡힌 귀족 자녀들도 하나둘씩 흔적을 감추기 시작했다. 죽었는지 탈출했는지 누구도 함구하니 진실을 알 수 없는 고립상태 속에서 어떤 평화도 보이지 않았다. 눈만 감으면 참수당하는 자신의 모습만 보였다.

초승달은 빛은 없지만, 존재감이 있는 달이다. 초저녁에 잠시 나타났다가 홀연히 사라지는 달이다. 멀리 뿌옇게 동쪽이 밝아온다. 오늘은 어디를 향해 걸음을 옮겨야 하나. 아니 이런 비렁뱅이 생활을 얼마나 더 계속해야 하나. 벼려진 뒤 얼핏 석 달이 지났다.

진도를 떠나올 때도 달이 없는 캄캄한 밤이었다. 밤바다는 요란하게 자신의 탈출을 방해하고 있었다. 그런 어둠을 가르고 천천히 움직이는 배 한가운데 서서 바다를 응시했다. 바다에 익숙하지 않으면 도저히 탈출하기 힘든 상황이지만 목적지에 도착했다. 누군가에게 감사했다. 아직은 신이 내 목숨이 필요하지 않는다고 생각했다. 바람도 요란하다. 노를 젓는 사공의 몸놀림도 보이지 않는 그런 밤이다. 그는 차라리 배가 바닷속으로 가라앉기를 바라는 마음이 되었다. 자신의 목숨을 구하기 위해 모든 사람을 버리고 도망하는 왕의 모습. 뼛속까지 스미는 외로움과 부끄러움을 어찌 말로 표현하랴. 그렇지만 그렇게 도망쳤다. 그리고 다시 몇 달이 흘렀다. 아무것도 하지 못하는 남자로 거듭난 모습. 아니 만정이라는 남자에 의해 정처 없는 나들잇길을 행한 자신. 사방을 둘러봐도 희망이 보이지 않는다. 그렇다고 스스로 목숨을 버릴 용기도 없다. 죽고 싶지는 않았다. 코앞에서 바닷물처럼 넘실거리는 죽음과의 전쟁. 역적의 수뇌도 죽음 앞에서는 마음속으로 살기를 바라는 것이 인지상정이었다.

달빛을 찾다가 방으로 다시 들어가니 이미 이부자리가 말끔히 정돈되어 있다. 사내치곤 생긴 것과 다르게 너무 깔끔하다. 주섬주섬 봇짐을 챙겼다. 무작정 또 걷자. 당분간은 무작정 걷다가 해지면 아무 곳에서나 잠을 자야겠다. 여름이 되면 한뎃잠도 견딜 만하다. 그러다 보면 여름이 가고 가을이 올 것이다. 아니 겨울이 오기 전에 어딘가에 정착해야 하거늘. 부귀영화는 없지만 사는 데 어려움은 없는 것이 왕족의 일상이다. 사는 데 불편하면 역모를 생각한다고 왕들이 왕족에게 언제나 후한 시대다. 그때가 좋았다. 후회는 언제나 돌이킬 수 없는 고통 상태에 생기는 바보 마음이다. 아내와 아들과 평화를 만끽했던 날들. 그때는 몰랐다. 남자이기 때문에 가슴에 남모를 야심 하나 꼭꼭 숨기고. 나라 돌아가는 꼴이 한심스럽지만, 밖으로 내놓을 수 없는 벙어리 가슴앓이가 행복한 일상인 것을 정말 몰랐다.

그날 밤의 은밀한 접촉에 쉽게 흔들린 야망. 노장의 안타까운 눈빛에 사심은 안보였다. 원나라. 오랑캐. 광활한 중국을 점령하고도 호시탐탐 고려를 노린 나라를 감히. 그러는 게 아니었어. 신라가 자력으로 삼국을 통일했어야지. 고구려 광활한 영토를 헌납하고 이룬 반 조각 통일이 무슨 개지랄인가. 당나라가 영원할 줄 안 신라왕의 어리석은 눈먼 판단. 다스릴 힘이 없으면 욕심을 내지 말았어야지. 백제만을 상대하기도 버거웠으면서 이미 기울어진 당나라에 넘겨준 광활한 고구려 땅. 그곳을 찾으려고 고구려 유민들이 많이 발버둥을 쳤다. 그럴수록 당은 더 고려를 옥죄이다가 스스로 자멸하고 말았다.

칭기즈칸의 피로 이룬 나라는 결국 혈육 간의 피를 부르고 끝이 난 것이다. 권력은 피를 보지 않으면 쟁취되는 것이 아니다. 그래서 피로 세력을 잡은 통치자는 자신의 허물을 덮기 위해 대부분 내치보다는 영토를 넓히는 데 혈안이고. 중국의 국호는 이백 년을 넘기지 못했다. 워낙 넓은 대륙은 한 사람의 통치로 불가능한 것이다. 여기저기 군웅할거들이 판치는 곳이었다. 원도 예외는 아니다. 가까스로 정권을 장악한 쿠빌라이 칸이 마지막 노린 곳이 고려였고 그의 야심이 점점 채워지고 있었다. 수많은 원조가 침략했지만 한 번도 완전히 정복하지 못한 작은 나라가 고려다. 그의 불타는 욕망을 잠재울 유일한 것이었고 어느 만큼 만족시킨 고려다. 왕을 마음대로 바꿔 허수아비를 앉혔으니 고지 점령이 눈앞인 상태라 미친 듯이 날뛰었다. 영녕공을 첫 필두로 부마국을 만들 계획이다. 부마국. 허울 좋은 명칭이다. 고려의 씨를 말리자는 행동인들 모르는 사람은 없다. 고조선, 정말 호랑이와 곰의 합작품인가? 누군가 지어낸 이야기를 중국은 믿지 않았다. 중국은 자신들의 전설만 믿는 고집스러운 민족이다. 어찌 보면 아둔한 듯하지만 그만큼 자아의식이 강하다는 뜻도 된다.

고려라는 나라를 중국의 변방으로 생각한다. 실지로 백성의 생김새도 비슷하다. 다만 사는 곳이 다를 뿐이다. 또한 중국 중앙에서 거리가 좀 멀고 교통이 불편하다. 수없이 바뀐 중국 왕조는 새로운 이름으로 나라를 다스리기 전에 망하기를 반복하다 보니, 고려라는 멀고 작은 변방까지 다스릴 시간이 없었다. 중앙 내부의 반란만도 벅찬 중국 왕조였다. 그들에게 고려는 여러 가지 여건상 꼭 필요한 존재였다.

넓지만 별 쓸모없는 대륙이 중국이다. 중심부의 사막은 물이 없어 농사도 못 지은 불모의 땅에, 자주 바뀌는 왕조는 주체성을 찾지 못하고 표류할 뿐이었다. 왕이 되었지만 전 지역을 다스리지 못한 왕조는 사상누각에 불과했다. 권력은 잡았으나 오래 유지할 능력이 없는 중국 왕조의 유일한 탈출구가 고려였다. 역대 어느 왕조도 함락시키지 못한 나라를 장악하므로 얻어지는 위엄이 모든 군주의 최대 소원이었다. 그래서 모두 고려만을 바라보고 침략의 빌미를 만들어 행하려는 것이 중국 왕조였다. 그들이 생각건대 작고 보잘것없는 변방의 소수 촌락인데 절대로 잡히지 않는 게 손톱 밑의 가시 같은 존재다. 그들은 고구려 옛 영토를 향한 고려인들의 열망을 알기에 더더욱 옥죄일 수밖에 없다. 잃은 자는 찾기 위해 고군분투하고, 빼앗은 자는 지키기 위해 사생결단을 하는 약육강식이 동서고금을 통해 변하지 않는 진리다. 사신 하나의 죽음을 빌미로 고려를 반 이상 손에 넣은 원나라의 핍박은, 날이 갈수록 심해지고 요구사항은 끝을 모르는 수평선과 같았다. 더구나 고려는 오랜 여러 가지 병(부패)으로 내부가 곪은 상태였다. 이런 상황에 풍전등화인 조정, 원의 침략에 항거한 것이 삼별초의 난이고 온이 그 중심부에 있었다. 시작은 좋았다.

절 마당은 가을걷이가 열심이다. 여기저기 가을꽃이 피기 시작했다. 잠자리는 마당을 마음대로 휘젓고 날아다닌다. 구름에 가려진 해는 절 마당에 여러 가지 그림자를 만들었다. 맨드라미가 마당 구석에 요염하게 서 있다. 여행에서 조금은 얻은 것도 있다. 이런 편안함을 막힌 혈이 뚫어졌다고 하는지? 조금은 세상 보는 눈이 달라진 것이다. 진도에서의 숨이 막힌 세월. 적과 동침처럼 언제나 서늘한 잠자리. 그런데 만정과 여행하면서 세상에 대해 너그러워지고 있었다. 삶에 조금씩 자신감이 생기기 시작했다.

이런 세상도 있구나하는 바보같은 편안함도 새로운 감정이다.

결국 원종은 원나라에 의해 폐위되었다. 힘없는 나라는 강대국에 의해 모든 것이 바뀐다. 온은 그 소식을 공양드리고자 절을 찾은 양반네 식솔에게 들었다. 가슴속에 뜨거운 분노가 치솟았다. 어쩔 수 없는 것을.

가을이 한가하게 구름 잡고 놀고 있다. 급하게 쫓겨가던 가을이 미련을 안고 되돌아왔다. 세월을 웃음으로 치장하려는데 방법이 없다. 무성한 나무는 이파리 하나 남기지 않고 다 떨어졌다. 강가에서 떨고 있는 갈대인들 늦가을이 좋으랴. 그리도 화려한 연못들이 말라 비틀어진 연꽃 줄기로 폐허가 되었다. 시퍼런 강물은 오싹 한기를 느끼게 한다. 앙상한 나무 사이로 낙조는 가관이지만 기분은 여전히 완전 밑바닥. 세상에 낙조를 즐기는 사람은 아마 골 빈 사람이리다. 감정이 갈대 따라 말라버렸다.
만정에 대한 애틋함이 야릇하다. 그동안 힘든 여정에 대한 반발인지 만정의 평퍼짐한 엉덩이가 눈에 거슬린다. 자신을 보살피던 여인들이 방죽에 몸을 던졌다는 소식을 바람결에 들었다. 몽골인들에게 능욕당하기 싫어서 그랬단다. 평화로운 섬을 점령하고 그들의 안식을 갈가리 찢어버린 군대. 구하기는커녕 죽음으로 밀어 넣은 군대. 그 군대의 수장인 나. 온은 허허하고 웃었다. 지난 일 년 동안 오로지 긴장하고 살았다. 누구도 강요하지 않는 긴장이다. 자주 미열이 난다. 무엇인가 지난 일 년 동안 몸이 부서지고 있었나 보다. 건장한 만정은 산에서 땔감을 구해오고 단아가 아주 조심스럽게 시중을 들었다.

산등성이에 이파리는 다 떨구고 댕그랗게 빨간 감이 대롱대롱 몇 개 달린 감나무가 보인다. 뒷산은 이렇게 감나무가 많은데 너무 높아 불행히 따먹지를 못한다. 산짐승 잡고자 숲에 놓은 덫에 걸려 뒷다리 한쪽의 반을 잃은 개가 초겨울을 더듬고 다닌다. 가엾다. 잘린 다리 끝에 아직 피가 보인다. 개를 보듬었다. 상처가 덧나지 않아야하는데 그렇게라도 살고자 하는 개의 처절한 몸부림이 가슴을 때린다. 아프다. 기슭을 타고 내려오는 물줄기는 낙엽을 보듬고 소리 없이 냇가로 흘러간다. 이제 높은 산은 멀리하고자 마음먹었다. 산 생활 서른 해가 지났지만, 점점 높은 산은 두렵다.

눈인지 비인지 정체불명의 것이 잠깐 지나간다. 모든 잎 다 떨군 앙상한 나뭇가지 잡고 처량하게 매달려있는 빗방울은 누구의 눈물인가. 낡은 지붕 처마 밑에 떨어지는 빗방울도 가여워 죽겠다. 그들은 밤새 얼기를 바랄 것이다. 모를 일이다.

뿔 잘린 우리 속의 사슴은 뿔이 더 자라기를 바랄까 아니면? 가만히 사슴에게 물어보면 답해주려나. 뿔 잘리는 고통을 기다리는 사슴은 없을 것이다. 산수유 떼지어 겨울 맞느라 요염하다. 연하는 일 년 중 이때가 정말 싫다. 나무들은 화려하게 잠시 반짝거리다가 모든 것을 미련 없이 내려놓는다. 내년이 약속되어서 미련 같은 것 갖지 않는가 보다 하면서 연하는 오랜만에 송이를 찾았다. 오랫동안 방치한 송이다. 시들어가는 여인의 모습은 가엾다.

어느 때부터인가 혼자 되는 게 싫다. 누군가의 주변에서 언제나 서성이는 외로움이 송이에도 집적댄다. 송이는 어쩌다 찾아주는 연하를 기다리면서 날마다를 지운다. 그녀는 가끔 자신의 관자놀이에서 벌레가 스멀스멀 기어감을 느꼈으나 연하를 거스르진 않았다. 그것이 거머리인들 상관없다. 연하와 같이라면. 가끔은 들려주지만 철저하게 선을 긋고 거리를 두는 연하다. 그렇지만 원망은 언감생심이다. 그저 가까이서 바라보기만 바라고 들어온 곳에서, 우연찮은 사고에 욕심을 밖으로 드러낸 어리석은 행동에 대한 후회는 세월이 가도 줄어들지 않는다. 무서운 욕심에 순간 자신을 팽개친 채 저지른 만행에 대한 죄책감도 마찬가지다. 여자만의 좁은 갈망을 스스로 다스리지 못하고 저지른 최고의 실수. 연하를 바라보기만 하겠다던 처음의 마음이 차지하고 싶다는 마음으로 쉽게 돌아설 줄 정말 몰랐다. 말 타면 종 부리고 싶은 것이 인간의 속성이라지만 자기는 처지가 처지인 만큼 그렇지 않을 줄 알았다. 그런데 그 마음이 번개같이 잠시 그녀를 스치고 지나갔다. 그녀는 옆에서 마음을 달래줄 사내가 필요한 평범한 외로운 여자였다.

그럴 줄 알았다. 아니 그러리라 의심하지 않았다. 그 여자만 없으면 당연히 연하의 옆자리가 제자리라 생각했다. 그런데 아니다. 지독한 오산이다. 여전히 펄펄 끓고 있는 열정을 어디서 식힌단 말인가. 노류장화에게서의 생활이 오히려 자신에게 맞는 것인지도 모른다.

팔자를 거스르려니 따라온 것은 외로움뿐이다. 한 사내의 여자가 되기를 너무나 간절히 바랐건만. 정에 허우적거리지 말고 정을 즐기라던 작부들의 넋두리. 그러나 송이는 언제나 정에 목마르다. 나이 헛먹은 주책 마음을 다스릴 재간도 없다. 외로움이 내지르는 고통에도 속수무책이다. 연하는 무심하기가 흐르는 세월하고 동류항이다. 사랑이라, 얼마나 갖고 싶은 것인데. 연하의 마음속에 들어가 천방지축 날뛰고 싶은 마음. 그런데 숨죽이고 있으려니 금계랍 맛이다. 참는 것도 한도가 있다. 가끔 서 의원의 끈끈한 눈빛이 느껴지기도 했지만 무시한 송이다. 외로워 잠깐 엉거주춤하고 돌아보면 서 의원이 있다. 반갑다기 보다 소름 돋는다.

# 6

어디선가 짐승 우는 소리가 아스라이 들린다. 가끔은 절 마당까지 내려오기도 하지만 극히 드문 일이다. 사람이 아니어도 그들의 먹이는 숲속에 충분하기 때문이다. 그러니 위험을 무릅쓰고 사람들 옆에 다가오지 않는 것이 산짐승의 지혜다.

말을 하지 못하는 저 여자는 누구인가, 그리고 단아라는 저 꼬맹이는? 내가 왜 이곳에서 서성이고 있는가? 무엇이 나를 이곳으로 오게 했는가? 특별히 갈 곳을 정한 나들이는 아니지만, 한곳에 오래 머물 생각은 없었는데. 몇 달을 의미 없이 이곳에 있다. 한사코 놓아주지 않는 벙어리 여인의 눈빛. 그리고 어딘가 낯익은 저 꼬맹이. 무기력 상태로 허공만 바라보고 있는 온. 그런 온을 향한 꼬맹이의 질펀한 시선도 거슬린다. 어느 순간 느닷없이 꺼질 줄 모른 등불을 바라보고 사는 것이 중생이란다. 그래서 고달 프기 그지없는 것이 세상이고. 서로 아끼고 도우며 같이 헤쳐나가야 할 세상인데 실지는 그렇지 않다. 백지장도 맞들면 낫다는데 정말 그런 것인지. 절을 드나드는 사람들은 모두 백지장과 같이 헐렁한 사람들이다. 권력은 화려한 의상과 같이 그들의 겉치레에 불과했다. 불안한 정국에 사람들의 눈빛도 흐리다. 40여 년을 질질 끌어온 전쟁이 언제 끝날지 아무도 모른다. 백성은 도탄에 빠지고 왕권은 이미 효력이 없는 상황이다. 승려들은 어지러운 왕권을 노리고 부녀자들은 그런 승려에 붙어 사회는 문란의 극치다. 누가 누구를 탓하고 다스릴 여지가 없는 나라다.

낮달이 동쪽 하늘에 얼핏 보인다. 햇빛 속에 숨어있다 나타난 것이다. 곧 이어 별이 또 하나 보인다. 달과 별은 낮에는 어디서 무엇을 하는 것이람. 꼭 해가 진 후라야 나타나는 달과 별. 그들이 너무 가엾다 생각이 든다. 전설에 의하면 예쁜 바위들이 금강산 찾아가다 이곳이 너무 아름다워 잠시 쉬려 했는데 주변 경관에 홀려 그냥 주저앉은 곳이란다. 믿거나 말거나 전설은 이렇게 허무맹랑하게 구전으로 전해온다. 그랬는데 뒤따라온 바위들도 소문으로 듣던 금강산인 줄 알고 눌러앉은 곳이란다. 멀리 보이는 쥐 모양 바위. 쥐는 부지런하거늘, 너무 좋아 일부러 떠나지 않는 것이 아니려나. 바위의 생김새가 동물들의 박제 같다.

하루만 더디 오시라 그리 부탁했건만 얄궂은 비가 새벽부터 발목을 잡는다. 길 떠나려는데 겨우내 털 세운 채 서 있던 보리가 다리 아팠다가 모처럼 비바람 들이마셔 나자빠져 쉬고자 하는데, 심술쟁이 하느님이 비 뿌려 훼방이다. 구름의 장난으로 온 땅은 질퍽거리고 넘어진 보리 나무가 하늘 보고 한숨이다. 그 한숨 같이 느끼며 단아는 속으로 환호성 치니 세상은 역시 요지경이다. 단아의 가슴은 내내 콩닥콩닥 이다. 두 남자가 떠난다는 말에 단아는 억장이 무너졌다.

초봄은 잔인했다. 대가 없이 옆에서 돌봐주던 사람들이다. 우락부락하지만 은근히 정답고 한 사람은 무심하지만 보기만 해도 가슴이 설렌다. 겨울이 더 길었으면 좋겠다. 겨울과 봄이 오락가락하다 겨울이 줄행랑치자 좋은 세상이 오는구나 설렜는데 사람들이 떠난단다. 어떻게 붙잡아 둘 방법이 없는지, 절 마당에 앉아 시름없이 구름만 보고 있으려니 너무 힘들다. 그들이 오래 머물 거란 생각은 없었지만, 일정한 대상이 아니지만, 단아는 두 사람에게 색다른 감정을 느꼈다. 만정의 다정함은 동기간 같은 편안함이고 온에 대한 막연한 그리움은 새벽이면 몽설에 시달리는 불편한 본능이다. 겨우내 땔감을 조달해 준 만정은 무조건 고마운 사람. 그리고 어머니에 대한 끝없는 배려는 그저 황송할 뿐이다. 사람들의 보살핌은 그냥 동냥이었다. 그저 말끔하게 생겼지만, 아무것도 할 줄 모르는 남자는 허구한 날 절 마당만 걸어 다닌다. 그렇지만 깊은 우울 속에 갇혀 보는 이를 짠하게 하는 남자. 그럴 수만 있다면 두 남자를 다 갖고 싶은 단아다. 혼자 앓는 가슴앓이였지만 겨우내 춥지 않아서 행복한 단아다. 합법적이진 않지만 두 남자를 거느린 여염집 아낙들의 이야기도 들었다. 그들에겐 부와 아름다움이 있지만, 자신에겐 아무것도 없다. 말을 잃어버린 어머니의 눈길이 자꾸 만정에게 머물러도 짜증이 났다. 만정에게 기대어 나들이라도 할라치면 너무 행복해하는 어머니였다. 어머니는 언제나 무슨 말인가 만정에게 하고 싶은 눈치다. 이상하다. 어느 때부터 어머니는 소리마저 잃어버렸다. 사람의 기능이란 것이 이리 우스운 것인지. 다리야 스님이 발견 당시 이미 못쓰게 된 상태지만 살려달라고 분명히 말을 했다는데. 어머니는 왜 말까지 숨기고 사시는지?

어찌 차마 만정에게 말이라도 붙이랴. 아니 분명히 만정은 여자인데 저리 남자 행세를 하는 것으로 봐서 피치 못할 이유가 있겠지. 그 사람은 잘 있는지? 냉정하게 자신을 절벽으로 밀어뜨린 사람이지만 어찌 잊으랴,

도연은 가마터에서 송이를 보았다. 무료하게 넋 잃고 앉아있던 송이. 그뿐이다. 연하를 향한 송이의 끓는 마음을 알았다. 그렇지만 무심한 척했다. 소중한 연하의 마음을 존중해서다.

만정, 두고 온 내 딸. 단아. 가여운 내 딸. 온이란 사내는 만정의 무엇이란 말인가. 송이는 잘 있는가. 입이 열리지 않는다. 말문을 닫아버린 지 어느새 10여 년이 지났다. 답답하지만 불가항력이다. 말을 하면 더 힘들 것 같은 마음, 응어리가 말이 되어 터져 나와 단아가 다칠까 두려웠다. 그래서 굳게 닫아버린 입이다. 그러다 보니 차라리 마음 편한 침묵이다.

새벽마다 저리는 통증. 딱히 아픈 것도 아니지만 무기력증. 축

축이 젖는 속곳. 단아로선 힘든 일이다. 겨우내 저려오던 가슴앓이. 만정과 온이 머문 방 밖에서 서성이기를 수십 번. 하지만 누구도 눈길 한번 주지 않았다. 그런 사람들이 떠난다니 단아로선 죽을 맛이다. 어찌 두 사람은 그리도 붙어만 있는가. 들이댈 틈이 없는 끈적거림이 둘의 관계다.

밤비가 소리 없이 추적댄다. 오늘도 단아는 비를 맞은 체 탑돌이를 하고 있다. 문이 열리고 만정이 나온다. 온에 대한 뜨거움은 만정도 마찬가지다. 참 쓸모없는 남자지만 같이 다니면서 정이 든 것이다. 상놈 냄새가 나지 않는 사람, 생긴 모양새에 비해 나약하기 짝이 없지만, 함부로 대하지 못한 자신의 실수. 그의 알몸을 보고 느낀 처음의 전율이 유죄인가. 자꾸 눈에 거슬리는 온의 아랫도리. 새벽이면 유난히 솟아오른 부분. 몇 번이나 움켜잡고 싶은 충동. 그렇지만 참아야 했다. 자신의 모양새는 남자이고 온도 남자로 자신을 대하지 않는가.


"저."

어느새 다가온 단아가 말을 건다.

"언제 떠나시는지요?"

"조만간에."

"부탁이 있어서."

밤이라 상대의 눈빛을 보지 못한 상황이다. 단아는 침을 꿀컥

삼켰다.

"나를 거둬주시던가. 아니면 방에 있는 동행에게 내 뜻을 전달해주던가?"

"들어가 봐."

만정이 퉁명스럽게 말하자 단아는 순간 아찔했다. 온 보다는 당신이 더 좋다고 말하고 싶은데 단호한 만정의 태도에 움찔했다.

"그런 게 아니라."

"난 어머님 말동무 좀 해드릴게."

밀리듯 그러면서도 떠는 가슴을 진정시키느라 단아는 한동안 멈칫했다. 너무나 수월하게 자신을 내치는 사내에게 할 말이 없다. 만약 방안의 사내도 그리하면 어쩌나 하는 두려움. 그러나 이미 뱉은 말이다.

어둠 속에서 뒤척이는 사내의 몸짓이 느껴진다. 단아는 사내 곁에 누웠다. 흠칫 놀라면서도 자신을 밀치지 않아 우선 안심이다.

"한 번만, 그냥 한 번만."

너무나 간절한 말씨다. 단아. 한 번도 여자로 느낀 적이 없는 단아.

"떠나기 전에 아이 하나 만들어 주세요."

온은 어이없었지만, 조심스럽게 단아를 안았다. 참 오랜만에 느끼는 여자 냄새에 온은 주저하지 않았다. 진도를 떠난 지 일 년 가까이 지났다. 만정을 향한 야릇한 마음. 아이 하나 만들어 달라는 단아가 어이없지만 절실한 욕망이 가슴 아프다. 자신의 손이 스칠 때마다 사시나무 떨듯이 움직이는 단아의 작은 몸. 얼마나 외로웠으면 이리하랴 생각하니 연민에 가슴이 먹먹하다. 온은 아주 조심스럽게 단아를 만졌다. 여자. 마음만 먹으면 지천으로 깔려있던 여자들. 왕족만이 누릴 수 있는 무한정한 특권이다. 진도에서도 언제든 누릴 수 있었던 특권이었지만 차마 그리하지 못했다. 풍문으로 들려온 진도 소식. 여인네들이 거의 둠벙에 몸을 던졌단다. 능욕당하는 게 싫어서. 백제 멸망 시 삼천 궁녀가 낙화암에서 몸을 날리듯이. 언젠가 아버지를 따라 갔던 곳. 아버지의 지루한 한숨. 아무리 생각해도 조금은 억지스러운 잔인한 전설에 의아했던 기억. 여자 삼천을 거느리는 자리가 왕이라는 자리다. 그러니 남자라면 누군들 그 자리를 욕심내지 않겠는가?

꽃 같은 여인들에 비해 너무 모자란 단아인데 함부로 대하기는 좀 그렇다. 부들부들 떨면서 안겨 오는 게 연민과 뜨거움이 같이 소용돌이친다. 이곳에 그냥 단아와 자리를 잡아버려도 좋다는 비겁한 생각도 든다. 내가 되어 죽은 그 이름 모를 병사. 역모를 꿈꾸면서 실패를 생각한 사람은 없다. 온도 마찬가지다.


"그대들은 해산하라."

"이리될 줄 몰랐습니다. 왕이 우리를 내칠 줄 몰랐습니다."

삼별초는 해산하라는 왕의 명령. 이런 청천벽력이 어디 있으랴. 우리가 누구를 위해 지금까지 피를 흘렸는데. 그러나 몽골을 업고 왕이 된 원종이라 무조건 그들의 요구를 수용했다. 왕이라는 자리가 그렇다. 주지육림이 오직 목숨을 유지해주는 자리다. 정사는 용감한 권력의 실력자에게 맡기면 절로 잘 돌아간다. 원종인들 어찌 속이 없으랴마는 아니 몽골이 압력을 넣지 않았어도 그리 결정했을 것이다. 허수아비 왕이면 그만이지. 죄 없는 백성들의 죽음이 계속되는 무모한 싸움을 막았어야 했던 것을. 삼별초. 그들의 노고를 모르는 것은 아니지만 이미 쇠약한 국운에 막 일어나는 몽골을 대항하기는 역부족이다. 대세가 몽골 쪽을 기운지 이미 오래. 왕도 마음대로 바꾸는 그들을 어찌 일개 사병이었던 군대가 이기기를 바라랴? 차라리 내 손으로 그들을 해산을 명하고, 목숨이라도 구제함이 왕으로서 마지막 백성을 향한 마음이 아니겠는가? 왕권을 위협하는 최충헌의 사병에 대한 원종의 어명이었다. 왕권을 위협했지만, 몽골군과의 타협은 절대 반대한 군대이건만, 무능한 왕은 그들의 해산을 명하고 말았다. 원종으로서는 최고의 선택이고 최악의 굴욕이었다.

누구를 위한 항몽인데? 어찌 해산하라는 명을 내리다니. 힘없는 군주의 불가피한 선택이지만 최충헌은 받아들이기 어렵다. 나라가 어려울 때 목숨 걸고 나라를 지킨 것은 무신이지만 문신들은 언제나 무신들을 업신여겼다. 업신여긴다는 것은 두려움에 대한 방어다. 가까이 두고 싶지 않지만 어쩔 수 없이 공생해야 하는 관계. 그들의 허리에 언제나 걸려있는 칼과 창에 대한 두려움. 애초부터 싹을 자르지 않으면 언제는 반기를 들 상대에 대한 무차별한 무시. 타협해야 하지만 가진 자는 협상은 생각하지 않았다. 젊은 문관에 수염까지 태움을 당한 무관들은 호시탐탐 언제든 문관들을 제거할 힘이 있는 사람들이다. 권력의 더러운 단 냄새에 달관한 무관들, 그렇지만 그런 무관들을 두려워한 왕, 그리고 문신들. 언젠가 무관의 칼이 자신의 가슴을 겨눌 것이라는 두려움에 온갖 감언이설로 무관들을 업신여기고 왕과의 거리를 멀게 하려는 문신들이다. 칼과 붓의 싸움이다. 나약한 왕은 그런 문신들의 감언이설에 갇혀 아무것도 하지 못하는 허수아비인데다, 몽골의 명령까지 들어야 하는 정국에 당연한 어명이지만 무관들은 이해할 수 없었다. 삼별초는 질리게 반항했지만 결국 대다수 죽었다. 그 중앙에 서 있었던 온, 성공하면 군주다운 군주가 되고자 했지만, 어불성설이었다.

종이호랑이가 된 배중손과의 마지막 알현. 패전을 눈앞에 둔 노장의 결의에 찬 모습. 늙은 무신은 가녔다. 덥수룩한 수염, 호랑이를 연상시킨 눈은 이미 날카로움을 잃은 상태. 승산이 없는 최후의 일전 앞에 서 있는 노병은 이미 무인이 아니다. 참으로 안타까운 대면이다.

"우리는 끝까지 싸웁니다. 길은 오직 그것뿐입니다. 처음부터 무모한 반항임을 알고 행한 일이니, 소인은 여한이 없습니다. 전하, 우리의 항쟁은 고려의 마지막 자존심으로 후세에 남을 것입니다. 오늘 자子시에 나루에서 배를 타고 이곳을 떠나십시오. 모든 준비는 소인이 완벽하게 해놓았습니다. 날씨는 험하지만, 우리에게는 더 유리합니다. 이런 날은 정부 토벌군도 쉬는 날이랍니다. 고려의 신이 전하를 도울 것입니다. 울돌목 성난 파도도 우리를 어쩌지 못했습니다. 만수무강하시고 우리를 잊지 마시옵소서. 소신이 할 수 있는 마지막 충입니다."


봄날 아지랑이 뿌옇게 산을 에워싸고 드문드문 진달래 또한 절경이다. 여기저기 개나리가 한창인 남녘의 봄 속에 온은 벌거숭이 채로 옮겨졌다. 곳곳에 서 있는 벚나무가 꽃망울 터뜨린 한적한 바닷가에서 그는 배중손의 마지막 소식을 접했다. 삼별초, 벚꽃처럼 짧은 기간 활짝 피는가 했더니 단 한 번의 천둥과 번개로 사라져버린 군대. 진달래, 개나리가 바다 내음을 맡고 양지에서 열심히 자라고 있다. 어떻게 흘러든 곳이 이곳이다. 소용돌이치는 바닷바람 달래려고 발버둥 쳐도 도저히 어찌할 수 없다. 바람이 무슨 죄가 있으랴마는 야속하기 그지없다. 사공의 피곤한 얼굴을 외면하고 유유히 오가는 나룻배는 여전히 바다 위에서 흔적 없는 행보를 계속한다. 좁은 길가에 아주 시름없는 표정으로 피어있는 바보 같은 동백나무. 그리고 난쟁이 봄 풀들. 앉은뱅이 제비꽃, 민들레의 요염한 자태 옆에서 얼굴 내미는 염치없는 쑥. 올라가는 길의 바위들은 저마다 개성이 뚜렷하다. 유리 파편 모습으로 하늘 향해 날새운 바윗덩어리는 수많은 세월 보냈건만 여전히 칼날 모습이다. 누구를 위한 분노이기에 저리 날카로운가. 군데군데 진달래 처연히 반기니 그들의 옹알이가 어찌 내 마음 같으랴. 능선을 타고 양쪽으로 내려다보는 남해의 절경. 드문드문 섬들이 저마다 자세 뽐내고 절벽의 가파른 길은 걷는 이를 몸서리치게 한다. 출렁이는 파도와 깎아지른 절벽, 보이는 것은 작은 산과 바다뿐. 너울거리며 따라오는 물결을 보자니 아득함에 가슴이 아리다. 내가 이렇게 살아있음은 배중손의 배려가 아니었으면 어찌 바랄 수 있으리오. 그들과 생사고락을 같이하지 못한 한을 어디 가서 하소연하나. 사람들에 의해 찢기고 뜯어진 언덕의 아픔을 누가 알리오. 원나라의 군대로 인해 갈기갈기 산산조각으로 변한 충심을 무엇으로 달래랴! 역사는 항상 이긴 자의 치적에 의해 평가하고 기술된다. 이긴 자가 다른 나라일 경우에는 더 가혹했다. 이긴 자를 위한 축배로 얼룩지기 때문에 패한 자는 비참의 극치를 맛보아야 했다.

　홀로 남아 이리 떠돌이 생활을 할 바엔 목숨 구걸이나 하지 말 것을. 아니 김통정을 따라 배라도 탈 것을. 어차피 쫓기는 신세라면 차라리 그들과 함께였으면 이렇게 외롭고 무섭진 않았으리다. 어떻게든 살아야 한다는 절박한 심정이었다. 왕이었느니라. 아하! 온이 제일 부끄러운 것은 백성을 외면한 왕의 모습이다. 비록 잠시였지만 저들은 내게 왕을 주었느니라. 누리지 못한 영화지만 긍지는 주었거늘. 난 저들과 같이하리라. 후세에 삼별초 왕은 별수 없는 비겁한 도망자라는 말은 듣고 싶지 않다. 왕으로의 마지막 자존심이었다. 저들과 함께 차라리 작렬한 죽음을 맞이하련다. 이것이 그의 마음속 다짐이었지만 눈에 잡힌 죽음 앞에 무기력해진 육신. 불혹 가까이 살면서 한 번도 경험하지 못한 배고픔에 와르르 무너진 자존심. 왕이기 전에 그는 평범하고 나약한 인간이었다. 살고 싶었다기 보다 죽고싶지 않았다. 죽음 앞에 한 번 정도 비겁과 흥정해보라던 아내의 서글픈 권고가 생각났다. 그래 일단은 살자. 온이 내린 최선의 선택이다.

작은 사슴이 되어 안겨 오는 단아. 오산사. 아들 환의 얼굴이 떠올랐다. 만약 입적을 못 했다면 이미 죽거나 관노가 되어 있을 개경 식구들의 얼굴에 잠시 괴롭다. 진도에서는 여자를 취할 수 없었다. 인면수심이 될 수 없었다. 곁에 가까이한 여자는 있었지만 두려움으로부터의 탈출을 위한 동반의 수단이었을 뿐이다. 만정에 대한 미묘한 정, 그래도 단아는 여자라는 생각에 웃음이 나온다. 옆에서 새근새근 잠들어 있는 단아. 초저녁에 나간 만정은 새벽이 밝아와도 돌아오지 않는다. 만정이 일부러 자리를 피해줌이 느껴진다. 어쩌자고. 기약 없는 인연인 것을. 아기를 원하는 철부지 여자. 자식은 평생 멍에인 것을. 그런데 없는 것보다는 있는 것이 낫다. 아내는 그리고 아홉 살이었던 아들은 지금 어찌 사는가. 누구에게 그들의 안위를 물을 수도 없어 확인할 길도 없다.

"다시 만날 수 있을까요. 당신의 뜻을 따르겠지만 기대하지 않습니다. 그래서 당신을 따라나서지 못합니다. 아이 걱정은 마세요. 치욕의 삶을 아이에게 주진 않을 것입니다. 어떤 경우든 목숨만은 보전하시고, 오산사입니다. 구례 오산에 있습니다. 가파른 절벽이라 사람들 왕래가 뜸한 곳입니다. 당신의 의중을 눈치채고 언제든 떠날 채비를 해놓았습니다."

아내는 이렇게라도 내가 살아있기를 바랐던 것인가? 끝내 눈물을 보여주지 않은 아내. 고마운 아내이지만 세속의 욕망으로 버린 사람이다. 아들. 가슴에 싸한 아픔, 아이를 만들어 달라는 단아의 간절함에 응했지만 마음이 무겁다.

"난 어떤 약속도 해줄 수 없는 사람이다."

어깨를 들먹이며 흐느끼는 단아에게 해줄 수 있는 최선의 말이다.

"정표 하나라도."

정표, 내게 그런 것이 있기나 했는가. 내일 없는 영화를 누리면서 무슨 정표씩이나. 아무것도 묻지 않는 만정이 야속하다. 무언의 약속인양 만정은 초저녁이면 자리를 비웠고 그 빈 곳은 단아가 채워주었다. 며칠을 그렇게 보냈다. 처음부터 정처 없는 행보였지만. 갈 곳 잃은 나그네의 외로운 정착이 절이 될 수는 없다. 새벽이슬에 흠씬 젖어 들어오는 만정. 도망치듯 나가는 단아. 온은 무슨 말인가 하고자 했지만, 만정을 보면 입이 떨어지지 않았다. 절을 떠난다는 날도 며칠이 지났다.

"이곳에 계실 생각이면 저 혼자 떠나겠습니다. 그냥 필부로 여생을 보내실 의향이 있으시면요. 단아는 가여운 아이입니다."

무슨 소리, 너의 냉대에 화나서 취한 행동이거늘. 언제나 등 돌리고 잠을 청하는 만정. 말 없는 배려에 비해 행동은 언제나 찬바람만 도는 만정이었다. 새벽이면 고개 내밀고 용트림하는 자신의 물건에 비해 언제나 다소곳한 만정의 아랫도리에 대한 끝없는 의문. 행동은 딱 여자인데 생김새는 남자인 만정, 조금은 평퍼짐한 엉덩이의 묘한 흔들림. 그보다 언제나 뒷간을 찾는 만정, 그는 가끔 길을 걷다가도 생리적인 것을 해결했다. 그런데 만정은 그리하지 않는다. 어딘가 보이지 않으면 뒷간이다. 잠결에 손이라도 닿으면 슬그머니 뿌리치는 만정. 냇가에서 같이 목욕이라도 하자치면 단호하게 거절한다. 몸 어딘가에 보기 흉한 흉터라도 있나 보다 생각이 든다. 가끔 내시들의 문란한 상황을 궁에 가면 들었지만, 자신에게 이런 호기심이 생길 거라는 생각을 하지 못했다. 언젠가 궁에 갔을 때 왕의 처소에서 들리던 해괴한 신음. 한참을 기다린 후에 나오는 것은 궁녀가 아니라 내시여서 잠깐 어리둥절

했던 마음. 온은 슬그머니 웃음이 나왔다.

"갈 곳 없는 것을 알면서 무슨 소리?"

"단아는 어리지만 착한 아이인 듯합니다. 그런데 절은 남자들에겐 힘든 곳입니다. 형님으로선 어려운 곳입니다. 어찌 덩치만 있지 그리 유약하신지요. 나무 한 단 할 줄도 모르고 짊어지지도 못하고. 어이없습니다. 겨우내 형님 손으로 무엇을 하셨는지 생각해보세요."

무능한 남자라는 힐책이다. 맞는 말이다. 온갖 허드렛일은 민정 몫이었다. 온은 그저 어슬렁거리면서 마당을 도는 것. 만정이 짊어지고 온 땔감을 그저 가까운 곳으로 밀치는 것. 아궁이에 불 지피는 것. 그것도 만정의 도움이 없으면 연기만 들이마시는 자신의 모습. 그러나 어쩌랴, 태어나기를 그런 환경에서였고 그렇게 자라온 것을.

"혼자 집에 다녀오겠습니다. 한 달이면 충분합니다."


7


처음부터 어떤 경우에도 내 것이 될 수 없는 상대에 대한 집착만큼 힘든 고통은 없구나. 뻔한 진리 앞에 송이는 속수무책인 상태다. 혼자 앓는 사랑앓이는 생각보다 매우 힘들다. 그렇지만 아파도 갖고 싶은 것이 사랑이란 것이지. 사랑? 송이는 사랑이라는 말을 할 때마다 지독한 쓴맛을 느꼈다. 보고 싶은 사람이 있으면 하루가 천추란다. 가까이 있으면서도 언제나 일정한 거리를 두고 스치기만 하는 연하. 그리운 이가 있으면 하루가 천추 같다는데 이렇게 계산하면 한 달은 삼만 추. 누가 만든 규칙인가 고약하기 그지없다. 너무 길다. 삼만 추. 조금 감해주소서. 세상에 이걸 감할 자는 오로지 연하이거늘. 곤장으로 협박할 수도 주리 틀어 강요할 수도 없으니 속수무책이다. 한 달쯤 돌아다니다 오겠다는 연하의 말에 가슴이 철렁했다. 눈빛 주지 않아도 가까이 있기를 바라지만 연하는 가끔 이렇게 송이를 팽개치고 나들이를 한다.

여느 때와 다르게 부드럽게 다가온 연하. 마음이 변하면 죽는다는데. 차라리 차갑게 대한 것이 더 좋은 것 같다. 연하의 손끝에 서글픈 행복에 잠겼다. 만지지는 못해도 볼 수 있다는 것을 위로 삼고 산 세월이 십오 년이 넘었다. 잃는 것보다는 참는게 낫다는 말이 생각난다.

그 일이 있었던 후 어느 날, 그녀는 풍문으로 들었다. 누군가에 의해 연하의 처가 구제되었다는. 사람의 흔적이 없어졌단다. 그렇다고 짐승이 다녀간 흔적도 없고. 죄의식이 조금 사라졌다. 살아 있으면 좋겠지만 만나고 싶지 않은 인연이 돼버린 사이. 처음부터 욕심부린 것은 아니었다. 순간의 감정이 돌이킬 수 없는 실수를 한 것이다.

만정이 혼자 돌아왔다. 연하도 송이도 의아하지만, 이유를 감히 묻지 못했다. 어쩐지 쓸쓸해 보이는 만정의 눈빛. 가마터는 여전히 오늘도 활활 타고 있다.


비록 나이는 어리지만. 단아는 알았다. 상대가 아이를 원하지 않음을. 자신의 배 위에서 헐떡거리다가 어느 순간 빠져나가는 온의 한숨. 애초에 원한 것은 아이가 아니었는가. 외로움이 싫어서. 병든 엄마가 너무 힘들어서. 누군가 마음 붙일 사람을 만들고 싶어서. 내가 잘못 선택했나? 차라리 조금 우락부락하지만, 만정이란 상대가 더 정겹지 않았으려나. 풍문으로 들은 돗자리 왕자 이야기가 생각난다. 제가 무슨 왕손이라고. 만정을 보내던 어머니의 서러운 눈빛, 무엇인가 말을 하고자 한 어머니의 입술. 이리도 무정한 사내보다는 만정을 어머니가 더 원했구나 하는 아쉬움이다.

아침상을 물리치고 황망히 나가는 온을 따라 나갔다. 무슨 말이라도 해야 했다. 거의 말을 하지 않는 온에 대한 답답함에 단아는 죽을 맛이다. 만정이 떠나자 더 심해진 온의 침묵이 두렵기만 하다. 그렇지만 밤에는 그래도 따뜻한 사람이다. 공자가 밤에도 공자냐고 주변 아낙들의 비아냥을 물리친 공자 마누라 이야기는 단아도 들었다. 지위가 높은 집의 아낙들이 더 즐거워하는 음담패설을 단아도 들은 것이다. 이런 거였어. 단아의 젖은 몸은 언제나 황홀했다. 전혀 생각지 못한 희열에 몸 둘 바를 모르겠지만 그다음 행동에 대해 아쉬움도 만만치 않다. 그리도 낮에는 무심한 사람이 어떻게 그렇게 뜨거워질 질 수 있는지 단아는 그저 의심스럽기만 했다.

가까이 보인 산은 가을 색으로 한참이다. 갈색이어서 가을이라 했는지 가을이어서 갈색이라 했는지. 가을이 산꼭대기부터 천천히 아래로 내려오기 시작했다. 만정이 떠난 지 어느새 서너 달 남짓. 산속의 가을은 더 빠르고 외롭다. 여름의 끈적거림은 사람들을 몰고 오지만 찬 바람 불기 시작하니 절에 사람들의 발길도 줄어든다. 나라에 무슨 일이라도 일어났는지 뻔질나게 드나들던 양반족들도 한산하다. 그들에게 듣는 나라의 고충은 단아의 어떤 호기심도 자극하지 못했다. 이보다 더 어려운 일이 있으랴. 절 밖으로 나간 적이 없는 단아다. 알려고도 하지 않았고 궁금하다고 알려주는 사람도 없는 세상 이야기다. 우물 안 개구리가 아니라 심심산골 절간의 미미한 비구니. 도와줄 친척 하나 없고 병든 어머니라는 큰 혹까지 달고있는 여자.

"만정 오라버니가 떠난 지 넉 달이 가까워요. 돌아오겠지요."

"그렇겠지."

대답하지만 실은 온도 확신이 없다. 단아를 가까이한 뒤로 이상하게 어두워진 만정이었다. 분노인지 연민인지 알 수 없는 눈빛이었다. 그렇게 황망히 혼자 갈 줄 몰랐다. 어쨌든 생명의 은인이고 오로지 단 한 사람, 자신이 의지했던 사람이다. 이쁜 곳이라고는 어디 한구석도 보이지 않는 모양새. 무뚝뚝하지만 말 없는 배려로 언제나 가슴을 따뜻하게 해준 사람이다. 아직 구해줘서 감사하다는 인사도 못 했다. 아니 그럴 여유가 없었다. 쫓기는 사람에게는 이렇게 배려가 없다. 돌아보고 싶지 않은 과거로의 끈질긴 미망이다. 돌아가고 싶은 마음이지만 절대로 갈 수 없는 곳이 된 개경에의 갈망도 다스리기 힘들다. 아내에 대해 죄스러움과 자식에 대한 안타까움은 날이 갈수록 선명해진다. 단아에 대한 무분별한 욕망과 연민도 죽을 맛이다. 아이를 간절히 원하는 단아의 보챔도 버겁다. 누구도 알려주지 않는 개경 소식은 그대로 고문이다. 두고 온 아들과 아내에 대한 미안함과 부모님에 대한 죄스러움을 어찌 말로 표현하랴. 그렇지만 속수무책이다. 옆에서 요란하게 칭얼대는 단아의 소망. 언제까지 자신의 실체를 숨길 수 있을지도 고민이다. 자신의 실체를 알아도 단아가 아이를 원할까? 무거운 바위가 가슴을 짓누르는 힘겨움이다. 만정에게 먼저 말했어야 하는 것을. 그저 차일피일 하릴없이 보내지는 시간 속에 갇혀있는 자신에 대한 모멸감도 남자로서 견디기 힘든 치욕이었다.

바위에 붙어 겨울나기를 하려는 듯한 이끼가 오늘따라 유난히 초록이다. 온은 단아를 훌쩍 들어 바위에 앉혔다. 바람은 제법 싸늘한데 여전히 뜨거운 단아의 몸에 작은 안도가 느껴진다. 그는 단아의 두 손을 꼭 잡고 그윽이 단아를 내려다보았다. 어디서부터 이야기를 해야 하나. 여전히 답은 떠오르지 않는다. 산속에서만 산 단아가 나라 돌아가는 꼬락서니를 알려나 하는 의구심은 왜 이렇게 극성인지. 그리고 자신의 신분을 알고 놀랄 단아의 동공을 마주할 자신이 없다. 그리고 그다음에 자신이 어떤 행동을 할지를 정하지 않는 엉거주춤인 상황이다. 그렇지만 말을 해야 할 것 같다. 만약에라도 애가 생긴다면 언젠가는 뿌리라도 알아야 하지 않겠나 하는 마음이다. 내일은 희망이지만 누구도 약속해주지 않는다. 이것이 잔인한 이승의 횡포다. 언젠가 우연히 아버지와 들른 백제 왕의 무덤이 생각난다. 많은 돌로 받침을 하고 무덤은 거대한 언덕을 연상했다. 주변 사방으론 여러 개의 석상이 왕의 위엄을 말해주고 있고. 한 사람이 묻힌 곳 치곤 너무 넓고 큰 무덤이었다. 누군가 몸종이라도 같이 묻지 않았나 하는 생각이 들었다. 그래도 왕과 같이 묻힌다면 그 사람은 영광이라 생각하겠지. 참 부질없는 망상이다. 문득 나도 이 땅 어딘가에 묻힐 수 있으려나 생각하니 아무래도 고개가 절레절레했다. 이 땅 어딘가에 누울 소박한 바람이 이루어질 수 있으려나. 바다는 두번이나 나를 거부했는데.

그렇다면 나는 누구인가?

고구려가 나당 연합군에게 망하자 고구려의 잔존세력들은 고구려 복구를 위해 세력을 규합했다. 왕도 아니면서 왕보다 더 많은 권력을 휘두른 연개소문이 죽자, 그의 세 아들은 연개소문의 독재에 불만을 품은 한 사람의 이간질로 틈이 벌어지더니, 결국 서로를 죽이고 조금이라도 많은 권력을 갖고자 으르렁댔다. 권력은 부모와 자식 간의 천륜도 쉽게 끊어내 버렸다. 호시탐탐 삼국 통일의 야욕에 찬 문무왕은 이런 틈새에 고구려의 군사력을 잘 아는 당나라와 동맹을 맺었다. 신라도 당나라도 고구려를 혼자의 힘으로 함락시킬 수 없음을 알았기에 두 나라는 서로를 위해 덥석 동맹 고리를 맺은 것이다. 대야성을 백제에 내준 신라는 오로지 그 굴욕을 갚고자 혈안이 된 것이다. 대수롭지 않은 이웃으로 생각한 백제는 의자왕의 등극으로 신라를 괴롭혔다. 북으로 한강 이북까지 남으로는 신라 변방을 침략하여 국토를 넓혔다. 여왕의 등극으로 국력이 약해진 신라는 당에 아첨하여 백제를 함락시켰다. 의자왕이 당을 견제한 틈을 타 당과의 굴욕스러운 교류를 텄다. 오로지 백제를 치기 위한 외교였고 성공했다. 집안싸움에 외세를 이용한 것은 신라 최대의 역사적 실수였다. 점점 작아지는 영토에 외눈박이 궁예의 출현으로 신라는 절체절명의 위기를 맞은 것이다. 한이 많은 사람이 권력을 쥐면 치국보다는 한풀이만 한다. 그런 궁예의 한풀이를 견디지 못한 왕건이 결국 궁예를 몰아내고, 고려를 세워 혼인 정책으로 신라를 쉽게 함락했다. 호족 출신으로 왕이 된 왕건은 융화정책으로 주변을 정리했다. 형제간의 불목으로 서로를 죽이고 아버지를 결국 몰아낸 후백제 왕인 견훤을 부추겨 후백제를 함락했다. 후백제가 후삼국을 잠식하기 시작하면서 분열이 생긴 후백제는 편애로 인한 부자간의 싸움으로 막을 내렸다. 아들을 치기를 바란 견훤의 마음은 진정 무엇이었는지? 한때는 모시고 받들었던 사람들이 적이 되어 만난 후백제 군졸들의 황당함을 누가 알겠는가? 편애는 언제나 사화를 불렀다. 포석정의 서글픈 향연에 불안을 느낀 신라가 택한 것은 고려였다. 파죽지세로 다가오는 후백제군의 위력에 무너지기 시작한 신라. 권력을 업으면 주색잡기만 즐기는 왕들의 마지막은 언제나 자국의 멸망이다. 주색잡기만 열심이던 신라 왕은 자신의 딸을 왕건에게 헌납하고 결국 나라까지 바친 것이다. 왕건은 여러 부족의 이탈을 막기 위해 여러 명의 비妃를 두고 왕권을 강화했다. 허울 좋은 왕권 강화로 인해 고려는 여인들 잔치가 되었으며 여러 명의 비는 생산을 거듭했다. 그런 여인들은 하나의 국왕을 위한 희생보다 먼저 문란한 생활에 쉽게 빠져들었다. 무언가 구심점을 찾으려던 것이 결국 불교의 성행을 초래했고, 그로 인해 승려의 권한은 확대되었다. 궁궐 출입이 쉬워진 승려들의 만행은 그렇게 초기부터 시작되었다. 사방팔방에 왕손이 양산되었다. 우후죽순처럼 여기저기서 왕손들이 태어났다. 상황이 그리되자 흔하면 천해질 수밖에 없는 진리를 체득한 사람들이 왕 씨 위에 들 입ㅅ자를 얹어 전全 씨로 개명하기도 했다. 그렇게 해도 왕씨는 계속 늘어났다. 권력에 욕심을 내지 않는 사람들은 스스로 개명했지만, 하릴없이 궁궐을 드나들며 호시탐탐 기회를 노리는 사람들에게는 왕명으로 억지로 개명을 명하기도 했다. 온도 언젠가는 개명을 생각했는데 그 시기를 놓치고 본의 아니게 역모에 휩쓸린 것이다. 개명은 혼자 결정해서 되는 일이 아니었다. 적어도 아버지의 허락을 얻어야 한다. 무슨 생각을 하시는지 알 수 없는 아버지 마음. 동생을 왕자로 만들어 몽골로 보낸 뒤로 무거운 침묵 일관이신 아버지. 감히 개명을 들먹일 수 없었다.

진짜 왕족이었어. 단아는 터질 것 같은 마음이다. 삼별초가 반군이 아니란 것 정도는 단아도 안다. 입은 무식으로 닫혀있어도 귀는 여전히 너무나도 밝은 단아다. 단아는 기뻐 소리라도 지르고 싶다. 단순한 기쁨이다. 흔하지만 자신의 손이 닿지 않는 왕족이란다. 그것도 나라에서는 이미 죽은 반란군 괴수란다. 얼마나 다행한 일인가. 어딘가로 떠나지 않아도 되는 남자면 그것으로 충분하다. 온의 가슴에서 언제나 떨었던 가슴. 더구나 만정이 떠난 후 단아는 아침이면 온의 방 앞에서 인기척을 느낄 때까지 서성이는 버릇이 생겼다. 잠자면서도 언제나 온이 몰래 떠나버리는 흉몽에 시달렸다. 단순한 기쁨이다. 너무나 외로웠던 지난날이었다. 그냥 밥만 먹고 사는 생활, 그렇게 살아온 15년이 넘은 세월. 흉몽에 시달리고 마음 붙일 곳이 없는 허전함에 날마다 힘들었던 세월. 이런 복을 주시려고?

단아는 흐느끼면서 좋아했다. 이 사람은 적어도 어머니와 나를 떠나지 않겠다는 안도감이다. 해마다 산이 갈색으로 변하면 너무나 힘들었는데 적어도 올해 가을은 그렇지 않을 수 있겠구나 하는 마음. 아이를 원한 것은 식구를 늘리기 위한 바램일 뿐인 것을. 온이 떠나지 않는다면 구태여 아이를 필요로 할 이유도 없는 것을. 단아는 삐져나오는 웃음을 주체할 수 없다.

단아는 도연에게 소식을 전하고자 급히 달렸다. 멀리서 이름 모를 새의 우는 소리가 들린다. 양지쪽에 앉아 멀리 허공을 바라보고 앉아있는 도연이 곁으로 바삐 다가갔다. 푸드덕. 메뚜기떼가 요란하게 움직인다.

"어머니, 그 사람은 떠나지 못해요."

놀랄 줄 알았는데 도연은 반응이 없다. 도연의 눈에 눈물이 팽그르르 고인다. 만정이, 내 딸 남자이었거늘.

사람들은 하나의 기능이 멎으면 그만큼 다른 부분은 상대적이다. 걷지 못하는 것이 아니라 안 한 것이다. 갈 곳 없는 나그네 신분이다. 물어물어 찾아가면 그곳을 못 가리오마는 남편의 얼굴을 보고 싶지 않았다. 그리고 차마 송이를 마주 볼 자신이 없다. 여자가 봐도 너무 아름다운 여인, 봇짐 하나 들고 찾아온 송이를 반갑게 맞이했다. 송이가 남편을 찾아온 사람이라는 생각은 하지 못했다. 낮에는 완전 목석이면서 밤만 되면 살가운 남편, 그녀는 분에 넘치게 행복했다. 연하는 밤에는 거의 광적이었다. 세밀한 작업으로 생긴 어려움을 그렇게 표출한 그것으로 생각했다. 조금의 틈만 보여도 가마는 그릇들을 부숴버린다. 그때마다 짐승처럼 울부짖는 게 연하였다. 그런 밤이면 완전 미치광이로 변하는 게 연하였다.

흙을 반죽할 때부터 가마에서 그릇이 완성될 때까지는 석 달에서 일 년도 걸린다. 그릇에 조그마한 흠이 있어도 연하는 견디지 못했다. 어떨때는 몇 날 며칠을 아궁이만 바라보고 넋을 빼고 앉아있는 사람. 그럴 때는 빈속에 술만 버럭 마셔댄다. 그렇지만 그녀는 멀리서 연하를 바라볼 뿐 가까이 다가서지 못했다. 어느 때였던가? 연하의 가슴에 안긴 상태에서 넌지시 말 내놓았다가, 갑자기 싸늘해져 버린 연하를 느끼고 다시는 묻지 않았다. 그녀는 연하의 밤 아낙으로 아주 행복했다. 세상에 그보다 더 행복한 일이 어디 있으랴. 그런 연하가 자신을 절벽으로 밀어버린 사실. 그 음모 뒤에 송이가 있는 현실을 감당하기 힘들었다. 걷지도 말하지도 않았다. 단아가 불쌍하지만 말할 수 없었다.

다리의 통증으로 움직일 수 없었다. 죽을힘을 다해 고통을 참

왔다. 멀리 인기척이 느껴졌다. 그리고 정신을 놓아버렸다. 살면 안 되는데 하면서도 인기척이 반가운 것은 순수한 본심이었다.

"무슨 연유인지는 모르지만 배 속의 아이를 생각해서 다시는 그런 무모한 행동은 삼가세요. 나무아미타불."

정신을 차리자마자 들은 핀잔이다. 스님은 그녀 스스로 아이를 지우고자 낭떠러지에서 구른 줄 아는 모양이다. 비구니들의 도움으로 단아를 낳았으나 입적은 원하지 않았다.

"허드렛일이나 하면서 그냥 이곳에 머무르시오."

임신 중 마음고생이 심하고 잘 먹지 못한 탓인지 유난히 체구가 작은 단아를 보면 가슴이 아프다. 자기를 닮아 이쁜 곳 없는 만정 때문에 아팠으나 만정은 연하를 닮아서 덩치가 커 그런대로 좋았지만, 단아를 어찌해야 할지 항상 고민거리였는데.

어미는 자식을 곧 알아본다. 그녀는 만정을 보고 금방 알아보았다. 만정 특유의 어린 모습이 보인 때문이다. 만정의 완전히 펴지지 않는 새끼손가락. 잘 자라줘서 고맙고 반가웠다.

지산스님께 부탁해서 절 가까이에 단아의 신방을 꾸며주었다. 나이가 단아의 두 배보다 많다. 이제 편하게 눈을 감을 수 있다는 안도감은 그녀의 행복이었다.

# 8

만정은 마구잡이로 잘라낸 나뭇가지들을 한데 묶었다. 부피가 제법이다. 손등을 보았다. 여기저기 할퀸 흔적이 볼썽사납다. 주막은 언제나 거친 사람들의 놀이터다. 그런 곳에서 살아나는 방법은 같이 거칠어지는 것이다. 체격이 작으면 우선 큰사람에게 주눅 든다. 작은 고추가 맵고 키가 큰 사람은 속이 없다지만 일단 일대 일로 마주치면 큰사람이 상대를 먼저 압도한다. 지게가 휘청거린다. 어려서부터 단련된 힘이지만 지게 지는 것은 언제나 힘들다. 더구나 나뭇단의 무게까지 더하면 정말 고역이다. 터벅터벅 주막에 도착하니 유난히 시끄럽다. 주막 벽에 남자의 얼굴이 그려져 있다. 상금도 대단하다. 오래전부터 붙어 있었는데 관심이 없어 눈여겨보지 않았는데 오늘따라 유난히 선명하게 다가온다. 무엇인가 뒤통수를 확 내리박는 느낌이다. 통증은 아니지만 표현하기 어려운 중압감 같은 것이다.

삼별초. 처음으로 온의 정체에 대한 의심이 생겼다. 조금은 귀공자 같던 첫인상부터 알게 모르게 풍기는 위엄까지. 처음으로 가슴을 뛰게 만든 남자다. 그러나 단아의 애절한 눈빛 앞에 스스로 버릴 수밖에 없는 욕망이었다. 그래서 매사에 무기력해진 자신이다. 나라가 어려울 때 목숨을 걸고 공을 세운 무신을 업신여긴 대가는 생각보다 많았다. 짓밟힌 자가 권력을 가지면 난폭해지기 마련이다. 그렇게 시작한 무신정권이지만 내분이 끊임없었다. 목숨을 바쳐 혁혁한 공을 세워도 최고의 자리에 오르지 못한 한은 증오와 보복으로 둔갑했다. 젊은 문인에게 수염 태움을 당한 모욕은 분노로 빠르게 둔갑했다. 심지어 여러 사람 앞에서 뺨을 맞는 수모를 더 견디지 못해 일으킨 무신들은 정권을 잡았으나 제대로 다스릴 기량은 없었고, 무신에 의해 세워진 왕은 목숨 지키기만 급급했다. 초심조차 없는 보복의 난은 질기고 살인을 즐겼다. 권력이란 것은 동서고금을 보더라도 일단 손에 쥐면 초심을 잃고 안하무인이 되고 만다. 백성들은 누구의 편도 들지 못하고 언제나 폭정에 시달렸고 배고픔에 날마다 힘들었다. 그렇지만 이 모든 것도 동족 간의 다툼이었다. 잘잘못을 따질 처지도 아니지만 외세는 아니었는데 싶었다. 그러나 지금은 어떠한가. 왕은 원나라의 허수아비로 정치보다는 주색잡기에만 열중이다. 분별 없는 색정은 사회적 혼란을 가져왔다. 왕은 주지육림 속에서 문무백관이 바치는 여자들과의 놀이에 시간을 보냈다.

그대들의 해산을 명하노라. 원종의 명에 모두 의아했지만 왕명이었다. 그리고 그들은 멸문지화를 당했다. 평화롭던 섬은 피비린내에 원귀들의 곡성이 무성했다. 그 가운데에 서 있던 사람. 승화후 온. 아녀자들은 몽골인들에게 당할 굴욕을 피하고자 스스로 방죽에 몸을 던졌단다. 오래전에 붙인 것인지 벽보는 여기저기 찢어진 상태다. 그의 초상화가 이렇게 너절한 주막 앞에 걸려 있다, 장대한 몸매만 같을 뿐 어떤 곳도 온을 닮지 않은 그림이지만 만정은 금방 알아보았다. 벽보 얼굴 위에 빨간 가새(X)표는 죽었다는 뜻이고 검정 가새표는 잡혔다는 의미다. 빨간 가새표의 남자에 만정은 조용히 가슴을 떨었다.

그를 그곳에 두고 온 것이 얼마나 다행스러운 일인가. 만정은 가슴을 떨었다. 그를 기억하는 사람은 치료해준 서 의원이다. 어디서 왔는지 제법 용하다. 그래서 사람들이 붐비는 곳이 서 의원이 사는 집이다. 만정은 나뭇단을 지고 의원을 찾아갔다. 엉거주춤 나뭇단을 내려놓고 마루에 걸터앉았다. 종기 난 사람들, 고뿔 걸린 사람들, 넘어져 피가 범벅인 사람들. 원인은 모르지만, 울상인 사람들로 언제나 문전성시다. 사람들이 조그만 육신의 고통에도 힘들어하는 것은 진리다.

"오랜만이구나."

서 의원이 아는 체를 해준다. 그는 가끔 나뭇단을 갖다주는 만정을 기억하고 있다. 부지런한 만정에 관한 호의다. 가끔 만정의 아랫도리를 바라보고 짓궂은 농담으로 만정을 당황하게 했다. 한참을 놀리다가도 객쩍은 웃음으로 자신의 실수를 무마시켰다.

"잠시 들어 오너라."

만정은 서 의원을 따라 방으로 들어갔다. 서 의원의 지극한 시선에 만정은 몸 둘 바 모르겠다.

"그놈이 저놈이지?"

만정은 대답하지 못했다.

"시대를 잘못 태어난 죄지, 그보다 이놈아, 넌 언제까지 그 모양으로 살 거냐. 나까지 속이려 들지 마라. 나 의원이다. 네가 아무리 남장을 해도 너에게서는 여자 냄새가 진동해. 그보다 저놈은 어디 있느냐? 그새 살림이라도 차려 어디에 숨겨놓았느냐? 너에겐 과한 상대지만 쫓기는 놈이니 안일이 우선이지. 평생 마음고생시킬 위인이니 정들기 전에 얼른 갖다 버려라. 아니면 꼭꼭 숨겨놓든지. 어차피 네 인생에 도움 줄 놈은 아니지만 버리기도 아까운 놈이니 네 혹이 될 거다. 그런 위인은 가마터에도 쓸모없어."

만정은 꿀 먹은 벙어리 되어 앉아있다. 자신의 정체가 탄로 난 것만도 놀랍지만 온에 대한 비난도 감당하기 힘들다. 처음부터 알고 있었어. 얼굴이 화끈거린다.

"인연도 운명이니라. 그놈이 네게 나타난 것은 그놈의 운명이고, 너와는 끊을 수 없는 인연이란다. 네 아비가 너와 그놈을 같이 떠나보낸 것은 아비 나름의 속죄인데 어찌 혼자 돌아왔느냐. 네 아비에게 저놈을 사위 삼으라 서한까지 보냈는데. 눈 속에서 울고 있는 너의 마음을 외면하지 말아라."

그런 거였구나! 그런데 어찌 차마 단아의 이야기를 할 수 있으랴. 또 어머니의 근황도. 도대체 모르는 것이 없는 서 의원. 아버지의 오랜 친구라는 것 말고 어떤 끈이 연결된 것일까. 잘 아프지 않아 서 의원의 집을 드나든 적이 없다. 온을 둘러업은 그때가 처음이었다. 다만 아버지의 심부름으로 가끔 약재를 얻어서 갔고 나뭇단을 날라준 것이 전부인 관계. 사사로운 이야기는 처음이다.

'그런 거였어.'

아버지는 온을 내 짝으로, 그래서 그리 쉽게 동행을 허락했단 말인가. 속죄라면 아버지가 어머니를 절벽에서 밀어뜨렸단 말인가? 어머니의 부재 앞에 막연히 그날의 일이 떠 올랐다.

온도 조절을 잘하지 않으면 가마는 언제나 성질을 내서 그릇들을 망가뜨렸다. 사람들은 그 사실을 알고 있다. 그렇지만 사람들은 재앙이 오면 누군가 희생을 강요했다. 자신들 마음의 평화를 위해서다. 세 살이었지만 너무나 뚜렷한 기억에 몸서리를 쳤다. 유난히 바람이 불어서인지 가마 불은 열기를 가마 안으로 밀어 넣기보다 밖으로 내 뿜었다. 바람의 방향 때문이다. 그리고 하루 전에 내린 비로 땔감도 축축한 상태. 그때 만정은 어머니와 양지쪽에서 봄나물을 캐고 있었다.

가마에서는 검은 연기만 올라오고 있었다. 제대로 연소하지 못한다는 증거는 연기의 색으로 나타난다. 가마 안으로 열기가 들어가면 굴뚝에서는 백옥같이 하얀 연기가 아지랑이처럼 뿜어나온다. 그런데 그날은 검은 연기가 매캐한 냄새를 주변에 흘려보냈다. 만정도 연기 냄새에 골이 아팠다. 나물을 만지던 어머니의 걱정스러운 모습을 보았다. 그날 밤 아버지는 가마아궁이 앞에서 밤을 새우셨다. 초저녁부터 음산한 봄비가 내리기 시작했다. 봄비. 얼마나 기다린 손님인가? 겨우내 가물었던 땅이 환호를 지를 것인데 그날은 그러지 못했다. 아버지가 그렇게 안절부절못한 것은 처음이었다. 아버지가 울부짖고 있었다. 빌어먹을! 장작을 가지러 간 남자들이 투덜거리는 소리도 들렸다. 그리고 며칠 후, 아버지에게 질질 끌려 나가는 어머니를 보았다. 만정의 기억은 그곳에 멈췄다. 산산조각이 된 그릇들은 멀리 산등성에 버려졌고 어머니만 보이지 않을 뿐 모든 것은 변함없었다. 네 어미는 바람나서 도망가버렸다. 송이가 들려준 말이다. 자라는 동안 누구도 어머니의 이야기를 해주지 않았다. 어렴풋이 들은 기억에 설마 하고 지금까지 함구하고 살았다. 가마터의 반란에 관한 이야기를 어느 날 우연히 장터에서 들었다. 그렇지만 믿고 싶지 않은 진실에 모른 체한 것이다. 어머니. 다른 남자를 꿰차고 떠나버렸는지도. 어느 경우도 만정에겐 용납하기 힘든 일이었다. 참으로 아픈 그리움으로 세월과 싸웠다.

연하는 계속 한 곳을 바라보고 있었다. 아무리 생각해도 알 수 없는 일이다. 한사람이 같은 재료로 빚은 그릇인데 유난히 선명한 색. 신비함이 느껴진다. 왜 이런 느낌이 드는지, 또 오래 보고 있으니 이상한 가려움증이 생겼다. 이런 일은 없었다. 가마에 불을 붙일 때마다 연하는 진상품 몇 개를 만들었다. 그러나 완성된 작품은 언제나 그를 허전하게 했다. 무엇인가 조금 부족한 느낌, 그런데 오늘은 그렇지 않다. 이 오색 찬연한 색깔은 무엇인가. 주변의 다른 자기에 비해 신비함 같은 것, 도대체 이 색깔은 무엇인가? 아무리 생각해도 모를 일이다. 유약도 예전 그대로를 사용했다. 며칠을 생각해도 모를 일, 어디에서 이런 빛이 나온 것이람. 도대체가.

말없이 돌아온 온이 아주 열심이다. 능률이 오르진 않지만 게으름 피우지 않으니 봐줄 만하다. 어디에서 무엇을 했던 사람인지 전혀 궁금하지 않다. 연하는 나라 돌아가는 것에 관심 없다. 가진 자들이 자기 것을 지키기 위한 싸움에 천민이 휘둘릴 필요가 없는 것이다. 몽골의 침략도 막지 못한 허수아비 왕들에게 무엇을 바라랴?

마당 귀퉁이에 채송화, 봉숭아, 분꽃이 웃고 있다. 그리고 능선을 따라 기어오르는 호박넝쿨이 노란 꽃을 피우고 있다. 문득 만정의 손에 늘 치장해주던 도연이 생각났다. 그런 아내의 죽음. 아니 극한 상황에 저지른 자신을 합리화시키기 위한 소도구로 아내를 택했다. 세상사가 마음대로 되지 않으면 사람들은 스스로 혼란 상태가 되고, 그 마지막 점은 살인이다. 연하는 종종 살인했다. 마음으로 죽기를 바란 사람들이 우연히 죽어주기도 했다. 부작위범이다. 때로는 하찮은 일꾼이기도 했고 행인이기도 했다.

아내가 어떤 상황에도 가마터에 얼씬거리지 않는다는 것을 아는 연하다. 얼마나 신신당부한 일인데 어찌 감히 자신을 거스르랴. 그런데도 아내를 절벽 아래로 밀어버린 것은 자신의 실패에 대한 화풀이였다. 누군가 책임지고 희생해야 한다. 불의 온도를 잘못 맞추었기 때문인 것을 왜 모르리오만, 사람들의 뒤틀린 호기심을 잠재우는 적절한 처방이 누군가의 죽음이란 것을 안 연하. 나만 아니면 죽음 앞에 모든 것이 숙연해지고 용서되는 현실. 무시무시한 면죄부다. 나는 아니어야 하지만 해결책은 오로지 그것뿐인 상황에서 하필 도연이가 그런 실수를 하다니. 아닐 것이라는 생각을 젖히고 연하는 오히려 그 방향으로 자기 생각을 고집하고 있었다. 무지한 사람들은 구전으로 내려온 이야기에 쉽게 현혹된다. 습한 나무로 인해 가마 온도를 정확히 가늠하지 못한 불상사에 아내를 희생했다. 그 구실을 만들어 준 송이를 취했다. 그뿐이다. 어쨌든 가마는 그 뒤로 순조롭게 그릇들을 구워냈다. 만정에 대한 속죄의 길이 없다는 것을 안다. 만정을 볼 때마다 과거를 부정하고 싶었다. 연민과 죄책감의 팽팽한 대결로 어느 쪽으로도 기울지 않은 저울인 상태다. 나를 지키기 위해, 나를 신성화하기 위해 어떤 불의와도 쉽게 타협하는 인간 교활의 극치. 연하도 예외일 수 없었다. 내가 살기 위해서 누군가가 죽어야 한다면. 필요한 살인이라면 무엇을 주저하랴. 삶은 전쟁과 같은 것이다. 전쟁터에서만 용인되는 것이 살인 행위가 아니다. 자기방어를 위한 삶의 현장에서 행해지는 살인. 같은 맥락이다. 굳이 다른 점을 따진다면 전쟁은 나라를 위한다는 커다란 구실이 뒤에서 버티고 있는 것. 다시 자기를 보았다. 어떻게 이런 빛이 나온단 말인가. 마당 귀퉁이에 떼를 이루고 피어있는 개망초, 새벽에 잠시 피었다가 오전에 서둘러 지는 나팔꽃이 언제나 그 자리에서 사람들을 맞이한다. 어떤 핀잔에도 아내는 언제나 마당 귀퉁이를 꽃으로 장식했다. 지천에 흔하게 핀 들꽃을 감사하고 살라해도 막무가내였던 아내. 여기저기 접시꽃이 산발적으로 크고 싶은 대로 하늘 보고 자란다. 해바라기는 조용한 큰 얼굴로 있다. 다시 자기를 보았다. 그릇 표면에 우주가 들어와 있다. 구름이 놀고 있고, 산과 나무가 있다. 작은 풀들도 보인다. 아주 섬세한 무늬다. 마음에 드는 자기가 나올 때마다 연하는 스스로 놀라곤 했다. 흡족하진 않지만 하나하나에 정성과 혼을 쏟은 것이다. 노력과 정성은 언제나 그만큼 보상해줬다. 연하는 그 사실을 너무나 잘 아는 사람이다. 그래서 이곳 수장으로 열심히 노력하고 정성을 다했다. 산속의 비 오는 밤은 고약하다. 어디선가 요란하게 들려오는 풀벌레 소리는 살아있는 소리지만 듣는 이의 애간장을 녹인다. 작은 벌레의 움직임은 가만히 있으면 알 수 없는 적막이다. 이런 날이면 여자라도 가까이하고픈 마음이 간절할테지만 연하는 그리하지 못했다. 유곽에서 즐긴 송이와의 질펀한 정사로 여자에 대한 욕망을 버렸다. 심혈을 기울여 여자를 일깨웠고 자신도 더 없는 무릉도원을 헤맸지만, 송이의 꽃 속에 액체를 쏟고 난 후의 허망함을 어찌 말로 표현하랴. 아주 묘한 경지에 도달해서 며칠을 송이란 계집의 냄새를 찾아 킁킁거렸다. 너무 진해 정신없이 헤맨 직후 그릇이 제대로 구워지지 않았다. 완전 아수라장이 돼버렸다. 하나도 제대로 된 것이 없었다. 그때 수장은 자기가 건드린 계집을 제물로 바쳤다.

그리고 반년 후, 수장은 밤에 요를 떠나버렸다. 며칠 후 수장의 시체가 바닷가에서 발견되었다. 연하는 숨을 죽이고 송이를 지웠다. 하나도 제대로 된 것이 없었다. 그때 연하는 두려웠다. 전해온 이야기는 단순한 설화가 아니라 진실인 것을. 여자에 대해 금기사항이 된 것은 그때부터다. 그리고 한 해가 지난 여름날 송이가 느닷없이 찾아왔다. 모른 체하고 싶었다. 그 쾌락이 신의 축복일지라도 자기 일과 바꿀 수는 없었다.


아직도 내 곁에 머물고자 서성이는 구름을 어찌할지. 비도 오지 않으면서 며칠 계속 구름이다. 만정은 말없이 돌아온 온 때문에 안절부절못한다. 그러는 게 아니었어. 차라리 같이 올 것을. 단단한 근육에 비해 희멀건 얼굴에 힘든 일은 구경도 하지 않는 듯한 사내를 절에 버리고 온 자책. 절에서 남자는 그저 일꾼일 뿐인 것을. 이곳도 마찬가지지만. 여자인 자신에게 시키지 않는 일을 시키는 아버지. 이곳에서 제일 힘든 일은 흙을 반죽하는 것이다. 고령토는 찐득거리며 다리를 물고 늘어진다. 흙과 흙 사이 공기구멍을 없애기 위해 일주일 이상 반죽한다. 마른 길도 걸을라치면 힘든데 찰거머리처럼 달라붙은 흙 속을 이리저리 걸으면서 골고루 밟아주는 일은 사실 너무 힘들다. 아버지가 갑자기 온에게 그 일을 시키는 저의도 의심스럽다. 어찌 견디고 있는지? 눈에 자꾸 어른거리는 온의 나신에 만정은 고개를 돌렸다. 체온이 정상으로 돌아오자마자 기다렸다는 듯이 불쑥 솟은 그곳. 너무 신기한 곳. 자신과 다른 부분에 확 달아올랐던 가슴. 그리고 단아의 어리광. 단아와 섞여 허우적거렸을 온에 대한 슬픈 아픔. 어찌 단아를 떨치고 와버렸는지?

바위에 뿌리 내린 작은 소나무가 천년을 주마고 약속하는데 백년도 기약 없는 우리네 인생이 날마다 허둥지둥 이다. 이름 모를 흰 꽃이 눈처럼 쌓여있다. 새가 돌아오라고 문 활짝 열어놓고 기다리지만 오라는 새는 감감무소식인 산속. 지푸라기로 엉성하게 지어진 새집도 적막하기는 마찬가지다. 붉은 맨드라미가 요염하게 웃고 있고 난쟁이 이름 모를 꽃이 소박하게 피어있다. 새가 돌아오지 않는 둥지는 많은 바람에 흔들리고 짝 부르는 벌레 소리는 산골 적막의 방해꾼이다.

냇가의 수양버들 내부가 까맣게 그을려있다. 누군가 그곳에서 불을 피운 듯하다. 표면은 그대로지만 속이 반쯤 타고 시커멓게 그을린 버드나무는 언제 죽을지 모른 상태다. 누가 저리 잔인한 짓을. 신음도 내지 못하는 식물에 어찌 저런 짓을. 화상이란 것이 그런 것인 것을. 새 살이 형성되는 과정이 더 아픈 것을. 아니 그 화상 보듬고 고사할지도 모르겠다. 몸뚱이는 보기 흉한데 늘어진 가지는 여전히 초록이 만연하다. 언제까지 살지 인간이 모르듯 나무도 그런 것 같다. 자고로 자기 생명이 언제 끝날지 모르는 것이 생물인 듯 하다.

# 9

"이번에는 너무 오래지 말라."

세상 구경도 필요한 일이라고 등 떠미는 아버지를 거역할 수가 없다. 머뭇거리던 온이 또 따라붙었고 아버지는 말없이 온의 선택을 묵인한다. 두툼한 노잣돈까지. 많이 초췌해진 온이 짠하다. 어디를 가나? 막상 나서니 갈 곳이 마땅치 않다. 말없이 따라나선 온의 모양새도 우습다. 무슨 생각을 하는지 알 수 없다. 고령토를 반죽하는 일에 지친 온, 참 쓸모없는 놈이라는 아버지의 핀잔에 웃음이 나온다. 그런데 어떻게 저렇게 우람한 몸을 가졌는지? 여러 가지 신기한 사람이다.

가는 곳마다 고운 산세가 두 사람을 취하게 한다. 가을 준비하는 나무 끝의 불그스름한 기운이 조금은 서글픈 하루다. 그러나 세월의 정확함을 누가 탓하랴. 지나는 길에 바래기 시작하는 녹음을 보니 권력에 버려진 자신 같다. 하지만 그 길은 묵묵히 앞으로 수만 년을 그대로 버틸 것이지만 기약 없는 우리 인생 서글프기 그지없다. 늘어진 다래 넝쿨이 여기저기서 사람들을 유혹하는 곳이다. 장마에 계곡은 물풍년이지만 그 맑음은 누구의 은전인지. 영원히 오늘 모습 유지하라 누누이 이르고 지나건만 내년이 걱정이다. 폭포는 요염한 모습 나타나고자 애쓰는데 그 아래 알몸으로 뒹구는 속물들을 어찌하지 못해 안타깝다. 내 종주먹으로 저 인간들을 다스리고자 하니 저의 오지랖을 묵인해 주시기를 간절히 바라나이다.

물속에 놀고 있는 햇빛 잡고자 손 내미니 어느 순간 사라짐이 꼭 권력의 생리다. 얼룩덜룩한 자갈길이 물에 젖은 채 갈 길 바쁜 두 사람 발목을 잡고 늘어진다. 그 야속함이 저 멀리 줄행랑치는 세월 같다. 계곡은 어느 골짜기에서 내려오든 그 맑음에 새삼 혀를 내둘렀다. 여전히 이렇게 좋은 곳은 변함없이 존재함이 경이롭다. 깎아지른 바위의 날카로움이 오싹했지만 기이함도 절경이다. 같은 길로 내려오며 다음을 기약해보며, 문득 우리 인생도 조금이라도 되돌아갈 수 있었으면 하는 바람에 온은 콧날이 시큰했다. 더도 말고 덜도 말고 지난 삼 년만이라도 되돌아가고 싶은 마음이다.

정말 가고 싶은 곳, 주막을 오가는 사람들의 입에서만 들은 그 곳, 비 님이 온다는 소식에 망설이다가 가버릴 세월이 무서워 감행하기로 한 여정이다. 계속 웃으며 따라오는 빗줄기에 웃음 보내고 비를 안고 두 사람을 맞이한 마을의 오후는 한산하다. 비오는 날은 나도 산신령 가슴에 안겨 웃고 싶거늘. 하지만 혼자가 아닌 둘의 길이기에 비는 처음부터 아름다운 소리였다. 여행이라는 것은 어디를 가느냐가 중요한 것이 아니라 누구랑 가느냐가 관전이다. 항상 혼자 떠돌았는데 동행이 있는 방랑은 이보다 더 좋은 일이 있으랴. 계속하는 빗소리에 두 사람은 막역한 방랑자가 되었다. 창밖의 비가 여전히 고운 소리로 웃었다. 터덜터덜 들어선 숙소에서 음미하는 비의 노래는 낭만이었다. 이리저리 뒤척이다가 깊은 잠 들지 못하고 보낸 시간 속에 두 사람은 피로가 범벅인 상태가 되었다. 밤새 비는 서서히 노래를 끝냈다. 산골 마을의 새벽은 흰 구름과 파란 하늘이 번갈아 웃는다. 막상 비 님이 가버리자 가슴 한구석에 싸한 서운함이 요동친다. 햇빛이 문밖에서 요란하게 부르니 나갈 수밖에 없다. 산골의 아침은 눈부시다. 속세의 욕심 다 삼기고 유유히 흐르는 물줄기를 보면서 참 더러운 것이 속세의 정이구나 생각된다. 물은 바위를 만나면 불평 없이 돌아가는데 사람들은 바위를 넘어가고자 하니 고달플 뿐이다. 절벽을 만나도 물은 그곳에서 잠시 숨을 돌리지만, 속세의 정은 그곳을 뚫지 못해 안간힘 쓰다 스스로 지친다. 물은 흐르다가 지형에 따라 천천히 그리고 빨리 흐르기를 번갈아 가며 스스로 속도를 조절하는데 사람들은 그리하지 못한다. 무분별한 욕심. 허망한 죄, 모두 계곡에 흘려보내고 하산하고자 하는데 어쩐 일인지 오욕의 세계만 눈에 보인다. 삶이란 것이 이리 오욕 덩어리인 줄 몰랐다. 구불구불 오솔길은 녹음방초로 놀다 가라고 허리 잡고 늘어지는데 갈길 바쁜 두 사람은 마냥 앞만 보고 걷는다. 숨어 익은 산딸기 붉은 유혹을 물리치려니 세상사 바로 살기가 너무 어렵다. 전날 줄기차게 내린 비가 대지를 식히고 올라오는 흙냄새가 어머니 냄새만큼 정답고, 상긋하다. 산등성이에 누운 해가 서둘러 하루를 마감하고 바람 따라 출렁이던 밤꽃이 잠 온다고 성화다. 다음 날도 정신없는 헤헤 타령. 꿈엔들 잊으리오, 어찌 이 절경을. 밝아오는 세상이 밉상인 새벽이지만 저수지의 물안개를 놓칠세라 서둘러 찾아간 연못은 차라리 신비롭기조차 하다. 역시 절경이다. 물안개가 산허리를 길게 누워 여러 봉을 감싸 안고 숨바꼭질 중이다. 두 사람의 숨소리까지 소음이다. 풀벌레 짝 찾는 소리, 개구리 소리 등, 자연의 소리가 서로 얽혀 환청이 되어 마음을 혼란하게 한다. 별에조차 모습 보이기 싫은 마음을 아는지 별조차 잠든 밤. 왕버들 요염한 자태 속에 세월도 숨어 웃고 붕어들 자맥질하는 연못에도 가는 세월이 보인다. 녹음 우거진 산자락이 두 사람을 향해 배려 묻은 웃음을 보내주는 곳에서 잠시 머물렀다. 사람의 손길이 닿지 않는 자연은 그대로 신비롭다. 여기저기 멋대로 뻗은 나무들도 나름대로 모양새를 갖췄다.

새삼스럽게 산속에서 소피를 보기 위해 길을 더듬는 만정이 우습다. 애초 조물주가 수컷을 만들 때 가장 성공한 것이 장소에 구애하지 않고 뒤돌아서서 소피를 해결하게 만든 구조인 것을 어찌 모를 리 없거늘. 어쩌면 숨 쉬는 동안 줄곧 서 있기만 하라는 조물주의 무언의 천형인지도. 때로 분별없이 날뛰는 수컷을 다스리는 조물주의 어설픈 체벌인지도. 수렁인 줄 알면서도 자제하지 못하고 덤비는 수컷 본능에 대한 응징인지도. 널따란 바위에 걸터앉아 만정을 기다리는데 어디서 새가 운다. 생각할수록 기이하다. 밤에도 항상 아무 곳에나 갈기는 자신에 비해 언제나 으슥한 곳을 찾는 만정이다. 좀 별나다는 생각이 든다. 그는 급하면 만정을 둥지고 볼일을 보기도 했다. 딱따구리가 나무를 쪼고 있다. 갈기갈기 찢어진 삶이란 게 이렇구나. 날마다 무엇인가 부서지는 고통이구나. 단아는 잘 있는지. 기다림에 대한 희망의 암시도 주지 않고 도망치듯 떠나왔다. 개경을 떠날 때와 같이. 나는 언제까지 이렇게 도망자의 삶을 살아야 하는가?

오늘은 이 절에서 쉬고 가잔다. 신선한 전나무숲을 가로질러 절 입구에 도착하니 사대천왕이 눈 부라리고 두 사람을 맞이한다. 절이란 것이 원래 극락을 향하고자 하는 사람들이 잠시 멈춰 자신의 행적을 돌아보는 곳이란다. 사대천왕이 일단 죄 있는 자와 죄 없는 자를 가려낸다니 죄를 많이 지은 사람은 지레 겁먹고 절에 들지 않는다고 한다. 전생도 후생도 확실한 것이 없다. 저것은 그냥 나무로 만든 것이야 하고 자신을 달래려 해도 마음이 편하지 않다.

얼마를 걸었는지 절에 들어서니 피곤이 몰려온다. 오늘은 이곳에서 머물러야지 결정했다. 집 떠난 지 어느덧 보름이 지났다. 동가숙서가숙도 고행이다. 며칠 이곳에서 산세를 구경할 요량이다. 가늠 잡고 조금 산에 오르면 바다의 낙조도 보일 것 같다. 틈틈이 오는 길에 바다를 보았다. 산이 보이고 바다도 보이는 길을 따라 무작정 걸은 것이다. 목적 없는 보행은 아닌데. 오가면서 부딪히는 사람들 표정에서 그 사람의 애환이 보였다. 적막 속에 나무로 깎은 물고기의 신음은 진동하는데 짓밟는 발자국에 흙먼지 풀풀 날린다, 물결 따라 올라가는 은어의 춤사위에 잠시 가던 길 멈추고 한참을 머물기도 한 여정이다, 오솔길 찾아들면 호젓한 즐거움이 분기충천하고 골마다 자욱한 녹음방초에 기암괴석은 서로가 제일이라고 뽐낸다. 누가 감히 자연의 교만을 자만이라 부정하랴. 여기저기 둘러봐도 절경이다, 전해오던 찬사가 빈말이 아님은 바위에 새겨진 글자들이 증명했다. 널따란 바위에 박힌 선현들의 이름들, 머물다 그냥 가기 아쉬워 아마 허리 구부리고 글을 새겼을 것이다. 정신 놓고 걷다가 절경에 취해 날아가는 참새와 시 한 수 주고받다가, 물에 빠져 허우적거리는 사람 모습에 바람은 박장대소하고 구름이 오줌을 찔끔거린다. 계곡에 발을 담그니 시리다고 투정이나 무더워 잠시라도 식힐 방법이 그뿐이었다. 어린 시절 아버지 손잡고 가재 잡던 시절이 떠올라 잠시 추억으로 쳐들어갔더니. 추억 속의 울보가 어이없다고 눈 흘겨 설은 마음 추슬러 눈물 머금고 돌아서는데 아버지의 서글픈 얼굴이 떠올라 만정은 힘들었다. 단아는 어찌 지내는지. 그리고 어머니는 또 얼마나 힘들어하시는지. 생각하지 않으려 해도 떠나지 않는 두 사람이다. 차라리 모르고 살았을 때가 좋았다는 서글픈 그리움. 알면 병이고 모르면 약이라던 풍월이 어찌 이렇게 안성맞춤인 진리인지.

절 음식이란 것이 그렇다. 모두 풀뿌리. 그래도 산속이라 밤은 서늘했다. 이렇게 땅거미 질 때 쳐들어오는 외로움은 백약이 무효라고 두 사람은 생각했다. 만정은 온을 보았다. 도대체 누구인가. 정말 왕이었단 말인가. 외사랑에 만정은 가슴이 미어진다. 단아를 생각한다면 이래선 안 되는데. 차마 온에게서 나올 말이 무서워 묻지도 못하고 가슴에 담아만 두려니 언제나 마음은 천근이다.

# 10

불러오는 배를 만지면 단아는 더 이상의 행복이 없음을 느꼈다. 그래 처음부터 아이만을 원한 만남, 어머니와 같은 삶. 자라오면서 고달픈 어머니의 삶을 보고 적어도 자신은 그런 삶을 살지 않겠다고 날마다 다짐했지만, 운명은 무서운 대물림이었다. 어쩌다 절벽에 떨어졌는지? 아니 자신을 지우기 위한 어떤 방법이었는지. 나이는 많지 않지만, 가끔 여염집 여자들이 아이를 지우고자 절에 찾아와 절벽에서 스스로 미끄러지는 것을 자주 본 단아다. 그때마다 혀를 깨물면서 어머니에 대한 원망을 지웠다. 그뿐 아니라 여승들도 절벽 아래로 떨어지고자 한 일들이 많았다. 어쩌다 마주한 불장난으로 생긴 애를 지우고자. 그 시대는 여자들에게 대단히 관대했지만, 여자들 스스로가 자신들에게 주어질 무거운 짐을 두려워한 것이다.

어머니. 만정을 보고 벌떡 일어섰던 어머니였다. 한 번도 그런 일은 없었던 어머니의 돌발적 행동에 대한 의문도 여전히 그대로 남아있다. 오랜 장마 뒤에 어머니를 업고 마당으로 나왔던 그날 일이다. 혼자 일어나고자 노력도 하지 않던 어머니. 그런 어머니가 만정을 보자 엉덩이를 들썩였고 부축해주는 만정을 보고 입술도 조금 움직였다. 또한 눈도 반짝였고 눈물 같은 것이 보였다. 그러다가 다시 허공을 향해 뜻 모를 미소를 짓던 어머니의 모습을 어찌 잊으리오. 소반에 먹을 물을 담아 방으로 들어서니 아무렇게나 개진 이부자리가 게으른 자신을 나무란다. 여전히 어머니는 무표정이다. 자신의 임신 사실에 놀란 표정을 짓던 어머니의 서글픈 웃음. 온의 정체를 듣고 길게 한숨 쉬던 어머니의 황당한 표정이 떠올랐다.

단아는 아무 말도 하지 않았다. 밤마다 그리도 애원했지만, 어느 날 일어나보니 흔적 지우고 떠난 남자다. 차라리 다행이다는 생각이다. 애초에 뜨내기였던 사람에게 매달린 허탈감. 어려서부터 눈치로 산 단아였지만 그저 가녀린 여자에 불과했기에 잠시 눈먼 사랑에 현혹되었다. 그리고 알 수 없이 저려온 통증. 아니 정확히 말하면 어려서 겪은 단 한 번의 무서운 기억. 누구였는지 기억도 없다. 아주 어릴 때였다. 어머니 수발로 힘들어 잠시 골방에서 눈을 붙이고 있었다. 묵직한 무엇인가가 짓누르고 있었다. 컴컴해서 상대의 모습은 보이지 않았다. 느낌으로 스님은 아닌 듯하다. 시주 차 들린 귀한 집의 자손인 듯, 어둠 속에서 순간 번쩍이던 노리개가 눈에 띄었다. 귀족의 자녀들만이 가질 수 있는 물건이란 것쯤은 단아도 안다. 단아는 통증을 느꼈고 정신을 놓아버렸다. 그렇지만 가끔 단아는 무서운 기억 속에서 묘한 설렘을 알았다. 결코 싫은 것만은 아닌 감정. 어머니에게도 누구에게도 말도 못 한 일이었다. 그 무서운 기억을 지워준 것이 온이었지만 자신의 신분에 비해 너무 높은 온이지만 역모의 수장이어서 자신의 곁을 떠나지 못할 거라고 잠시 생각하고 즐거워했다. 그렇지만 기쁨은 역시 찰나였다.

배 속에서 자라는 아이에 감사하자고 날마다 다짐했다. 어머니의 묵시도 힘이 되었다. 가슴에서 언제나 싸하게 저리는 그리움을 버리기도 마음먹으니 오히려 홀가분하다. 제발 살아만 주소서. 그녀는 그렇게 온의 무운을 빌었다. 어머니를 졸라 절을 떠나기로 마음먹으니 갈 길이 바쁘다. 주지 스님도 단아의 결정을 꺾지 못했다.

절을 내려가는데 오히려 반기는 눈치다. 이미 백발이 무성한 스님이다. 아버지처럼 자상하게 돌봐주신 분이기에 단아도 아버지처럼 따랐다. 유난히 자애로웠던 스님. 가끔은 서글픈 눈을 보여주었지만, 자신의 처지를 동정하는 것이려니 했다.

"힘들면 언제든 돌아오너라."

단아는 몸이 자유롭지 못한 어머니를 모시고 마을로 내려와 결국 밥집을 차렸다. 가능한 절에서 멀리. 주지스님이 서운해하며 손맛 좋은 비구니를 붙여주었다.

오가는 사람들로부터 여러 가지 이야기도 들었다. 나라가 점점 위태로워진단다. 주색 놀이만 즐긴다는 나라님 소식은 사람들을 우울하게 한다. 임금의 호 앞에 충忠 자가 붙었다, 고려조정으로 하여금 원에 충성하라는 강요다. 힘없는 나라의 군주는 백성보다 더 모욕을 참고 견뎌야 한다. 고려는 이렇게 멸망의 길로 들어서기 시작했다.

백성을 위한 굴욕이라고 사람들은 말하지만 실지는 자신의 목숨 부지와 개인 영달을 위한 선택이다.

신라 경순왕이 그랬다. 이미 쇠락한 국운 앞에. 왕은 정치에 관여하기보다는 주색에 더 열중이었다. 새로 건국한 고려는 개국 공신들의 권력다툼의 새로운 장이 되었고 왕권을 유지하기 위해 왕건은 수십 명의 첩을 두고 지방 유지들을 장악했다. 그렇게 태어난 왕족들은 백성의 피로 여생을 편안하게 보냈다. 백성의 삶은 달라지지 않았다. 바뀐 것은 국호이고 정권을 잡은 소수 권력자의 횡포는 계속되었다. 그렇게 이어온 역사는 쉽게 무너질 수밖에 없다. 광활한 고구려 땅을 삼키고도 더 점령하지 못해 호시탐탐 고려를 넘보는 중국의 야욕은 마르지 않는 샘물 같다. 형제의 난으로 휘청거리던 고구려도 결국 그 싸움의 여파로 나라를 잃고 말았다.

백제는 그렇지 않았지만, 국운이 그뿐이었다. 왕의 지나친 호기도 멸망을 초래했다. 주변 신생국을 무시한 왕은 결국 그들에게 망한 것이다. 패망 군주는 주색잡기만 취한 왕으로 둔갑하고 말았다. 점령군은 그렇게 자신들의 침략을 정당화했다.

신라. 무능한 왕들은 미색을 찾아 주색잡기만 즐기고. 어찌 왕이 된 여인네는 자신을 위해 남자들을 침실로 끌어들였는지. 단아로선 삼천궁녀 이야기는 너무 생소하다. 삼천 궁녀가 아닌 삼천 백제 유민인 것을. 조심스럽게 전해진 이야기가 생각난다. 낙화암. 당나라에 쫓기던 사람들이 더 이상 도망갈 곳이 없어 자의 반 타의 반으로 강물에 몸을 던진 곳. 유민이 어찌 삼천뿐이리오마는. 역사는 언제나 이긴 자의 머리에서 장황하게 조작되는 것으로, 패국 유민들의 군주에 대한 추앙이 오래 계속되는 것을 두려워 해 퍼뜨린 유언비어인 것을. 그리고 이런 유언비어는 권력에 아첨하는 사람들의 입에서 퍼지기 시작해서 하류층을 쉽게 지배하면서 사람들의 의식을 장악했다. 여자건 남자건 권력만 잡으면 본능에만 충실한지. 곤곤한 백성은 쉽게 외면하면서 자신들의 쾌락에만 매우 관대한지. 단아는 도무지 그 이유를 모르겠다.

한 많은 사람이 잡은 권력은 일장춘몽이기 일쑤이고. 모래성 위에 지은 집은 언제나 무너질 걱정에 전전긍긍이었다. 고려는 끊임없이 고구려 옛 영토를 갈구했지만, 불가항력으로 언제나 좌절했는데 결국 되려 원나라에 물린 꼴이다. 고구려의 후손임을 자부하고 세운 나라지만 잘못된 정책에 물려, 여자들의 문란함과 승려들의 그릇된 욕망 앞에 속수무책으로 무너진 것이다. 귀족들의 일부다처는 사회적 혼란을 가져왔고 여자들 외로움은 혼란의 밑거름이 되었다. 세간에는 일처다부제가 공공연하게 행해졌다.

도덕의 실종은 사회의 몰락을 가져왔다.

손을 씻다 연하는 작은 흉터를 보았다. 언제 이런 흉터를 만들었나. 가만히 생각해보니 많이 아픈 기억도 없는데. 그러다 문득 떠오른 기억에 놀랐다. 초벌구이를 끝내고 상감을 하기 위해 도자기를 만지다가 날카로운 도구에 손을 벤 적이 있다. 그때 좀 오래 피를 흘린 기억까지, 유약을 젓는데 유약으로 피가 떨어진 기억도 함께, 오래 피가 멈추지 않아 신경질을 낸 기억까지, 그렇다면 이 색깔은 피가 스며든 유약 때문에 생긴 것인가? 연하는 경악했다. 그랬어. 이 빛깔은 그렇게 생긴 색이야. 이런 일도 생기는구나.

연하는 그 시기에 구운 그릇들을 전부 관찰했다. 대부분 평범한 빛깔인데 몇 개가 그렇지 않다. 그랬구나. 피라는 것이 혼자는 징그럽지만 어떤 것과 섞이면 이런 조화를 부릴 줄 아는구나, 그런데 피라는 것은 곧 굳어버리는 성질이 있는데 어찌한다. 아니 누구의 피를 어떻게 보관해야 하는가? 몇 달은 고심했지만, 방법이 떠오르지 않는다. 냇가에 발을 담그고 여름을 즐기면서 묘안을 생각했지만, 답이 없다. 문득 발등에 무엇인가 움직이는 것이 보였다. 새까만 점이 되었는데 길게 늘어진 것이 지렁이 같기도 하다. 그보다 그 생물이 붙어 있는 곳은 피가 계속 흐른다. 피가 굳지 않은 것이다. 적어도 거머리가 붙어 있는 한 피는 응고되지 않는다. 그렇다면 거머리가 내뱉은 침에 무엇인가 피의 응고

113

를 막는 성분이 들어있다는 것이다.

실험은 송이를 발판으로 충분히 했다. 자신의 손끝에서 가늘게 떨며 흥분하는 송이에 거머리를 붙여보았다. 송이의 표정은 평화롭기 그지없다. 거머리는 상처를 내면서도 상대에게 작은 아픔도 만들지 않는다. 거머리가 내놓는 액체는 마취제도 포함된 듯. 마취와 피를 굳게 하지 않는 두 개의 성능을 가진 거머리. 그렇다면 적당한 때에 피를 구하는 것이 문제다. 거머리야 미나리 무성한 곳에 가면 얼마든지 구할 수 있다. 문득 서 의원이 떠올랐다. 많은 도움을 받으면서도 불편한 사람. 가끔은 소름돋는 서 의원 눈빛. 그렇지만 언제나 곁에서 웃어주는 사람. 열가지 전부 마음에 드는 사람이 어디 있으랴.


낮달은 서럽다. 겨우 얼굴 내밀어도 누구도 쳐다보지 않는다. 그래도 안 나올 수도 없는 운명. 그리도 원한 아이였지만 아이는 단아를 결국 외면했다. 고된 생활과 잘 먹지 못한 이유겠지만 그래도 별일 없으려니 했다. 아홉 달을 못 채우고 시작한 진통에 단아는 두려웠으나 불가항력이다. 여자아이였다면 살았을까? 죽은 아이 고추 만지기라는 말이 생각났다. 종일 시작한 하혈과 뭉텅이 나오는 핏덩어리. 내 것이 아니었어. 너무 높은 사람이어서 인가. 어머니는 조용히 아이를 단어에서 떼어냈다.

"보지 마라."

처음 듣는 어머니의 말소리다. 하나를 잃으면 하나를 얻는다는 섭리인가. 세상이 얄궂고 야속하다.

"울지도 말아라."

며칠을 식음을 전폐하고 울었다. 말없이 가버린 온에 대한 원망과 아쉬움. 나 혼자만의 열망이었구나. 어떻게 소식을 알았는지 절에서 음식을 보내왔다. 아마 주지 스님이 붙여준 아낙이 전달한 모양이다. 입안의 혀처럼 매사를 돌봐주던 아낙이다.

두어날 지나 지산스님이 찾아와 아이의 극락왕생을 염원해줬다. 일찍이 귀족의 집에서 태어나 부모의 원함으로 불경 공부하려 했지만, 색욕을 이기지 못해 어린 단아를 겁탈한 지산은 어떤 법명도 얻지 못한 돌중이다. 그는 불경에 심층할수록 오욕에서 벗어나지 못했다. 물론 그 시대는 중들의 천국으로 중의 출가를 규제하지 않았다. 알게 모르게 처첩 여러 명을 거느린 중들도 많았다. 단 한 번의 실수지만 상대가 어린 여자였다는 것이 평생 그를 힘들게 했다. 왜 그런 무모한 행동을 했는지? 사십여 생을 진정한 불제자가 되겠다던 생각을 송두리째 앗아간 사건이다. 그날, 을씨년스러운 날씨가 유죄인가? 아니 그가 범하고자 했던 것은 단아가 아니라 단아의 어머니였다. 어느 때부터인가 단아의 어머니에 대한 연민, 절벽에서 피투성이인 여자를 업고 뛸 때는 아무런 느낌이 없었는데 계속 늘어진 여인이 풍기던 단내가 그를 괴롭혔다. 단아를 낳을 때 보게 된 여자의 은밀한 부분. 그렇게 시작한 수음. 억누를수록 더 강하게 반발하는 마음이 색욕이다. 중이 되는 것이 고역이 아니라 가문의 영광인 시절. 부귀영화를 한꺼번에 움켜쥘 수 있는 가장 쉬운 길이다, 지산도 예외는 아니다. 제법 높은 벼슬을 한 아버지가 어느 날 느닷없이 지산의 출가를 명령했다. 벼슬에 싫증이라도 느꼈는지. 어린 지산은 그렇게 신속으로 들어왔다. 불경은 외울수록 힘들다. 생로병사가 인간의 가장 무서운 형벌임을 알았다. 애별리고愛別離苦 만도 인간에겐 벅찬 형벌이었다. 거기다 오욕칠정은 더 견디기 힘든 고문이었다. 오욕칠정을 다스리기에 너무 벅찬 인간의 고뇌. 석가모니가 왜 스스로 영화를 버린 이유를 알 거 같았다. 살기 위해 먹어야 하고, 견물생심이라고 좋은 물건을 보면 갖고 싶은 마음은 당연지사다, 피로를 풀기 위해 육체를 죽이는 잠, 무언가 유명해지고 싶은 가당찮은 욕심, 마지막으로 남자로서 절대 필요하지만 조절하기 어렵고 생산을 위한 필수적 과정이며 여자에게 무릎을 꿇을 수밖에 없는 색욕까지, 그리고 인간으로 태어나면서 부여된 감정. 기쁨, 노함, 즐거움, 사랑, 슬픔, 미움, 욕망. 어느 것도 쉽지 않은 것들이다. 이런 모든 것으로부터 해탈될 수 있는지? 이성은 조절해도 감정의 노예인 인간에게 주어진 무서운 형벌들. 지산은 자신 없었다. 그렇다고 속세로의 귀향은 부모님이 허락하지 않아 그야말로 돌중으로 전락하고 말았다. 그 원인이 도연이고 단아였다. 숨소리조차 작은 도연, 그리고 유난히 체구가 작은 단아를 위한 번뇌. 도연인 줄 알았다고 속죄한다고 사해질 실수가 아니다. 결국 지산은 도연과 단아의 보호자로 스스로 어려운 길을 택하고 말았다. 업보라고 체념했다. 내 길이 아닌 것을. 도연을 돌보면서 생긴 연민이 그를 몽설에 시달리게 했다. 여자. 마음만 먹으면 지천으로 깔린 여자. 죽은 줄 알았다. 시체를 치울 양으로 피투성이 도연에게 접근했다가 가늘게 숨을 쉬는 도연을 업고 뛰었다. 그리고 돌보았다. 지지리 못난 여자에 대한 가여움에 발목을 잡혔다. 더구나 말도 못 한다. 제대로 걷지도 못한다. 버려두자니 마음에 걸리고 돌보자니 성가시지만, 업보라 생각하니 차라리 마음 편했다.

# 11

난장亂場이지만 모든 자리는 다 주인이 있다. 연하는 관아에 가서 송이의 자리를 하나 얻어냈다. 무료하게 자신만 바라보는 송이가 안타깝고 답답해서 주막이라도 마련해줄 생각인데 송이가 차라리 난장에 자리 하나 마련해달라기에 그렇게 했다. 물론 관아 아전에게 얼마큼의 뇌물도 주었다. 세상에 쉬운 일이 물질로 해결되는 일이다. 그렇게 자연스럽게 송이를 물리쳤다. 유곽으로 들어가기에 송이의 나이가 많은 것도 이유가 되지만 한사코 기어이 난장에서 장사라도 하겠다니 그 의견을 존중한 것이다.

이른 새벽에 수레나 지게에 여러 가지 물건을 이고 싣고 난장에 가서 물건을 파는 송이. 물론 송이는 연하가 마련한 수레에 짐을 싣고 다녔다. 때로 물건의 양이 많으면 짐꾼을 사기도 했다. 방안에 갇혀 연하만을 기다리던 송이도 새 생활에 조금은 활기차 보인다. 몸을 혹사해 잡념으로부터 해방되기를 원하는 마음, 연하를 향한 미련한 애모. 오직 연하가 전부였던 송이지만 너무나 냉정한 처사에 대한 분노로 마음을 바꿨다. 부질없는 미련에 더는 자신을 옥죄고 싶지 않았다. 여러 가지 복잡한 체념에 스스로 무너진 것이다. 단 연하가 한 달에 두 번씩 집에 들른다는 조건에 마을로 나온 것이다.

집안에 과일나무라도 심고자 하는데 연하가 반대다. 위로 뻗고자 하는 나무가 집안의 기氣를 없애 사는 사람들에게 재앙을 준다는 이야기다. 과일은 그냥 사서 먹고 푸성귀나 꽃을 가꾸란다. 그 마음은 도연에 대한 속죄였다.

난장은 새벽부터 부산스럽다. 정해진 자리에 물건을 나열한 일부터 다 팔고 주변을 깨끗이 하는 일, 모두 송이 몫이다. 때로 관아에서 나온 사람들에게 몇 푼의 돈을 쥐여주는 일은 연하 몫이다. 참 더러운 것이 관아 아전들이다. 심심하면 송이에 들려 희롱한다. 물론 곱상한 송이 매무새가 이유도 되지만 아전들이란 것이 지저분하기가 말할 수 없다. 윗물이 맑아야 아랫물도 맑다는 말은 정말 진리다. 허수아비 임금 밑에 몽골에 아첨하는 모리배들, 백성의 살림살이는 도탄에 빠지고 벼슬아치들은 자신의 재산 굳히기만 급급하니 모든 곳에 부정부패가 만연한 나라. 작은 잇속만 보여도 쉼 없이 날라 붙은 말단 벼슬아치들은 난장 서민들의 자리싸움에까지 깊이 관여했다.

삼월이지만 여태 불을 피운다. 한데 바람은 여전히 무서울 만큼 차다. 제대로 마르지 않는 나무는 검은 연기를 내뿜었다. 난로는 절에서 겨울에 사용하던 놋대야. 집에 가만히 누워있으면 염라대왕만 보인다는 이 빠진 할머니의 처량한 웃음에는 그동안 고생스럽게 살아온 여인의 한이 보인다. 먼저 저승 간 지인들만 생각난다는 늙은 여자의 메마른 넋두리도 서글프다. 이렇게 나와 있으면 고생스럽지만 살아있음을 느낀다고 웃는다. 어렵게 번 돈을 노름에 탕진하는 남편 흉을 보는 중년의 여자는 오늘도 남편 욕에 열 올린다. 한결같이 남자들 흉이다. 어쩌자고? 가끔 남자 상인도 보이지만 그들은 장사보다는 술을 마시는 게 우선이다. 새벽부터 독한 술을 마시면서 신세 한탄이다. 그들은 송이에게 곱상한 여자가 장사한다고 음흉한 눈짓을 보낸다. 술장사, 몸 장사보다는 더 낫다는 것이 송이의 생각이다. 유곽 생활은 그야말로 늙어가는 여자에겐 무덤보다 못하다. 넬모레가 마흔이라면 유곽을 졸업할 나이다. 돈 없는 늙은이를 상대해서 번 돈으로 젊은 남자와 운우지정을 즐긴다던 늙은 창녀. 그렇게 살고 싶지는 않다.

새벽부터 나오니 허기진다. 그냥 앉아있어도 왜 이렇게 배가 고픈지. 오늘따라 주먹밥 장사가 늦다. 몇 사람이 있지만, 송이는 단아를 기다렸다. 음식 맛도 좋지만 아무래도 젊은 사람이 더 깨끗할 거 같았다. 그을음에 손은 이미 검정이 많이 묻었다. 시커먼 손으로 코를 문지르니 코밑에 수염이 그려졌다. 그랬단다. 몽골군을 피하고자 아녀자들은 일부러 숯검정을 얼굴에 발랐단다. 강대국과의 전쟁은 남자들에겐 치욕스러운 죽음을 여자들엔 부끄러운 흔적을 만들어 준다. 차라리 죽으면 없어질 기억이지만 죽을 수도 없어서 살아야 하는 여자들. 한 많은 여인의 혼은 여전히 구천을 떠돌고 있지만, 소리 없는 전쟁은 끝날 줄 모른다. 기약 없는 나날에 사람들은 점점 피폐해지고 있다. 될 대로 돼라. 빌어먹을 세상. 미래를 포기하고 막 사는 사람들의 수가 날마다 늘어나고 있다. 장터는 주막과 마찬가지로 많은 소문들이 무성하게 돌아다닌다.

"늦었네요."

"잠시 늦잠을 잤어요. 봄이 되니 춘곤증인가 봐요."

이쁘고 다정한 손님에 단아도 상냥하다. 소문 듣고 지산에게 부탁했더니 지산이 자리 하나 마련해주었다. 중이라는 신분은 때로 무시 못 할 권력이 있다. 고려 시대에서만 통하는 제도다.

"오늘 유난히 배가 고파. 안 오면 어쩌나 했어."

"하루 오지 않으면 그만큼 단골손님이 없어지는데요."

"조카님도 제법 장사꾼 되었네."

헌 옷가지로 여러 겹 싼 밥은 아직도 따뜻하다. 소금만 범벅인 보리밥이다. 그렇지만 감사해야 했다. 요窯에서의 생활보다 못하지만, 마음 한편에 평화가 있어 좋다. 시끄러움 속에서는 잡념이 사라진다. 피곤한 육체는 어떤 망상도 허락하지 않는다. 여러 가지 푸성귀를 앞에 놓고 송이는 어떤 호객행위를 하지 않아도 다른 사람보다 먼저 손을 털어야 했다. 그녀의 곱상한 얼굴이 이유다. 그리고 남보다 후하게 얹어주는 그녀의 인심이다. 때로 다른 장사치들에게 핀잔을 듣지만, 송이는 무시했다. 뭔가 트집을 잡고자 대드는 사람들에겐 돈 몇 푼 쥐어주면 대부분 이러는게 아니다면서 꼬리를 내렸다. 어차피 놀이로 시작한 생활이라 아웅다웅 물건 가지고 실랑이하고 싶지 않기 때문이다. 그녀는 다만 사람들 속으로 나왔을 뿐이다.


고령토는 바위 속의 장석이 오랜 시간 풍화작용으로 변한 흰색의 진흙으로 된 부드러운 가루다. 백운, 석영, 장석의 성분을 갖고 있으며 용융鎔融온도가 매우 높고 구우면 하얀색을 띠는 특성이 있다. 그래서 자기를 만드는 데 적합하다. 전국에 고루 퍼져있지만, 특히 아래 지방에 많이 산재하여 있다. 그래서 주변에 도자기를 굽는 요가 있다.

요는 나름의 치외법권 지역으로 중앙의 권력이 비껴가는 곳이다. 자기를 굽는데, 모든 과정이 중요하지만, 반죽 다지기가 첫 작업으로 많은 힘이 필요하다. 흙 속에 공기가 조금이라도 남아있는 반죽으로 그릇을 빚으면 그릇 표면이 울퉁불퉁 부풀어 올라 곰보나 종기가 난 듯한 형상이 된다. 그릇 표면이 반지르르하지 않은 그릇은 상품으로 가치도 없다. 그래서 반죽이 제일 중요한 일이다. 채취된 고령토를 잘게 부수어 물에 넣고 잘 저어 윗물을 받아 가라앉은 흙을 받아 사용한다. 모래흙을 물에 넣어 넉가래로 저으면 침전된다. 이 침전물로 그릇을 만드는데 맨발로 밟는다. 이 작업이 제일 힘들지만, 또 가장 중요한 작업이다.

연하가 온에게 이 일을 시킨 것이다. 어차피 만정에게 전수할 수 없는 일이고 아들이 없는 연하는 누군가에게 자신의 비법을 알려줘야 했기에 택한 고육지책이다. 송이를 요 밖으로 내친 이유 중 가장 큰 것은 송이가 생산할 수 없는 몸이라는 것이다. 유곽에 들어서자마자. 아이가 들어서지 못하게 하는 독한 약을 반년 이상 먹은 까닭이란다. 노류장화 인생에 있어서 아이는 금물, 여러 사람을 한꺼번에 상대하기 때문에 아이의 아비가 모호하고. 즐기러 오는 양반들이 발목 잡히는 것을 염려하여 만들어진 불문율이란다. 또한 여인들도 아기 생산을 꺼리는 것은 엄마의 천한 직업의 대물림이 싫은 것이었다. 나름의 좋다는 약을 구해 먹은 것 같은데 15년이 지났지만, 송이는 생산을 못 했다. 한 번 망가지면 여자의 생식기는 어떤 묘약에도 원상회복이 불가능했다. 그것은 신의 섭리를 배반한 데에 대한 지독한 형벌인 듯하다. 그것보다 점점 쇠약해진 기력도 연하의 고민이다. 무엇보다 눈이 예전만 못하다. 세밀한 작업을 너무 많이 한 때문인지, 아니면 단순한 노쇠현상인지 모르겠지만 연하로선 나빠지는 신체적인 변화가 적응하기 힘들다.

만정의 짝으로 온을 정했지만, 도저히 그런 기미가 보이지 않는다. 따로따로 돌아온 두 사람은 냉랭하다. 만정의 냉랭함이 오히려 마음에 걸린다. 두 사람 다 입을 굳게 다물고 있으니 자식 일이라도 묻기가 염려스럽다. 만정에게 어머니를 빼앗은 자신의 이기심에 대한 분노, 시신이라도 거두었어야 했을 것을 하는 후회는 날이 갈수록 더 심해지고 있다. 어떻게 표현할 수 없는 복잡하고 묘한 감정이다.

느지막이 얻은 딸 만정, 귀엽기는 어느 것에 비기랴마는 완전 돌연변이다. 아무리 내 딸이지만 이쁜 곳이 없다. 자신도 아내도 밉상은 아니거늘. 그래서 본인의 뜻에 따라 이곳에서 내보냈다.

너무나 단조로운 곳이 이곳이다. 같은 일을 반복한다. 하루를, 일 년을, 십 년을. 만정에게 전수할까 생각도 했으나 마음이 내키지 않는다. 꼭 남자라야 한다는 조항은 없지만 너무나 거친 일이라 아비로서 망설여진 것이다. 만정에게 남장을 허락한 것은 도공을 만들라는 조상의 게시인지 모른다. 그렇지만 싫었다. 이러지도 저러지도 못하는 생활이. 만정에까지 이런 감옥에 살라 하기는 싫다. 날아라 멀리 나가거라. 세상은 넓단다. 너에게까지 배반의 흔적을 남기고 싶지 않다. 이렇게 사람에 대한 사무치는 그리움을 너에게 전수하고 싶지 않다. 어딘가로 멀리 떠나고 싶지만 할 수 있는 것이 없다. 그리고 이곳은 한곳에 머무를 자유만 있는 곳이다. 그런데 어이한단 말인가? 아니 어찌해야 이곳을 천년만년 지킬 수 있다는 말인가?

도공도 천민이다. 면천이 되었다고 해서 사람답게 사는 것이 아니다. 배부른 누이를 데리고 남으로 남으로 향하다가 결국 머무른 곳이 이곳이다. 어디로 가야 그들의 망령을 벗어날 수 있으랴. 배반도 아무나 하는 것은 못 된다. 만적, 죽마고우, 둘이서 키득거리면서 주인아씨 흉보며 같이 웃었던 친구. 서로의 사타구니를 내놓고 만지며 키득거린 친구다. 노비이면서 유난히 번득이는 눈빛이 좋아서 슬그머니 누이를 권했다. 그러나 결국 누이를 요절하게 했다. 그래서 그는 누이를 위해 여생을 속죄하며 살았다. 그러나 부모의 정을 느끼지 못해서인지 조카조차 시름시름 앓기를 반복했고 아들 하나 뎅그렇게 떨구고 요절하고 말았다. 간신히 유지해온 아들이 그나마 자기의 대에서 끊어지니 조상에 면목 없다. 사회적 위치는 여자들도 남자와 같은 예우가 이뤄지지만 그래도 조상에 대해 면목 없다는 생각이다. 아들에 대한 집착은 여자보다 남자가 더 심했다. 시집을 가는 것이 아니라 장가를 오는 것이 고려풍습이다. 처가살이는 남자의 다른 복이기도 했다. 넉넉한 집안에 장가들어 끼니 걱정하지 않아도 되는 생활에 남자는 게을러지는 자신을 불평하기보다. 육신의 평화에 먼저 젖어버렸다. 고생하지 않아도 사는 데 지장 없다면 누군들 마다하지 않을 것이다. 무위도식은 비열한 생활수단이지만 한 번 빠지면 헤나오기 힘든 수렁이다.

노비들의 원한이라 생각이 든다. 여전히 구천을 떠도는 그들의 원한이 어찌 배반자의 자손에게 관대하겠는가? 노비들은 죽어서도 노비여야 하는지 의심되기도 했다. 대대손손 대물림하는 노비들, 천민도 마찬가지다. 정말 지긋지긋한 대물림이다. 양반의 대열은 언감생심이다. 사람다운 생활이라도 하고 싶지만 역시 먼 산의 불이다. 애틋함과 서운함의 팽팽한 감정 흐름, 하고 싶은 데로 살라는 체념 앞에 부모로서의 서글픔. 가까이 두고 볼 수 없는 자식에 대한 무한한 갈증. 언제고 모든 속세 오욕 버리고 돌아오면 맨발로 맞으리라 다짐하지만, 연하는 복잡한 생각에 항상 골 아팠다.

만정이 방황하는 이유를 너무나 잘 알기에 차마 입에 담기 힘든 일이다. 만정의 생모에 대한 가혹한 자신의 처사를 만정이 알까 하는 두려움에 서둘러 허락한 만정의 하산. 언젠가는 알겠지만, 하루라도 늦게 알기를 바라는 두려운 마음. 아비이기 전에 죄인. 연하의 아픈 손가락이 만정이다.

서둘러 송이를 마을로 내려보낸 것도 마음에 걸린다. 오리는 물로 가야하는데. 노류장화는 노류장화로 살아야 하거늘. 송이의 애탐을 모르는 것은 아니지만 어느 날부터인가 송이의 신음 속에 도연의 울음이 섞여 나온 것이다. 있을 때는 성가신 사람도 없으면 아쉽다. 말없이 입안의 혀처럼 돌봐주던 도연이. 요란하지만 그래도 언제나 곁에서 서성이던 송이. 두 사람 다 소중한 사람들이었는데 버릴 때 가차 없이 버렸다. 두 사람을 품을 수 없는 갈증의 원인은 무엇인가? 열심히 노력하고 살았다. 배반의 흔적은 연하도 힘들었다. 감긴 눈에서 쉼 없이 흐르던 할아버지 눈물. 무슨 통한이 저리도 눈물을 자아내는가. 만적과 순정. 숙적이면서 절대 미워할 수 없는 관계. 어느 날 잠깐 비껴간 생각으로 평생을 죄인으로 살아야 했던 할아버지. 숙적이기 전에 어린 시절을 같이 고생한 친구에서 어느 날 용서받을 수 없는 죄를 저지른 순정. 사람답게 살고 싶어서, 살기 위해서였다.


송이는 그럭저럭 잘 사는 것 같아 안심이다. 오랜만에 서 의원이나 만나볼 생각이다. 진맥이라도 해야겠다. 아무리 생각해도 나이가 들어 생긴 병은 아닌 듯하다. 벌 받는 건가. 이렇게 생각하니 지난 일들은 모두 원성 덩어리다. 서 의원과는 오래전부터 친분이 있다. 그는 서 의원과의 첫 만남을 생각했다. 할아버지의 임종을 같이 지킨 사람이다. 마지막 힘을 다해 연하에게 뿌리를 알려주고 차마 눈도 감지 못하고 돌아가신 할아버지. 연하는 어떻게든 할아버지를 살리고 싶었고 마지막 수단으로 아편을 원했지만, 서 의원의 반대로 무산되었다. 돈은 얼마든지 줄 테니 제발 살려달라는 연하의 청을 고인도 살아남은 사람도 같이 힘들다고 연하를 설득한 사람이다. 냉정한 권고지만 일리 있는 의견이기에 연하도 받아들였다. 그런 뒤로 둘 사이는 철떡 궁합처럼 서로 가까워진 것이다. 둘 다 양반이 아니라는 명확한 동질감이 만든 산물이다.

"서두르시게나."

서 의원의 말에 연하는 경악했다. 무엇을 서두르라는 것인지, 설마 죽음에 대한 대비를 말하는 것인가. 아니면 무엇인가. 좀 편하게 살 것이지. 무에 그리 힘들게 살았느냐고 질책하는 서 의원. 연하는 문득 자신을 돌아보았다. 딱히 일이 힘든 것은 아니었다. 그런데도 언제나 무거운 돌덩어리를 지고 다니는 듯한 중압감. 배반한 사람에게도 정당한 이유가 있다. 그러나 누구도 그 이유를 들으려 하지 않는다.

무신의 난 이후에 고관이 천한 노예에게서 많이 나왔으니 장상將相이 어찌 종자가 있겠는가. 때가 오면 누구나 할 수 있는 것이다. 사노 만적의 절규로 시작한 노예의 난. 하지만 지배만 당하고 산 사람에게 감언이설의 유혹은 엄청났다. 목숨과 흥정하는 그것만큼 면천은 노예들에겐 평생의 한이었다. 누가 누구를 비난하랴. 모두 같은 생각인 것을.

어디서부터 무엇부터 정리해야 하는지 후회보다는 회한이다. 태어나보니 도공이 아니라 떠돌다 보니 도공이 되었다. 참 고생했다. 어려서부터 배우기 시작한 일은 힘들었다. 부모는 없고 아주 늙은 할아버지만 있었다. 할아버지의 마지막은 지금도 생생하다.

왕후장상에 씨가 따로 있나? 멀리 떼지어 갈까마귀가 날아가는 것이 보인다. 세월의 무심함에 넌더리 난다. 노예로부터 해방을 꿈꾸던 많은 사람은 죽음으로 진저리나는 노예로부터 해방되었다. 거꾸로 매달려도, 아니 노예로 살아도 이승이 좋지 않을까 하는 생각에 연하는 웃었다.

만적滿積, 벌써 칠십여 년이 흘렀다. 구사일생이란 것이 이런 것인지. 순정順貞의 밀고로 떼죽임당한 노예들의 시신이 흐르는 물을 따라 하구로 내려온 날, 순정은 두툼한 전대를 허리에 두르고 주막에서 술 마중하고 있었다. 모두 살려준다는 말을 믿었다. 절대로 양반을 믿지 말라던 동지들 말을 들었어야 했다. 만적, 족보의 대물림이 싫은 순정과 만적. 아니 누이의 정인이다. 어떻게든 그 사람(만적)을 죽지 않게 해달라던 누이의 간절함도 바위보다 무겁다. 늙은 양반의 동첩童妾으로 일생을 보낼 수 없다는 누이에게 만적은 구세주였다. 그는 간절히 만적을 말렸다. 달걀로 바위 치는 바보짓에 목숨을 걸지 말라고. 우리만이라도 면천하자. 그래서 우리 멀리 가서 살자. 순이랑. 순이의 몸에 네 아이가 있다. 만적의 눈썹이 파르르 떠는 것을 보았다. 사내로서 자신의 행동에 책임을 지라는 마지막 충고였다. 그리고 만적의 흔들림을 보았고 막연하나마 확신했다. 자식에 대한 부모의 애틋함이 천민이라고 다르랴. 오히려 천민일수록 더 안타깝고 절절하리다. 족보의 대물림을 원하는 것은 아니지만 생의 마지막 기쁨의 산물이 자식이다. 호된 노동도 어느 순간 물거품 되어 사라진 운우지정. 그래서 여인들은 더 안타까워 사내들을 후려잡았다. 이름도 없고 천대받을 아이 낳고 서러움 달래기는 양반의 노리개도 마찬가지. 차라리 처음부터 천민이면 아무 바람이 없어 좋은 세상이다. 양반의 노리개 되어 시중들다 아이라도 생기면 본처에 의해 억지로 아이를 지우게 되는 일이 다반사인 신세보다는 처음부터 노비의 아낙이 되는 것이 오히려 행복한 여자 노비들이다. 쓰레기 되어 버려진 여자 노비들을 떠안은 남자 노비들의 학대는, 본처의 질투보다 더 잔인하고 가혹하기에 여자 노비들은 차라리 남자 노비의 정실 아낙이 되기를 처음부터 바랐다. 그러기에 순정도 누이를 만적에게 맡겼다. 주인 대감과 주인 아들의 누이를 향한 음흉한 눈빛이 싫어서. 여자를 취하는데 양반들은 부자父子라는 개념도 무시한 말 그대로 수컷이었다. 물 차오르는 누이. 자기가 봐도 무척 예쁜 누이다. 아침에 만적의 손을 잡았다.

"나루에서 기다리겠네, 순이랑. 순이가 홑몸이 아니란 것을 언제라도 잊지 마시게."

사람을 취하게 하지 못하는 술은 물보다 못하다. 그럴 줄 알았지만, 혹시나 하고 기다렸다. 실오라기 같은 희망이었지만 놓지 않았다. 아니 너무 가늘었나보다 생각이 들었다. 순정은 먼발치에서 두 종류의 사람들을 보았다. 잡으려는 사람들과 잡히지 않으려는 사람들의 치열한 몸놀림이다. 양쪽 다 필사적이지만 수적으로 열세인 노비들은 곧 무장 사노들에게 잡혔다. 싸움은 싱겁게 끝났다. 같은 노비이면서 편이 갈라진 사람들. 어제의 친구가 오늘 적이 되어 생사를 걸고 싸웠다. 아니 아니다. 아침을 같이 먹던 사람들이었다. 순정은 누이의 손을 잡고 남으로 달렸다. 만적의 시신이라도 거둔다고 앙탈하는 누이를 윽박질렀다. 붙들리면 죽는다. 그랬다. 어느 쪽이 되었든 붙들리면 죽을 짓을 한 순정이다. 사람답게 살기 위한 배반이지만 양반 쪽에서 보면 죽여도 죄가 되지 않은 가당찮은 천민이고, 노예들이 보면 자신들 해방운동을 밀고한 죽이고 싶은 동료다. 정정당당하게 싸워보고 죽는다면 한이라도 없겠지만, 거사를 일으키기도 전에 배반으로 모든 계획을 수포로 만든 사람. 용서는 여유 있는 자의 감정놀음이다. 나약한 순정은 노예들에겐 더는 생사를 같이한 동지가 아니라 양반보다 더 괘씸한 배반자였다.

그해 겨울, 순이는 핏덩이를 오빠에게 남기고 시름시름 앓았다. 어쩐 일인지 해산 날을 한 달이나 앞당기고 사내를 낳았다. 사력을 다한 마지막 안간힘이었다. 결국 비가 오는 어느 날 밤에 만적을 부르며 동네를 헤매다 저수지에 빠져 죽은 동생의 시신을 거두었다. 퉁퉁 부어 형체조차 흉한 몰골이었다. 아 벌을 이렇게 받는구나 하고 순정은 동냥젖으로 조카를 키웠다. 그리고 서둘러 혼인시켰으나 조카도 핏덩이 하나 순정에게 남기고 죽어버렸다. 조카 부부가 이웃에 일 나갔다 돌아오는 길에 누군가의 습격을 받고 죽어버렸다. 습격한 사람들이 노비들이었다는 것을 안 순정은 다시 남으로 도망쳤다. 그리고 조카를 키우듯 그의 아들을 동냥젖으로 키웠다. 기구한 일생이었다. 의리의 만적과 배반자 순정의 피를 같이 물려받은 몸. 그렇지만 언제나 나쁜 것이 더 우성인 유전자라니. 배반의 대가로 받은 재물로 먹고사는 일상에 어려움은 없었지만, 마음은 언제나 허한 상태였다. 연하 이십 대 초반의 일이다. 서 의원과 할아버지 장례를 치르고 두 사람은 막역한 친구가 되었다. 아니 일방적으로 연하는 서 의원을 믿었다. 혈혈단신이 주는 맹목적 믿음이다.

"죽을병인가?"

"심신이 너무 허약해. 이제 일 욕심은 버리시게나. 우리도 이젠 쉴 나이라네."

"이곳을 맡길 적당한 사람을 아직."

"왜 만정에게 일을 시키지 않는가? 제법 실한 듯한데. 만정이 계집이라서? 꼭 남자라야 한다고 누가 말해? 그런 법은 없어, 그냥 남자들이 만든 고집이지. 남자들은 스스로 자기 무덤을 파는 데 익숙하다고. 나라 돌아가는 꼬락서니를 보시게. 여인 천하일색이야. 세상은 여자들의 숨소리에만 민감하다고. 작은 고을마다 넘치는 왕손들. 그 왕손들 어머니가 전부 여자들이야. 그래서 아버지가 딸의 눈치를 보며 사는 게 지금 이 나라 꼴이라네. 내 딸이 중앙에 가서 재물을 얼마나 얻어 오는지가 아버지 최대 관심사라고. 그래서 두 딸은 한 남자에게 보내는 아버지도 많다네. 궁궐에서만 일어나는 일이 아니라고. 이런 세상에 요의 수장이 꼭 남자라야 한다고 누가 말해. 더구나 만정은 지금 남자로 크고 있어. 도연에 대한 후회가 자네를 힘들게 하고 있는데. 모든 것은 운명이라네. 도연. 지금 말하지만 내가 자네보다 먼저 도연을 흠모했다고. 도연이 자네를 선택했을 때는 자네를 죽이고 싶었다네. 그렇지만 내 것이 아니었구나 하고 체념해버리니 마음이 편하더라고. 그리고 자네가 도연을 절벽으로 떨어뜨렸을 때, 또 한 번 자네에게 살의를 느꼈어. 잠깐이었다네. 우리가 나이가 든 모양이야. 이런 이야기를 주고받다니. 쉽게 말하자면 무거운 짐은 얼른 내려놓으라는 걸세. 도연은 살아 있다네. 말은 못 하지만 늦게 얻은 딸의 보살핌으로."

딸이라. 맞다. 도연의 몸놀림이 조금 둔해졌지. 그렇다면 내가

두 사람을 죽인 것인가? 살아있다고? 모든 것이 왜 이렇게 뒤죽박
죽이람. 도연을 향한 서 의원의 마음이 느껴지자 더 서둘렀다. 오
직 한 사람, 믿고 의지하는 친구지만 가슴 밑바닥에 흐르는 기류
는 믿음보다 질시다. 정당한 방법으로 승리한 자는 상대에 너그
럽지만 연하는 그리하지 못했다. 서 의원에 대한 열등감은 본인
도 알 수 없는 마음이다.


## 12

연하는 쉬고 싶은데, 갈 길은 너무 멀다.

"누구를 찾아오셨습니까?"

지산의 날카로운 물음에 연하는 다음 말을 잇지 못했다. 어찌
차마 입으로 자신의 이야기를 뱉을 수 있으랴. 서 의원에게서 도
연의 거처를 듣고 찾아왔다. 정신없이 달려온 것이다.

"찾아서 어찌하시려고?"

연하에게서 죽음의 그림자가 얼핏 지나간다. 나무아미타불.
누구를 위한 염불인지. 단아 모녀를 찾는 사람은 처음이다. 단아
를 생각하면 지산도 가슴 아프다. 그것은 우연이었을까. 무심히
어느 골짜기를 지나가다가 피투성이 도연을 발견했다. 추락인가

하고 산을 올려다보니 까마득하다. 어쩌다가. 처음에 여인네가 실수하여 미끄러진 것으로 생각했다. 그런데 이상한 점이 있었다. 실수하여 미끄러졌다면 누군가 구출하러 내려왔을 것인데 그런 흔적이 없다. 피가 굳은 것으로 봐 이틀쯤 지난 듯하다. 가끔은 짐승이 나올만한 골짜기다. 죽은 줄 알고 흔들어보니 가늘게 숨을 쉰다. 무엇보다 여인이 배를 움켜쥐고 있다. 쯧쯧. 혀를 찼다. 아기를 떼려고 떨어진 거로 생각하니 괘씸한 마음이 생겼다. 신이 인간에게 준 가장 잔인한 처벌이 원하지 않는 잉태였다. 여자들 생활이 조금 자유롭던 시대기에 다소의 문란한 생활이 묵인되었지만, 그로 인해 생긴 부작용으로 절을 찾은 여자들이 많았다. 가장 쉬운 방법이 죽지 않을 정도의 낭떠러지에 몸을 던지는 일이다. 그러기엔 이곳은 상당히 위험하게 깊은 곳이다. 그렇다면 실수인가? 여자 혼자 산을 헤매다? 역시 아니다. 그렇다면 누군가에 의한 의도적 실수. 살인의 현장이라는 생각에 정신이 번쩍 들어 도연을 업고 무작정 뛰었다.

주지 스님이 도연을 치료해주고 절에 있어도 된다는 허락도 해줬다. 떠돌이였던 지산은 그렇게 하여 한곳에 머물렀다. 단아 모녀를 도와주면서 작은 보람을 느꼈다. 말을 잃어버린 도연에 대한 안쓰러움. 자신의 등에서 축 늘어진 도연이 풍긴 체취의 여운. 그리고 도연을 향한 측은지심.

지산이 중이 된 것은 집안을 살리기 위한 궁여지책이었다. 승려가 권력이었던 시대다. 할아버지의 엄명에 의한 선택이었다. 왕실과 인척 관계가 되기 위해 딸은 왕에게 바치듯 권력을 잡기 위해 자식 하나 정도는 절로 보내 권력의 끄나풀을 잡아야 생활이 윤택해지는 사회풍토이기에. 중에게 주어진 많은 면책권과 재물을 탐낸 사람들의 어리석은 소행의 희생자가 지산이다. 처음엔 용납할 수 없어 이리저리 떠돌아다니다가 도연을 만나 비로소 정착한 삶이다. 부당한 집안 처사가 마음에 들지 않아 명색만 중이었던 지산이다. 권력과 재산 축적이 목적이었던 수도 생활은 지산에겐 어떤 것도 무의미한 일이었다. 스스로 돌중이었다. 잿밥도 염불도 관심이 없는 땡중이었다.

연하가 찾은 사람이 도연이 틀림없다. 잘 내보냈다는 안도의 숨이 절로 나온다. 이유야 어땠든 오랜 세월로 도연이네의 상처는 아문 듯한데 새삼 들쑤실 이유도 없다. 도연의 입이 다시 닫혀버리면 큰일이다. 며칠 전에 본 그네들의 삶이 제법 활기를 띠고 있었거늘.

절 빈 곳에 심어진 농작물을 수시로 옮겨주는 일도 재미있는 생활이다. 가끔은 귀한 약초도 갖다주었다. 도연을 향한 마음인지 단아를 향한 마음인지 가늠하기 힘들지만 즐겁다는 것은 사실이다. 자신의 은밀한 즐거움을 뺏기고 싶지 않다.

"용서를 구해야 합니다. 용서를 빌어야 합니다. 스님의 자비로 알려주십시오."

너무나 절실한 연하의 태도에 지산은 잠시 흔들렸다. 도대체 무슨 사연이길래. 땀을 뻘뻘 흘리며 애원하는 연하에게서 설핏 죽음의 냄새가 난다. 죽기로 찾아온 사람이다. 정말 마음이 내키지 않는다. 그렇지만 죽음의 그림자 앞에 자기 생각만을 고집할 수도 없다.

"그네들을 건드리지 마세요. 가까스로 안정을 찾아 생활하고 있습니다. 모녀지간 서로 위하는 마음도 남다르고. 아이를 사산하고자 낭떠러지로 구른 모양인데 다행인지 불행인지 아이가 무사히 태어나서 서로 의지하고 살고 있습니다."

아이라는 말에 연하는 다시 충격을 받았다. 만정의 동생이란다. 내가 죽어도 만정이 외롭지 않겠다는 안도감에 웃음이 나왔다. 그런데 이 무슨 고약함인지? 분명히 도연의 거취를 아는데 알으켜주고자 하지 않으니 무슨 수로 알아내나?

삼고초려가 뭔가를 해야 하나 하고 일단 절은 나왔다. 송이라도 봐야겠다는 절실한 그리움에 그는 송이가 일하는 난장을 향했다. 송이도 보고 싶었다. 아니 모든 사람이 보고 싶은 연다. 얼마 남지 않았다는 서 의원 말. 그래, 많이 봐야지 하고 다짐했다.

비색도 만들어야 하고 갈 길은 먼데 시간이 얼마 남지 않았다. 얼마나 잔인한 일인가? 울며 겨자 먹기로 온에게 자신의 비법을 전수해야 하는데. 온은 기술을 익히는데 너무 더디다.

송이, 너무 방치한 아름다운 여자. 참 화사한 여자였는데 자기 곁에서 속절없이 시들어버린 여자. 그래서 자유롭게 살라고 날개를 달아 주었지만 날아가지 않는 여자. 송이가 원하는 사랑을 줄 수 없는 연하도 괴롭다.

완전히 출가하지 못한 이유를 생각해보자. 단아인가, 도연인가. 딱히 누구라 꼬집어 단언할 수 없는 힘든 감정에 지산의 절 생활은 완전 고통이다. 단아를 취한 것은 실수였다. 자고로 자매를 같이 거느려도 모녀를 거느린 일은 없다. 나라의 제일 우두머리 왕도 그랬다. 인연은 만드는 것이란다. 지독한 악연이다. 지산은 속세로 나가기로 마음먹었다. 연하의 출현으로 그는 더는 엉거주춤 상태로 도연이네에게 관망자가 될 수 없음을 알았다. 얼마든지 모른 체 할 수 있는 일이지만 부처를 모신 몸으로 그 이상의 죄를 저지를 순 없었다. 별일 없이 단아가 아이만 낳았어도 시름 하나는 덜 수 있었건만. 연민까지 동반한 기묘한 감정. 그는 중으로서 자신의 흔적을 지울 방법을 모색하기 시작했다. 시급한 것은 머리다. 일반인처럼 길어지려면 얼마나 걸리려나.

모두 잘 살아 있구나. 연하는 차마 나설 수 없는 사실에 경악하면서 체념했다. 자신은 누구에게도 편안함을 줄 수 없는 사람이라는 좌절감에 많은 것을 잃어야 했다. 송이 곁에서 천진하게 웃고 있는 단아를 보았다. 행복한 모습이다.

공녀와 도공과 청자를 요구하는 몽골에 대항할 힘이 없는 충렬왕은 결국 그들의 요구를 들어주기로 마음먹었다. 선택의 여지가 없는 상황이다. 충렬왕, 고려가 원나라의 부마국이 된 후 첫 번째 왕으로 모든 권한이 원에 의해 통제되는 왕이다. 왕이면서 아무 것도 할 수 없는 허수아비.

시간이 없다. 연하는 조정의 전갈을 받고 아연했다. 큰 배 세 척에 가득하여질 그릇을 구우란다. 몽골의 요구, 그리고 가장 훌륭한 도공도 보내란다. 중국과의 인연은 언제나 악연이다. 끊임없는 전쟁, 아니 중국의 야욕, 알면서도 대비하지 못한 국력. 왜 하필 나인가 하는 원망과 분노가 범벅이다. 할 일은 많건만 시간은 없는데. 그렇지만 조정의 명령은 그대로 법이다. 노예는 아니지만, 조정의 담당으로 누린 만큼 복종이 요구되는 세상이다. 어찌하나? 벼슬아치들은 자기들보다 신분이 낮은 사람들에겐 잔인하고 냉정하다. 무엇부터 어떻게 해야 할지 막막하다. 죽더라도 매듭은 풀어야 하고 자신이 개발한 청잣빛도 누군가에게 전수해야 한다. 피. 피가 필요한데 어찌해야 하는가? 송이를 찾아가야지. 송이라면 자신을 이해할 것이고 도와줄 것이다. 지독히 이기적인 발상이지만 다른 방법이 없는 연하다.

북새통 속에서 나름의 생활을 하는 사람들. 낡은 집이지만 온기가 느껴지는 송이의 거처다. 눈가의 잔주름으로 고운 얼굴이 많이 망가졌지만, 여전히 자태는 아름답다. 호들갑스럽게 맞아주는 송이 옆에 단아가 서 있다.

내 딸 단아. 차마 네 앞에 나타날 수 없는 아비를 용서하지 마라. 눈치로 봐서 도연이는 아직 마주치지 않는 모양이다.

"음식 솜씨가 좋아요."

도연이를 닮았구나. 장날이다. 여러 가지 필요한 물건들을 챙겨주는 송이의 마음이 고맙다. 묘한 인연이다. 그들의 돈독함은 무엇인가? 참 보기 좋다.

송이의 어루만짐 속에서 오랫동안 잠자고 있던 색기가 솟아오른다. 이런 거구나. 살아있다는 것은 이렇게 기쁨이구나. 송이와의 첫 만남이 생각난다. 그러고 보니 그날의 황홀함은 오랫동안 연하의 기억에서 꿈틀거렸다. 그는 눈을 감고 옛 생각에 잠겼다. 너무나 아름다웠던 송이. 모든 사내를 홀렸던 기교. 어쩌다 만들어진 우연에 목숨 걸고 찾아온 여자. 연하는 그랬다. 그릇을 빚는 손이 마음을 외면하면 여자를 찾았다. 애써 만든 그릇들이 마음에 들지 않거나 하면 정신적 힘듦을 여자를 찾아 소모했다. 미친 듯이 여자를 더듬었다. 도연에게서 느끼지 못한 쾌락, 그렇지만 같은 여자를 두 번 찾는 일은 없었다. 정은 도연이 하나로 충분했다. 서 의원을 뿌리치고 자기에게 온 도연. 떠돌이로 만난 서 의원과의 돈독한 정이 순간 금이 간듯했으나 얼른 추스르고 주변에서 여러 가지 돌봐주는 서 의원. 그 이면에 도연에 대한 사랑이 있음을 어찌 부정하랴. 마음은 어떤 경우에도 나눠 가질 수 없는 것이었다. 그런 도연이를 밀어뜨린 행동 뒤에는 송이가 있었다. 순간적 행동이었지만 송이의 아름다움이 충분한 이유가 되었다. 새삼스레 자신의 행동을 합리화시킬 생각은 없지만 솔직한 마음이다. 눈앞에 얼씬거리는 송이와 도연, 두 사람을 당하기에 벅찼다. 곰 같은 도연에 비해 완전 여우인 송이. 혼자일 때는 비교 상대가 없어 무조건 좋아 보인 것들이 막상 어떤 비교 대상이 나타나면 빠르게 변하는 것이 사람의 마음이고 이 사실에 예외는 존재하지 않았다. 인간관계는 오래인 것이 좋지만 남녀관계는 새것이 좋은 것이 인지상정이다.

송이에게 몸을 맡기고 연하는 끝없는 휴식으로 파고들었다. 죽으면 아니 죽어버린다면 이런 즐거움도 같이 죽으리라 생각하니 끝없는 회한에 가슴이 먹먹하다. 송이가 사력을 다해 몸을 어루만진다. 여자의 손길은 부드럽다. 어머니의 손길 한번 느끼지 못하고 자란 연하에게 송이는 이제 어머니 같은 포근함이다. 나른해지면서 아늑해지는 기쁨, 전신을 흔드는 무아경. 연하는 정신 없이 크게 소리 질렀다.

하얀 해가 구름 속에서 힘없이 내려다보는 안개 자욱한 아침, 연하는 깊은 잠속에서 아직이다. 모처럼 아주 편안하다. 모든 세포가 녹아버린 듯한 무력감이다. 이거였어. 신이 주신 최상의 선물. 어떤 고통도 단숨에 날려버리는 명약, 그런가 하면 끝없는 수

렁으로 인간을 황폐화하는 행위다. 천국과 지옥의 경계선으로 자멸을 초래하는 위험한 행위다. 자칫 생명줄을 끊어버릴 수 있는 고약한 묘약이면서도 숨을 쉬는 동안 절대 거부할 수 없는 잔인한 유혹이다. 아주 짧지만 강렬해서 마약처럼 인간을 옭아매는 무서운 마력을 가졌다. 말로 표현할 수 없지만, 몸으로 요란히 표현하는 최고의 희열이 만든 유희. 남자고 여자고 빠져들면 헤나오기보다 차라리 그대로 산화되기를 원하는 짓거리다.


대문 앞 인기척에 놀란 가슴 쓸어안고
황망히 빗장 풀고 버선발로 나갔더니
내 임이 어둠 속에서 반갑다고 손 내밀어
꿈인가 생시인가 허벅지 꼬집으니
통증 없어 꿈이구나 허망해서 돌아섰다오.
이리 푸대접하시려거든
처음부터 마음 주지 마시지.
슬며시 샛문 열고 들어오라 종주먹대더니
막상 들어서니 나 몰라라 하심은
무슨 얄궂은 심보인지요?
안개처럼 가까이 있으면서도
잡고자 하면 잡히지 않아
흐린 시야로 이년은 앞도 제대로 못 보고 허둥대는데
도대체 어느 시점에서 안개 벗고 모습 보이려 하나요?

송이는 가슴을 뜯으며 연하를 그리워했다. 연하는 항상 그랬다. 화대로 마음을 바라는 것은 화류계 금기사항이라던 말이 생각난다. 그래 난 누구나 꺾을 수 있는 들꽃일 뿐. 수레바퀴가 소걸음 뒤따르듯 연하가 자신에게 끌려올 줄 알았건만.

사랑이 어떻더냐 둥글더냐? 모질더냐
길더냐 차르더냐 발 일러냐 자일러냐
각별히 긴 줄은 모르되 끝난 데를 몰라라.
— 작자 미상

사랑, 송이에겐 참 고약하고 묘하고 얄궂은 인생 행복의 방해꾼이었다.

여자였어. 온은 만정의 실체에 심한 혼란에 빠졌다. 어찌 이런 일이. 만정의 행동이 이상했지만, 여자라는 생각은 하지 못했다. 버릇 들이기에 따라 남자도 앉아서 소변을 볼 수도 있겠다고 생각했다. 연하의 청천벽력 같은 명령도 놀랍지만, 만정의 실체가 더 놀랍다. 순간 단아가 생각났다. 단아. 가슴 밑바닥에서 언제나 작은 울음을 내는 단아. 아이는 어찌 되었을까. 만정에 대한 연민이 단아 앞에서 저절로 무너진다. 개경에 두고 온 아내는 또 어찌 되었는가. 너무나 냉정한 만정의 태도도 바위보다 무겁다. 더구나 도자기 굽는 일에 몰두하라니 더욱 힘들다. 사실 궂은 일이라고는 해본 적이 없는 삶이었다, 무위도식에 길든 삶이다. 특별히 힘든 것보다는 도무지 마음 내키지 않는 일이다. 흙을 반죽하는 일은 어떤 일보다 힘들다. 도요지를 담당하는 총수가 되라는데 담당하려면 모든 면에 기초는 몸소 체험해야 한단다. 고령토 운반은 해주는 사람이 따로 있지만, 그 흙이 적당한지 고르는 것도 상당한 시간이 필요하단다. 모든 것이 너무 생소한 현실, 차라리 풍전등화 같은 왕 노릇이 더 쉬웠던 것 같다, 배중손을 따라나선 것부터가 잘못된 길이었어. 하지만 어쩌랴. 과거는 그저 상처로만 존재하는 것을. 그리고 상처는 후회의 다른 얼굴인 것을.

바지 먼지를 툭툭 털며 들어서는 만정. 여전히 사내 몰골이다. 언제까지 그리 살 거냐고 묻고 싶다. 만정에겐 아무 말도 말라는 연하의 명령이다. 그들 부녀에게 어떤 비밀이 있는 것일까. 언제나 딱딱한 둘 사이. 그렇다고 미워하는 것 같지는 않다. 서로를 향해 지독하게 애틋하면서도 일정한 간격은 항상 유지하고 있다.

밖으로 나오니 하늘이 참 곱다. 시절은 이렇게 무심하게 흘러만 간다. 벌써 5월이다. 산색은 연둣빛으로 점점 물들어간다. 일을 배우고자 하는데 능률이 오르지 않으니 걱정이다. 애써 무심한 척하는 만정도 얄밉기만 하다. 연하는 밀어붙이는데 만정은 요지부동이다. 단아 때문이라는 생각에 가슴이 무겁다. 아이는 낳았을까. 문득 궁금하다. 사내인지 계집인지도. 단아의 소원을 들어주자마자 도망치듯 돌아온 이곳이다. 그렇지만 만정이 여자라는 생각은 하지 않았다. 단아에 대한 이상한 그리움, 아니 지독히 아픈 연민. 그늘 속의 그림자처럼 형체를 알 수 없는 마음이다.


# 13

지산의 보살핌으로 단아네의 생활은 그럭저럭 불편함은 없다. 여전히 둘 사이에서 엉거주춤친 지산이다. 도연은 성하지 못한 다리 때문에 지산을 기대지만 그 이상의 감정은 없다. 감히 어찌 사내의 마음을 얻으리라 하는 노파심이다. 그렇게 믿었던 연하의 잔인한 변심에 치를 떨었다. 서 의원이 생각났다. 냉정한 눈빛이 마음에 들지 않았다. 동냥 의술이라도 할라치면 매사에 철저한 냉정함이 있어야 한다고 주장하는 사람. 그와 비교해 연하는 마음이 따뜻했다. 냇물을 건너는데 서 의원은 손을 잡아주기는커녕 칠칠치 못하게 치맛자락에 물을 묻힌다고 호통치지만, 연하는 등을 내밀었다. 윽박지르기 좋아하는 서 의원에 비해 연하는 행동으로 보살펴준다. 할아버지의 맹목적인 따뜻한 사랑이 만든 인간의 정이라고 생각했다. 한곳에 정착하지 않고 떠돌아다니기에 열중인 서 의원에 비해 연하는 집과 전답이 있는 비교적 안정된 생활. 역병으로 어느 날 부모가 죽어 주막에 버려진 도연이다. 주모

수양어머니는 도연을 일꾼으로만 생각하지, 짝지어 줄 생각은 하지 않았다. 변죽 없어 수작 거는 남자가 없어 속절없이 나이 들어가는 도연이었는데 어느 날, 선한 눈의 연하와 매의 눈을 연상시키는 서 의원이 같이 나타났다. 같은 음식을 먹고 맛있어하는 연하와. 뭔가 까탈을 잡는 서 의원을 비교하고 있었다. 노리개를 사와 휙 집어던지는 서 의원과 조심스럽게 손에 쥐여주는 연하. 도연이 선뜻 마음을 정하지 못하고 있었는데 어느 날 양부가 잠자는 방에 들어오는 것을 양어머니에게 들켜, 쫓겨나 갈 곳이 없을 때 서 의원은 약재를 구하고자 출타 중이었다. 도연은 밤중에 옷가지를 싸 들고 연하를 찾아갔다. 아무 말 없이 받아주는 연하가 믿음직스러웠고 연하와의 생활은 행복했었던 도연이다.

지산의 배려에 가슴 떨리는 감동이 있지만 그뿐이다. 도연은 단아의 짝으로 지산을 생각했다. 두 배가 넘는 나이. 온과도 나이차가 많았지만 지산과는 더 많다. 그렇지만 저잣거리에서는 오히려 든든한 남자는 나이 지긋한 지산이다. 오랜 시간이 흘러도 변함없는 배려는 믿음이다. 오늘도 어딘가에서 마른 나무를 가져다주고 말없이 가는 지산의 처량한 등짝을 보았다. 단아에 운을 띠었더니 아주 싫은 내색을 하지 않는다. 온에 대한 배신감이 큰 모양이다. 주먹밥을 만들어 집을 나서는 단아의 등도 지산의 등처럼 처량하다. 문득 만정이 생각난다. 다시 오마는 약속은 없었지만 기다려진다. 단아에게 방을 내주고 곁에 와서 움츠리고 잠을 청하던 만정. 도연은 가슴이 찢어지듯 아팠지만 가여운 단아를 위해 모른 체했다. 아비를 만들어 주지 못한 모정이다. 도연도 온이 그렇게 가버릴 줄은 몰랐다. 남자는 믿어서는 안 된다는 것을 알았지만 지산의 한결같음이 놀랍다. 많은 망설임이 있었지만 단아가 사는데 든든한 기둥이 될 것 같다. 문득 전신을 흔드는 가벼운 통증. 몸속 깊은 곳에서 느껴지는 뜨거움이 걸린다. 사노라니 세상에 남녀 간에 운우지정만 정이 아니었다. 필요한 것이지만 전부는 아니었다. 어렵게 살다 보니 그것은 양념일 뿐이다. 제법 펑퍼짐한 단아의 엉덩이. 은근히 풍기는 여자의 냄새. 단아 때문에 외롭지 않았다. 사는데 이것보다 충분한 이유는 없다. 만정은 잊기로 했다. 잊어야 했다. 단아를 위해서 내렸던 결론인데 새삼 후회막급이다.

다리가 불편해 마음대로 움직일 수 없는 것이 도연의 고충이다. 지산에게 부탁해서 오늘은 단아의 일터, 그리고 단아에게 친절한 얼굴 이쁜 아낙의 얼굴이라도 봐야겠다. 고맙다고 어미로서 치하라도 해주고 싶다. 굳이 지게에 올라앉고 싶다는데 업히란다. 지게는 물건을 실어나르는 기구이지 사람은 아니라며 웃는 지산의 선한 마음이 고맙기 그지없다. 산비탈을 내려오는데 등이 젖은 지산에게 잠시 냇가에서 쉬어가자고 했다. 너무 맑아 차마 손을 담그기도 주저하는 물이다. 돌에 앉아 주변을 보니 완연한 봄이다. 들풀, 들꽃이 요란하다. 실버들 또한 늘어질 만큼 늘어졌다. 흐르는 물을 거슬러 올라가는 작은 물고기들. 돌 사이에 낀 나뭇잎조차 아름답다. 바위틈에서 작은 생물들이 움직인다.

물 위에 사뿐히 내려앉은 하얀 새가 부리로 작은 생물을 들어 올린다. 약육강식인지. 무성한 물풀 속에 숨어 사는 많은 생물. 모두 살겠다고 열심히 움직인다. 흐르는 물은 그저 흘러가는 게 아니었다. 세월을 같이 흘려보내는 시냇물이다.

도연은 발이라도 담그고 싶지만 참았다. 성하지 못한 다리에 붙은 발은 아무래도 이상하다. 제구실을 못 하는 다리에 붙은 이상한 발을 지산에게 보이고 싶지 않다. 조금 멀리서 지산이 웃옷을 벗고 땀을 닦고 있다. 나이에 비해 건장한 몸이다. 단아를 능히 보호해줄 만한 몸이라는 생각에 미소가 나왔다. 가슴속에 안도보다는 작은 아픔이 냇물 따라 출렁거린다.

"스님."

"스님이라 부르지 마시라는데."

"그럼 뭐라… 오랫동안 그리 불러와서."

"편하실 대로 하세요. 스님이라는 말만 빼고."

지산의 선량한 웃음에 도연은 용기를 냈다.

"단아를 거둬주세요. 흠이 많은 아이고 미천한 계집이지만 이뻐하시고, 부족한 점이 많지만, 부디 이뻐하시고."

"무슨 말씀이신지?"

"우리 모녀의 기둥이 돼주시라고. 지금까지 받은 은혜만도 과분하지만 가족이 돼달라는 부탁입니다. 가여운 아이입니다."

　지산으로서는 뜻밖이다. 천부당만부당한 처사다. 어찌 그런 생각을 할 수 있는지. 도연에 대한 연민, 단아에 대한 죄책감. 모녀를 향한 정체불명의 마음 때문에 매우 괴로운데. 문득 연하가 생각났다. 도연 모녀를 애타게 찾던 사람. 그러나 막상 단아 앞에 나서지도 못한 사람. 그들의 사연은 과연 어떤 것인가? 아니 내가 단아를 취해도 되는가? 아니 그냥 이렇게 살란다. 모녀를 도와주기만 하련다. 바라만 보는 것으로 속죄하련다. 어느새 반백으로 희끗거리는 머리, 어찌 맑은 정신으로 단아를 취할 수 있으랴. 어찌 차마 자신의 마음을 피력하겠는가? 도연의 애절한 마음을 모르는 바 아니다. 차라리 당신을 취하고 싶다고 말하고 싶은데. 그렇지도 못한 가슴앓이다. 이건 아니야. 왕이 어버지의 첩을 강제로 취했다는 소문이 들렸다. 그것도 내시들 보는 앞에서. 그런 중에도 여자가 신음을 토했다는 불경스러운 소문이 정신없이 돌아다녔다. 지산으로서 도무지 용납할 수 없는 이야기다. 그런 행위는 부패한 궁궐에서만 가능한 이야기라고 일축했다. 절을 찾은 아낙들의 음란한 행위도 지산으로서는 아주 생소한 일이었다. 도연을 마음에 두고서도 차마 입이 열리지 않는 우직함은 지산만의 바보 고집이었다. 그런 지산에게 도연의 제안은 차라리 벼락이었다.

송이가. 도연은 먼발치에서 송이를 보고 경악했다. 송이였어. 단아가 그리도 좋아하고 따른 여자가 송이라니. 지산의 등에서 도연은 얄궂은 인연에 어찌할지 모르겠다. 송이 이야기를 할 때마다 유난히 즐거워하던 단아다.

꽃인 줄 알았더니 잎이더라.

님인 줄 알았는데 남이더라.

불인 줄 알았더니 물이더라. 송이가 그렇다. 도연은 지산의 등에서 말없이 흐느꼈다. 정말 얄궂은 인연이다.


시간이 많지 않다는 것에 대한 초조함에 연하는 안절부절못한다. 온은 도무지 일에 대해 열정이 없고 혼사 문제는 만정의 굳게 다문 입이 문제다. 이유를 말하지 않는 거부는 무엇에 대한 항쟁인가. 어머니 이야기일지 모른다는 생각에 연하는 날마다 절망했다. 관아에서는 그릇을 빨리 구워내라 날마다 성화다. 가까스로 이번 기회는 어렵고 다음번에는 확실히 하겠다고 다짐했지만, 자신이 없다. 기력이 떨어지고 무엇보다 눈이 침침하다. 섬세한 무늬를 새기기가 너무 버겁다. 그가 주로 하는 일은 전체적인 지휘다. 밑에서 일하는 사람들은 감독이 없으면 태만이다. 분야별로 많은 사람이 동원되지만 모두 독창적인 생산보다는 의존적이다. 사람들은 단순노동을 더 열심히 한다. 성과에 대한 개인적인 보상이 없는 일에 성의를 다하는 사람은 없다. 주어진 일도 게으르기 짝이 없다. 강력한 통제가 필요하지만, 연하는 이미 기력을 상실한 상태다. 무엇을 어떻게 해야 하는가? 속수무책처럼 고약한 형벌은 없는 것 같다. 세상이 야속하다. 지은 죄가 커 벌을 받은 듯하다. 그동안 독선으로 살아온 벌. 어쩌다 요의 수장이 되었으면서 스스로 오만한 점. 배반한 조상의 업까지 내게 주어진 것인가? 오늘은 만정과 이야기라도 해야겠다고 다짐했는데 해가 지도록 만정이 돌아오지 않는다. 억지로 어미를 빼앗은 죄도 생각하면 아주 크다. 단아. 가슴이 저려온다. 차마 나서지 못한 자신. 단아와 송이의 다정한 모습에 경악한 연하다. 오누이처럼 보였던 두 사람. 눈부신 송이에 비해 정말 볼품없는 단아. 그런데 어찌 그리도 다정할 수 있는가? 도연은 어찌 사는가? 차마 무서워 아는 체도 못 하는 벙어리 가슴. 그렇지만 이제 더는 망설일 이유가 없다. 매듭을 풀어야 했다. 그런데 어디부터 풀어야 할지? 매듭이 풀리지 않는 한 바늘에 실을 꿸 수는 없다. 그리고 매듭은 그렇게 만든 사람이 풀어야 한다. 옳은 말이다. 그런데 정말 그것이 얼마나 어려운지를 아는 사람은 몇이나 되는가? 이미 풍비박산된 집안. 자신을 위해 아내를 죽이고 자식을 외롭게 만든 본인, 어디 가서 어떻게 사함을 받을 것인가? 만정의 고집스러운 침묵부터 풀어야 하는데. 어떻게 말머리를 꺼낼지.

온이 마음에 드는 것은 아니지만 만정을 향한 온의 눈빛에서 그의 마음을 읽었는데 만정의 마음을 도저히 알 수가 없다. 딱히 싫은 내색은 안 하는데 여전히 얼음 같은 행동. 이유가 무엇인가? 단아와 온의 일을 모르는 연하로선 당연한 의문이다.

어머니. 처음으로 연하 앞에서 만정이 어머니를 들먹였다. 연하는 심장이 멎는 듯한 착각에 빠졌다. 가슴은 이미 사시나무 꼴이다. 잎자루가 가늘고 길어 미미한 바람에도 흔들리는 나무. 생장이 빨라 많은 물을 빨아올려 토양수를 공기 중에 방사하는 이유로 이파리를 흔드는 나무. 그래서 가만히 있지 못하는 나무 꼴. 그래서 쉬지 못하고 떨고 있는 가여운 나무. 바람 없는 날도 떨고 있는 나무. 죽을 때까지 하루도 쉬지 않고 떠는 나무. 나무라고 어찌 쉬고싶은 마음이 없으리오만.

"진실이 알고 싶습니다."

다른 남자를 꿰차고 나갔다는 연하의 말을 믿고 자랐다. 죽었다는 것보다는 조금 덜 서글픈 일이기에. 그렇지만 말 못 하는 도연을 보는 순간 그 믿음이 아버지가 만든 거짓이라는 것을 안 만정이다. 더구나 다리조차 제대로 못 쓰는 병신이 된 어머니. 온에 대한 마음을 접을 수밖에 없는 고통도 버거운데 가여운 단아에 대한 연민까지 더하니 만정은 완전 죽을 맛이다. 어찌 온을 탐할 수 있으랴. 온의 몸을 본 순간부터 줄곧 설레던 마음과 몸이지만, 그 달콤한 자극으로부터 어렵게 탈출한 자신에게 온을 맞으라니 얼마나 황당한 요구인가?

"어머니는 결코 그런 짓을 할 사람이 아닙니다. 숨은 진실을 알려주세요. 그 다음에 온을 취할지 말지를 정하겠습니다."

말로 확인하지는 않았지만, 도연의 눈빛과 행동에서 만정은 어머니의 냄새를 맡은 것이다. 마당 귀퉁이에 화초를 심어놓고 정성을 다하던 병신 여자의 아름다운 모습은 만정의 고향이었다. 절 귀퉁이에 심겨 있던 화초들이 풍기는 온기는 어머니를 향한 그리움이 만든 산물이었다. 단아와 온의 합방을 보며 죄스러워하던 눈은 어머니만이 품을 수 있는 슬픔이었다. 그것은 다른 남자를 따라가고자 자식을 버리는 어머니의 모습이 아니었다.

"내가 그랬다. 누군가 희생이 필요한 상황에 차마 해서는 안 되는 일이지만 네 어미를 택한 것이야."

"그 이면에 송이 아주머니가 있었고요."

연하는 가슴이 철렁 내려앉았다. 절대로 남에게 보이고 싶지 않았던 비열한 욕망덩어리가 불쑥 튀어 나와버렸다. 만정도 어른이 다 되었다는 두려움까지. 더 숨긴다 해도 이미 반 이상 드러난 치부인 것을 어찌 부인하리오. 무엇으로 가린다 해도 속이 훤히 보이는 본인의 더러운 작태다. 미안하다는 말로 사과가 되진 않을 것이다. 뒤죽박죽 엉망진창 만들어놓고 미안하다고 한마디 하면 모든 것이 사해지는가. 연하는 깊게 숨을 들이마셨다. 전혀 아니라고 부인하기도 어쩐지 거북하다. 그 이면에 송이가 분명히 존재했다. 무시했지만 묵과할 수 없는 상대다. 아름다운 여인에 대한 남정네의 무분별한 욕망이다. 도연에 대한 연민도 있지만, 송이에 대한 미련도 만만하지 않은 시간이었다. 도연은 편안했지만, 송이는 요동이었다. 그렇지만 감히 만정 앞에 송이를 내세울 수는 없다. 연하는 더 설명하지 않았다. 아니 말할 수 없었다.

"어머니를 만났습니다. 정확하게 확인할 수는 없었지만 느낌으로 다가왔습니다. 다리를 쓰지 못하고 말도 하지 못한 상태였습니다. 그렇지만 가까이 다가가면 어머니 특유의 냄새가 났습니다. 동생도 있었습니다. 그들이 왜 그렇게 살아야 하는지 궁금합니다. 아버지만이 알려줄 수 있는 상황입니다. 새삼스럽게 지난 일을 탓하는 것 아닙니다. 저의 직면 문제가 그것과 밀접한 관계가 있기 때문입니다."

"직면 문제라면?"

"혼인 문제입니다. 온의 여자, 간절히 원하는 일이지만 그리할 수 없습니다. 아니 그리해서는 안 되는 일입니다. 자칫하면 아버지 전철을 밟을 일이 생길 수도 있거든요. 온은 동생이 간절히 원하는 사람이었습니다. 불구 어머니를 모시고 어렵게 사는 동생의 간절함을 외면하기 힘들어 제가 포기한 사람입니다."

"내 죄구나 그런데 왜 혼자 돌아온 거야?"

"그럴 수밖에 없었습니다."

"여염집에서 흔한 일이야. 괘념치 말고 혼인을 진행해라. 아비가 시간이 없다."

"무슨 말씀인지."

"그것은 차차 알 일이고."

"저는 그리할 수 없습니다. 여염집이야 결혼도 손익을 따지지만, 우리 같은 사람들은 그리하지 않지요. 그리고 절대 나눌 수 없는 것이 사람의 마음입니다. 편애는 질투의 도화선입니다. 자매가 한 남자를 두고 더러운 치정에 휘말리고 싶지 않습니다. 조만간 동생을 만나볼 생각입니다. 그다음에 말씀드리지요."

단아가 그랬어. 연하는 더는 어떤 말도 할 수 없다. 진실을 말하려다가 돌멩이로 뒤통수 얻어맞은 꼴이다. 송이랑 다정하게 웃고 있던 단아. 어쩌면 그리도 다정해 보이는 돈독함이었거늘. 지산이라는 남자의 적의 서린 눈빛도 가슴에 무섭게 박혔다.

"같이 가실까요?"

연하는 대답하지 못했다. 때로 비밀이 행복할 수 있다. 이미 도연을 보았노라고 말할 수 없다. 밝혀서 더 상처가 되는 진실이라면 차라리 거짓으로 묻히는 것이 현명할 수 있지 않은가? 그런데 그 무마는 누구를 위한 것인가?

"일단 혼자 가겠습니다."

"온이 원하는 것은 만정인 것 같은데."

"단아와 저 관계를 모를 때입니다. 참 송이 아주머니는 어찌 되셨나요. 아버지를 떠날 여인은 아니었는데. 내게도 각별한 애정과 정성을 쏟으신 분이고."

"만정아, 그네들 나름의 행복이 진실을 밝히므로 깨진다면 그래도 진실을 내놓아야 할까?"

"다른 무슨 얽힘이 있다는 말이군요. 그렇다면 더 진실이 필요합니다. 거짓 속에 영근 행복은 오래가지 못합니다."

그렇구나! 연하는 디 이상 말을 아꼈다. 그런 거였어, 단아의 행복은 거짓 속에 싹튼 가지였어. 어찌 이런 일이. 그래 만정아 네가 해결해라. 난 그저 방관자만 되련다. 아비가 잘못한 일, 자식이 해결해야 한다면, 염치없지만 그게 순리라면 그리해야지. 연하는 나른함 속으로 빠져들었다.


# 14

제법 여름이지만 조석으론 바람이 차다. 천지는 녹색으로 싱그럽기 그지없다. 산도 들도 뜨락도. 나리꽃이 마당에서 놀고 있다. 만정은 도연에게 공손히 인사했다. 마당이 넓은 작은 집이지만 알 수 없는 훈훈함이 와닿는다. 승복을 입지 않고 부산하게 움직이는 지산의 모습도 낯설지 않다. 그리고 마루에 앉아있는 어머니의 편안함도 뜻밖이지만 보기 좋다, 뭔가 즐거운 일이 있는 듯한 단아의 수줍어하지만 밝은 얼굴이 고맙다. 전혀 어울리지 않는 조합인데. 이렇게 모두 즐거운 모습이라니.

만정의 손을 잡고 눈물 글썽이는 도연을 보고 단아는 가슴에 통증을 느꼈다. 온에 대해 미련은 버린 지 오래다. 그리 떠나지 말라 사정했는데 밤에 도망가버린 남자. 차라리 만정을 택할 것을 하는 작은 후회가 출렁거린다. 만정은 처음부터 거절 의사를 보였던 사람이건만. 모든 것은 지난 일이다.

아카시아 냄새가 온 누리에 가득하다. 해마다 여름만 되면 아카시아꿀 수집하느라 산마을은 바쁘다. 골짜기마다 벌통들이 즐비하다. 위험하니 근처에 얼씬거리지 말라는 지산의 배려에 단아는 오늘도 주먹밥 싸기에 열중이다. 날씨가 더워지니 밥장사도 힘들다. 무엇인가 다른 일을 찾아야 하는데 세상에 부딪혀보지 않는 단아로선 어려운 일이다. 산나물 채취도 독나방들 극성에 힘들다. 지산은 아버지보다 자상하다. 어머니의 뜻에 따르기로 작정한 이상 단아는 지산에 충실했다. 그렇지만 어쩐지 지산이 육체적으로 가까이 다가오지 않아 섭섭하다. 온과의 관계에 싫지 않았지만 특별한 감흥이 없었다. 여전히 새벽이면 속곳이 젖는다. 참 알 수 없는 마음이다. 창이 밝아오면 가늠하기 힘든 마음 앓이. 그리고 뜨거워지는 몸, 이유를 알 수 없다. 그렇다고 누구에게 물어볼 수도 없는 현실이다. 단아는 가만히 자신의 아랫부분에 손을 갖다 댔다. 순간 뭉클함이 느껴진다. 송이 이모에게 물어보고 싶다. 은근히 요염한 송이. 장터 남정네들이 자기보다 훨씬 나이 든 송이에게 여전히 추파를 보낸다. 무슨 일인지 요즘은 송이 이모에게 웃음이 사라졌다. 사람들이 물건을 골라도 전혀 반응이 없다. 무슨 생각을 골몰히 하는지. 장사꾼이 물건 파는 데 열심이라야지 하고 단아가 핀잔을 하면 소리 없이 잠깐 웃기만 한다. 농염한 얼굴에 수심만 가득하다.

남자들의 진하고 짓궂은 수작도 반응이 없다. 때로 간지러운 농담도 능숙하게 응수하던 모습이 사라진 지 오래다. 젖은 속곳에 부끄럽다. 이유가 무엇인가. 어려서 잠깐 느낀 그 짜릿함에 대한 여운. 아팠지만 순간 전신이 출렁이던 묘한 감정. 그는 과연 누구인가. 무서웠지만 뿌리칠 수 없었던 짜릿한 경련. 단아는 가끔 무섭지만 달콤한 경련 속을 더듬고 살았다.

초경이 시작된 후부터 더 강렬하게 엄습한 감정이었다. 그러나 그것이 운우지정이 만든 결과라는 것을 안 것은 최근이다. 그녀는 자신도 모르게 손가락으로 자신의 어떤 부분을 더듬었다. 꿈에 말을 타고 들길을 달렸다. 앞에 달아나는 누군가를 쫓아가는 길이다. 온인지 만정인지 아님 지산인지 모르겠지만 남자인 것은 확실하다. 흔들리는 말 등에서 단아는 묘하지만 거부할 수 없는 말로 표현하기 힘든 몽롱함 속으로 빠져들었다. 온몸이 작은 알맹이같이 오므라들었다. 단아는 온몸을 떨며 신음했다. 창이 밝아오고 있었고 자신의 손가락은 음부 깊숙이 들어있고 질펵거렸다. 이거였구나. 단아는 깊게 숨을 들이마셨다. 온에게도 느끼지 못한 감정이다.

장터는 언제나 많은 사람이 오락가락한다. 물건을 파는 사람, 사는 사람, 그리고 구경하는 사람, 훔치거나 도둑질하거나. 모든 사람이 장터를 서성이는 데는 뚜렷한 목적이 있는 것이다. 두 다리가 없는 거지는 바퀴 달린 판자에 엎드려 열심히 구걸을 한다. 얼굴에 이상한 화장을 한 엿장수의 구성진 노랫가락이 사람들 마음을 사로잡는다. 천막 속에서 이상한 몸짓과 놀이로 취객 행위를 하는 난쟁이 남자. 그런 남자를 보고 즐거워하는 사람들. 성행위를 입으로 하는 익살꾼 남자의 음담패설이 잠시 상인들 피로를 어루만져주고 행인들 발걸음을 멈추게 한다, 모두 즐거운 표정들이다.

오늘따라 장날이 더 붐빈다. 만정의 지게에 물건을 싣고 오니 한결 수월하다, 저런 오빠 하나 있으면 좋겠다는 생각에 단아는 픽 웃었다. 구태여 이제 온의 이야기를 할 이유도 생각도 없다. 아버지 같은 지산이 더 믿음직스럽다. 절에서 지내는 동안 양반댁 젊은 처자 이야기는 많이 들었다. 오히려 믿음이 간단다. 그럴지 모른다. 생활을 책임져주는 남자라면 나이가 무슨 상관인가, 단아는 어떤 욕심도 없다. 그저 누군가 자신의 곁에서 같이 있어주면 고마울 뿐이다. 아이를 원한 것도 그 이유다. 혼자이기 싫은 이유. 보살펴야 할 아이 대신 보살펴주는 지산이 더 좋은 것이다. 그리고 송이 이모도 좋다. 이쁜 여자. 마음조차 이쁜 이모 같은 여자. 불구인 어머니와 같이 산 세월이 단아에겐 너무 힘들었다. 혼자서는 어떻게 할 수 없는 어려운 상황이 변함없이 계속된 삶이 단아를 지치게 한 것이다. 그런데 이웃이 생긴 것이다. 기둥이 생긴 것이다. 더 무엇을 바라리오. 몸의 목마름도 방법이 있을 것이다.

송이 이모가 오늘따라 늦다. 무슨 일이라도 생긴 것인지. 궁금하지만, 알 길이 없다. 그러고 보니 송이 이모 집이 어딘지도 모른다. 장에 올 때마다 그냥 만나지는 인연이기에 그 이상은 묻지 않았다. 붐비는 사람들 틈에 끼어 부산하게 하루를 보냈다. 만정에게 송이 이모를 소개할 생각이었는데 하고 단아는 조금 실망했다. 여기저기 움직이는 많은 사람, 송이 이모 이야기를 할 때마다 멀거니 자신을 바라보는 어머니의 눈길도 의아하다. 이유도 말하지 않고 만류도 하지 않는다. 단아는 조금 편안해지고 싶다. 외로움으로부터 해방. 가족이 생긴 것으로 단아는 마음의 여유가 생긴 것이다. 어머니에 대한 무거운 채무도 사라졌다. 내가 아니어도 누군가 어머니를 돌볼 사람이 있다는 것으로 든든하다.


"단아가 내 딸이야."

송이는 연하의 말을 듣고 경악했다. 인연의 끄나풀인지. 악연

159

은 더 지독한 인연이라 했다. 단아에 대한 애틋함이 업보였다는 생각에 단아 앞에 나설 용기가 없다. 그날 가마터에서 서성인 것은 도연이 아니라 송이었다. 전혀 돌아보지 않는 연하에 대한 마음이 결국 그녀를 지치게 했다. 송이는 결국 마지막 방법으로 비열한 짓을 했다. 사람으로 해서는 안 되는 일이었다.

달도 뜨지 않은 캄캄한 밤에 아무도 없는 틈을 타 가마 뒤쪽에 피 묻은 속곳을 묻었다. 여자의 정에 대한 집념은 이렇게 더러웠다. 연하에 대한 갈망, 화류계 생활 중 처음 맛본 운우지정. 이 사람 저 사람 노리개로 지내는 동안 단 한 번도 느껴보지 못한 마음. 연하의 손끝에서 처음 느낀 오묘한 희열. 모든 것을 다 놓아버리게 만든 게 연하였다. 그렇게 연하를 찾아왔는데 본체만체하니 미칠 지경이다. 처음에는 그랬다 바라만 보자. 그랬는데 사람의 마음은 간사하기 그지없다. 그렇게 연하의 품을 차지할 수 있었지만, 만정은 어찌하지 못했다. 연하가 도연을 낭떠러지로 밀어버린 다음 날, 송이는 서둘러 피가 묻은 속곳을 파헤쳤는데, 없었다. 누구인가 파간 것이다. 그렇다면 누구인가? 처음부터 자신의 행동을 눈여겨 본 사람이 있다는 것이다. 누구인가. 오랫동안 찾아봤지만 아무 흔적이 없어 잊어버렸다. 그 뒤로 별다른 나쁜 일이 생기지 않는 사실에 만족하고 잊어버렸다. 단아를 부탁하는 연하. 연하일지 모른다는 생각이 들었지만 차마 두려워 묻지 못하겠다.

연하를 얻었지만, 하루도 편한 적이 없는 나날이었다. 간절히 아이를 원하는 연하를 바라보면서 가슴 조이기를 얼마인가. 그렇지만 이미 그 기능을 상실한 몸이다. 업보려니 했다. 물론 독한 약 때문이지만 업보라 생각했다. 어머니가 주막집 여자여서 대물림한 자리다. 선택의 여지가 없는 직업이다. 관기도 못된 주막집 아녀자라는 이름. 다행히 고운 얼굴로 많은 남자에게 사랑을 받았지만, 그것은 거래일 뿐이다. 자신에게서 쉬어가는 남자들이다. 간혹 두 번 찾아주는 남자도 있었지만, 그들은 하루를 즐기는 하루살이 사랑이었다. 죽어가는 연하를 보는 것만도 괴롭다. 도연이를 만나보라는 연하. 어찌 그럴 수 있단 말인가. 만나서 사죄하면 모든 것이 원래대로 된다면 그리하겠지만.

단아가 기다릴 것을 알지만 송이는 장에 나가지 않았다. 모를 때가 차라리 행복한 것을. 사랑, 참 어리석은 것이었다. 화대로 사내 마음을 원하는 것은 그중 가장 어리석은 것이다.


굿이라도 하면 뭔가 좋은 일이 생기려나? 더러는 효험을 본다는 무당의 말이 솔깃하다. 송이는 신당을 찾아가 굿 날을 정했다. 무엇인가에 의지하고 싶은 마음. 심신이 허약한 것은 연하가 아니라 송이였다. 절대로 남에게 보이고 싶지 않은 약한 모습. 들키고 싶지 않은 진실을 안고 버둥거렸다. 그렇게 두려워했는데 이미 두 가지 무서운 것이 표면으로 떠올라버린 현실이다. 손바닥으로 하늘을 가릴 수 있으랴마는 송이의 손은 자꾸 머리 위에서 하늘을 받치고 있다.

굿판은 많은 사람에게 풍부한 먹을거리를 제공한다. 무당은 아무리 음식을 쌓아도 불평이다 그네들이 원하는 것은 음식이 아니라 별비別費. 음식은 당일 대부분 소모되지만 별비는 그렇지 않기 때문이다. 음식은 하루를 즐겁게 해주는 것으로 책임을 다했다. 그렇지만 별비는 오랜 시간을 무당패들을 행복하게 해준다.

무당이 항아리에 물을 반쯤 넣고 바가지를 거꾸로 엎은 다음 일정한 리듬을 유지하며 두드린다. 그리고 미친 듯 춤을 춘다. 하얀 옷을 입은 무당의 춤사위는 귀신을 연상하게 한다. 연하는 방에 누워 굿판을 음미했다. 송이가 자신을 위해 애쓰고 있음이 느껴진다. 제발 마음의 짐일랑 다 쓸어 가버리면 좋겠다. 서 의원이 잠깐 모습을 보였다. 그는 바가지로 술을 거푸 마시다가 피식 웃으면서 굿판을 떠났다.  연하는 잠깐 뒤틀렸다. 부끄러움이다. 가끔 느껴지는 열등감이 작동했다.

요의 수장이 되면서부터 생긴 자만감. 응어리 많은 사람은 너그러움에 인색하다. 연하도 그랬다. 태어나보니 늙은 할아버지만 옆에 있었다. 지극한 보살핌이지만 언제나 무거운 마음. 삶은 살얼음판이었다. 혼자 모든 것을 해결해야 한다. 세상에 대한 두려움은 연하를 순둥이로 만들었다. 비빌 언덕이 없는 사람은 약해지기 마련이다. 누구에게나 고개를 숙여야 했다. 그래서 그 인내의 한계선을 아주 낮게 잡았다. 모두에게 조아렸다. 그럴 수밖에 없었다. 때로 다른 사람과 사소한 문제가 일어날 때 누구에게도 도움을 청할 수 없는 자신의 처지. 할아버지는 그의 든든한 뒷심이 아니라 무거운 멍에였다. 각박한 세상에 혼자 남을지 모른다는 두려움. 그는 아침이면 언제나 할아버지 자리를 더듬었다. 온기를 느끼기 위해서였다. 어느 날 할아버지가 의원이라고 서 의원을 데려왔다. 노환은 누구도 다스릴 수 없는 천형인 것을. 서 의원, 이름도 알려주지 않는 돌팔이라고 생각되었지만, 서 의원과 같이 살면서 할아버지의 노쇠가 느리게 진행됨을 알았다. 그것은 어떤 약재 때문이 아니라 마음의 평화가 치료제인 것을 안 것은 할아버지가 돌아가시고 한참 지난 후였다.

"자네 조부님의 유언을 들어주고자 함이라네. 알겠나? 이 사람아."

서 의원이 가까운 곳에 둥지를 틀면서 뱉은 말이다. 연하는 그때 많이 울었다. 외로운 할아버지를 위로해드리지 못한 죄스러움 때문이다. 나약한 자신을 보며 가슴 태우셨을 할아버지. 어찌 눈이 감겨지시기나 했을지. 본인도 모르는 지독한 불효를 저지른 것이다. 연하는 그때부터 세상에 앙심을 품었다.

연하는 그때부터 변화하기 시작했다. 두 개의 얼굴이 된 것이다. 선함과 교활한 이기심이 아주 치열하게 대립 관계로 연하에게 나타나기 시작했다. 봉황의 꼬리보다는 닭 볏이 낫고 용 꼬리보다는 뱀 대가리가 낫다는 말이 실감 났다. 기술이 힘이었다. 장匠인. 어떤 면에 장인이 되기 위해서는 노력이 전부다. 노력만이 그 경지로 사람을 인도해준다. 연하가 우연히 손장난하는 것을 눈여겨본 사람이 이곳의 예전 수장이다. 노력은 배반하지 않는다는 말은 진리였다. 수장이 되기 위해서, 수장이 된 후에도 정말 최고가 되기 위해 열심히 노력하며 살았다. 최고를 유지하기 위한 노력이 더 힘들었다. 그러나 포기는 자멸이다. 최고가 되기 위한 노력은 끝이 있지만 최고를 유지하기 위한 노력은 끝이 없다.

일을 배우라는 연하의 성화가 빗발친다. 그렇지만 온은 정말 싫다. 죽은 목숨이지만 정말 죽음보다 하기 싫은 일. 아무려면 도공이 되라니. 최근 들어 자꾸 개경에 두고 온 식구들이 꿈에 자주 나타난다. 몸이 한가해지고 정신이 긴장을 푸니 생긴 현상인가 보다. 잠깐의 편안함은 그를 번뇌로 밀어 넣었다. 부족함 없이 산 세월인데, 무엇이 아쉬워 그런 유혹에 빠졌을까. 왕. 어찌 감히 뿌리칠 수 있는 유혹인가. 나라 걱정은 필부도 하거늘. 더구나 난 왕족이었어. 말 한번 잘못하면 언제 죽을지 모른 풍전등화 지위지만 그냥 바보처럼 살면 부귀는 따놓은 당상인 것을. 왕에 대한 욕망은 그냥 심심하면 한 번쯤 웃음을 짓게 하는 일장춘몽인 것을 왜 몰랐을까?

배중손의 읊조림에 순간 정신이 혼미해졌다. 잘할 것 같았다.

적어도 지금 왕보다는 잘할 수 있을 것 같았다. 부질없는 자만이었다. 하지만 요행을 바랐고 순간 알 수 없는 뜨거움에 휩쓸렸다. 벽란도에서 작은 배를 타고 아래로아래로 내려갈 때 무서운 풍랑도 비껴갔다. 온은 그날을 선명하게 기억했다. 멀고 험난한 뱃길에 여러 날을 바다에 떠 있었다. 바다는 완전 질풍노도였다. 찬 바닷바람을 온몸에 맞고 갑판에 서서 바다를 보노라면 가끔은 답답하지만 후련하기도 했다. 서해로 침몰하는 해를 보노라면 희망과 절망이 교차했다. 늙은 장군의 정중한 배려가 아니었으면 잘못하여 서해 귀신이 될 뻔했다. 깊은 고뇌를 안고 바다를 보며 상념에 잠겨있던 노 장군의 가련하면서도 처연한 모습을 보며 어찌 개경으로 돌아가고 싶은 마음이 없었으리오 마는 차마 그 모습에 냉가슴이었다. 바다는 잔인하고 교만했지만, 그들이 탄 배를 진도까지 무사히 보내주었다.

"전하, 하늘이 도우신 겁니다."

전하라. 가끔은 궁에 들어가 읊조리며 뱉은 말이다. 전하, 가끔은 짜릿한 분노와 선망이 교차되는 말이다. 전하. 온은 그 말이 좋았다. 전하, 전하, 전하, 그렇지만 그 말은 결코 내 것이 될 수 없다는 실망감에 가끔 술로 지낸 날도 있었다. 전하, 그 말이 듣고 싶어서 그렇게 제왕의 생활은 시작되었다.

단아와의 생활은 무엇이었는가? 간절히 아이를 원하던 단아. 그렇지만 그는 아니었다. 색정으로 단아를 품었으니 아닌 것은 아니다. 가까스로 억제하다 어느 날 실수하고 말았다. 단아가 허리를 잡고 놓아주지 않았기 때문이다. 아니야, 그러나 이미 엎질러진 물이다. 그리고 정확히 두 달 후 입덧을 시작하는 단아를 보고 기쁨보다는 미래에 대한 두려움으로 도망쳤다. 막상 갈 곳이 없어 터덜터덜 요로 돌아올 수밖에 없는 한심한 현실에 미칠 지경이었다. 만정에 대한 애틋함은 변함없지만, 어찌 마음을 다스릴 자 있으랴. 하지만 역시 도공이 될 수는 없다. 만정을 얻는 대신 도공이 돼라. 원에 공조하는 대신 원나라 공주를 왕비로 맞으라는 것과 같다. 혼인이라는 것에 계산이 묻으면 안 되거늘. 그렇지만 세상은 그렇지 않았다. 목숨을 담보로 왕실은 물론 계급사회에서는 공공연하게 행해졌다.

도무지 일언반구 없이 침묵으로 일관하는 만정의 속내는 무엇인가. 단아에 대한 분노인가, 질투인가, 연민인가? 만정은 실체가 드러난 뒤로 더 소원해졌다. 차라리 옛날이 더 좋았다는 씁쓸한 기분이다. 풀 수 없는 수수께끼에 쌓여 온은 괴롭다. 무엇 하나 속 시원히 아는 것이 없다. 재촉하는 연하도 버겁다. 병색 짙은 연하, 무언가 허둥대는 송이, 그런 주변의 일에 의도적으로 무관심한 만정. 그러기를 며칠 지나고 연하를 따라 송이의 거처로 여러 가지 물건을 갖다주러 갔다가 온은 송이와 웃고 있는 단아를 보고 경악했다. 어찌 된 일인가? 도망치듯 물건만 마당에 내려주고 굳이 조금 쉬어가라는 연하의 권유를 뿌리치고 그곳을 빠져나왔다. 온몸이 땀에 완전히 절인 상태다. 모녀처럼 다정한 두 여자의 모습. 단아가 그렇게 즐거워하는 것을 처음 보았다. 제법 어른티 나지만 여전히 해맑은 단아였다. 그리고 지산의 모습. 지산 뒤를 강아지처럼 재잘거리며 따라나서는 단아도 생소하다. 모든 것이 놀랍다.

돌아오는 길이 새삼 멀고 짐은 내려놓았는데 마음은 여전히 무겁다. 완전 녹음방초. 코끝을 스치는 작은 바람이 정말 고맙다. 골짜기 물은 세월 따라 같이 흘러간다. 잠시 바위에 앉아 흐르는 물을 보았다. 내 욕망이랑 번뇌도 같이 씻어 가버리면 좋겠다. 물처럼 무심한 것이 또 있으랴. 세월만큼 잔인한 것이 물이라 하지 않는가. 흘러가 버리면 모든 것이 끝이다. 어떤 미련도 부스러기 하나 남기지 않고 보듬고 가는 것이 세월이다. 그리고 물이다.

만정과 단아는 어떤 사이인가, 지산의 눈부신 배려는 무엇을 의미하는가. 송이는 어떤 유의 여자였는가? 모든 것이 뒤죽박죽이다. 아무도 알려주지 않는 가족사, 그러면서 무작정 가족으로 들어오라니 천부당만부당한 처사다. 자신의 처지를 악용하지 않나 하는 불쾌감도 만만치 않다. 죽음 앞에 비겁해질 수밖에 없는 것이 인간이다. 당연한 일이다. 어둠 속에 내가 되어 끌려 나간 병사는 무슨 죄를 지었기에 불에 타 죽어야 했는가. 언제나 같은 옷을 두 벌 지어다 준 배중손이다. 자신과 체구가 비슷했던 문밖의 이름 모른 나졸에게 정말 미안하다. 무슨 말을 걸어도 벙어리처럼 아무 말도 하지 않은 사람이다.

삼대에 걸쳐 원의 앞잡이로 영화를 누린 자들이다. 고려에서 죄를 짓고 몽골로 도망가서 몽골의 앞잡이 노릇을 한 사람들이다. 도망간 죄인들은 적국에 맹목적으로 항상 충성한다. 목숨 부지를 위한 필사적인 아부다.

두 나라 국경 근처에 살다가 상황에 따라 국적을 바꾸는 것이 국경 주변 사람들이다. 유민. 전쟁이 나면 전세의 흐름을 관망하다 이기는 쪽을 향해 걸음을 내딛는 기회주의자들이다. 항복이 목숨 부지에 최고의 선택이란 것을 아는 사람들이다. 이것이 배반한 사람들의 철학이다. 그런 사람들이 필요 이상 높은 지위를 획득할 수 있는 것도 난세 세력가들의 권모술수다. 완전히 간에 붙었다 쓸개에 붙었다 하며 목숨을 유지하는 기회주의자다. 이것이 홍 씨 일가였다. 몽골을 위해 고려에 항복을 권유하는 철면피다. 죄를 짓고 도망을 온 사람인 줄 알면서도 필요한 정보를 얻기 위해 융숭하게 대접하고 벼슬까지 덤으로 받은 사람들. 제법 쓸 만한 벼슬까지 얻은 사람들은 적에게 맹목적으로 충성했다. 그들의 사는 방법이다.

몽골에서 받은 벼슬로 고려에서 이주한 유민들을 통치하여 호사를 누렸고, 볼모로 온 왕족을 환대하면서 자신들의 치부를 화려하게 즐긴 사람들이다. 원의 충견이 된 그런 홍복원의 아들 홍다구가 어둠 속에서 내려친 것은 배중손이 혹시나 하고 만든 제 이의 온이었다. 온을 본 적이 없는 홍다구는 이튿날 서둘러 돌아 가 승전고를 울렸다. 뒤늦게 도착한 궁궐의 부대는 온을 살리고 자 온 영녕공의 아들이었다. 막사에서 불에 타 죽은 시체는 확실 하게 온이 되어 조정에 보고되었다.

온의 동생 영녕공, 왕족으로 몽골 왕실 최초의 사위다. 국가 간 싸움에 이기는 쪽이 요구하는 것은 언제나 최고 권력자의 자식이 다. 왕자도 아니면서 왕의 명령으로 왕자로 둔갑하여 몽골에 인 질이 된 온의 동생이다. 몽골에서 홍복원과의 대립으로 언제나 아슬아슬한 삶을 영위하는 동생이다. 잘난 남자는 언제나 나라 것이다. 얽히고설킨 근친 간으로 유약한 왕 씨들. 그중 제법 쓸만 한 인재가 영녕공이었다.

어려서 억지로 세자가 되어 몽골로 간 동생이 생각났다. 왕세 자를 강요하는 원을 이기지 못한 고종은 몽골의 억지를 수용할 수 밖에 없었다. 신설 강대국의 트집으로 일어난 전쟁에 패하자 고 려에게 그들이 요구한 것은 왕의 아들이다. 생김새 수려하고 박 식하고 지혜로웠던 동생이다. 어디에 내놓아도 손색없는 대장부 모습이다. 그래서 왕의 눈에 들었다. 그리고 왕자가 되었다. 인 질이 되기 위한 절차지만 응할 수밖에 없는 현실이다. 어린 동생 에게 왕자라는 칭호가 붙여지고 어머니는 조용히 울음을 아버지는 침묵으로 왕명에 응했다. 그렇게 유난히 모든 것이 뛰어난 왕족은 드물었다. 나라를 위한 희생물로 자식이 아비보다 높은 위치에 올랐다. 외모부터 처세까지 완벽한 왕준은. 용모 단아하고 무예 또한 특출한데다 어려서부터 책을 많이 읽어 지략이 뛰어난 왕족이었다. 이 모든 것이 그가 몽골로 보내지는 요인이 된 것이다. 겉으로 화려한 부귀영화 뒤에 언제나 가슴 쓰린 그리움과 회한을 품고 살았다. 왕족으로서 당연한 야심을 품고 산 사람이다. 그렇게 키운 속마음을 어쩌지 못하고 어린 나이에 볼모가 된 영녕공이었다. 서로 칼을 겨누진 않았으나 적이 될 수밖에 없는 운명이었다. 온은 가끔 동생을 생각했다. 권력다툼의 집안 싸움 희생양이 아니라 국가간 세력다툼의 희생양이 된 동생. 잘 살고 있다는 인편의 소식에도 마냥 기뻐하지 못하는 가족의 마음앓이를 누가 알아줄지.

영녕공은 몽골에 충실했다. 살기 위한 궁여지책이다. 그러나 아들이 삼별초 진압에 나선다는 소식을 듣고 단숨에 고려로 달려와 아들에게 간곡히 온의 생포를 명했지만, 숙적 홍복원의 아들에게 선수先手를 뺏긴 것이다. 형의 역모죄를 사하고자 노력했지만 불가항력이었다. 영녕공의 지혜로 부모님의 멸문지화는 면했다.


비바람 몰아치는 바다에 나를 밀어 넣은 늙은 장군은 나의 무엇을 진정 원했을지. 그가 진정 원한 것은 풍랑에 휩쓸린 나의 죽음이 아니었을까? 사람마다 천수가 있단다. 그렇다면 나의 천수는 도대체 얼마인가. 전생에 난 무엇이었나?

물에 발을 담갔다. 고생을 모르고 자란 발이 2, 3년 사이에 흉하게 변했다. 때로 맨발로 자갈길을 걷기도 한 기억에 몸서리쳤다. 질펀한 고령토 위에서 걷던 소름 돋는 며칠간의 고역도 새삼스러운 아픈 기억이다. 가마에 불을 붙인 날의 매캐함은 또 얼마나 자신의 몸뚱이를 괴롭혔는가. 손으로 어렵게 빚은 그릇이 중간쯤에서 무너진 날의 절망이 몰고 온 좌절감으로 며칠을 술만 마시고 보낸 적도 있었다. 남자로 자신의 무능함에 대한 모멸감은 그가 살아오는 동안 한 번도 경험하지 못한 수치심이었다. 사흘 밤낮을 불 앞에서 아궁이만 보고 있던 고역을 어찌 잊으리오. 연하의 깊은 시름이 바위보다 무겁게 짓누른다. 마지막 유약에 피가 필요하다는 연하. 의미 심상한 그 이야기는 도대체 무엇인가. 그런 모든 것보다 그에게 우선인 것은 만정이다. 오늘은 어떻게든 만정의 입을 열어야 한다고 다짐했다. 며칠인가 어딘가를 다녀온 뒤로 여전히 침묵이다. 어디를 갔단 말인가. 아니 누구를 만나고 왔는가? 연하의 당황함의 뿌리가 무엇이란 말인가. 모든 것이 너무 힘들다.

김통정의 자살로 삼별초 남은 병사들의 항쟁은 끝났고 일부 생존자들은 조각배에 몸을 싣고 바다로 나갔다는 소식을 들었다. 그들은 결국 남해를 지나 동으로 동으로 향했을 것이다. 백제가 망하면서 지나갔던 길을 더듬으면서. 아니면 해적이 되었거나. 육지에서 더 도망칠 곳이 없는 난민들은 바람결에 들은 동쪽 어딘가에 있는 섬을 찾아 배에 오를 수밖에 없었다. 가다가 풍랑을 만나 수장된다 해도 피할 수 없는 선택이다. 사람들은 막연하게 동쪽 어딘가에 자기를 구제해줄 나라가 있을 거라고 믿었다.

  나들이했다가 요채로 들어가는 길은 이길 뿐인데, 해가 서산마루에 드러누워도 만정이 나타나지 않는다. 밤길에 익숙하지 못해 더 기다릴 수 없어 온은 일어섰다. 어스름한 저쪽에 만정의 모습이 보인다. 술이라도 한잔한 듯 약간 비틀거린다. 죽음이 두려워지면서 세상에 겁난 온이다. 죽음보다 좋은 것이 왕이었는지. 거꾸로 매달려도 이승이 좋다는데. 만정이 코앞까지 다가왔다. 놀란 듯하지만 객쩍은 표정이 어둠 속에서 희미하게 느껴진다.
  온은 만정의 어깨를 잡았다. 여자라는 생각 때문인지 뭉클하게 느껴진다. 그리고 온은 만정을 덥석 안았다. 그리고 어두워지는 산속에서 격하게 만정을 더듬었다. 힘으로는 좀 버거운 상대였지만 온은 심한 격정을 느꼈다. 뭉클뭉클 만정의 몸이 격렬하게 흔들린다.
  "왜 안 되는 거냐?"
  만정의 완강한 거부에 온은 맥이 풀렸다.

"너도 나 좋아했던 것 아니냐? 단아와는 그저 실수였다. 너에 대한 반발도 있었고. 그때는 남자였지만 너를 많이 의지했다. 때로 이성이 아닌 상대에게도 연정을 느끼는 것이 사람이다. 너의 펑퍼짐한 엉덩이를 그리워하기도 했다. 등 보이고 새우잠 자는 너를 와락 안고 싶기도 했다. 묘한 전율이지만. 너는 내가 싫으냐?"

"단아는?"

온은 만정의 입을 틀어막았다. 뜨거운 입김을 숨이 들이마셨다.

"너랑 혼인하고 도자기를 구우라는 아버지의 명령이 떨어졌다. 어차피 세상 밖으로 나가지 못할 바에 그 삶도 좋다고 생각한다. 너는 나를 구해주었다. 허니 내 남은 생도 구해주라."

"단아는?"

"단아는 이미 나와 인연이 끝난 사람이다."

온은 한 손으로 열심히 만정을 더듬었다. 만정의 몸이 조금씩 풀리기 시작한다. 울퉁불퉁한 땅이고 자갈이 등 아래 굴러다닌다. 온은 실로 오랜만에 스스로 만족했다. 참 좋은 시간이었다. 겉으로 보면 전혀 어떤 매력도 없는 만정. 그렇지만 오랜 시간 같이하면서 느낀 친근감이 만들어 준 뜨거움이었다. 하늘에 별이 보였다. 어디선가 이름 모를 새소리가 들린다. 어제의 새소리와 전혀 다른 느낌이다. 이상한 충만과 평화로움이다. 단아를 안을 때 느낌과 전혀 다른 생소한 희열이다.

'만정, 너에게 충실한 남자가 될 것이야. 너는 나의 다른 분신이다. 개경에 두고 온 식구를 지워줄 유일한 사람이 너였어.'

겉으로는 지극히 평화로운 나날이 계속되었다. 누구도 상대를 헐뜯거나 말로 상처를 내지 않는 생활이다. 간단하게 치러진 만정과 온의 혼례식에 많은 사람이 의아해했지만, 축복도 아끼지 않았다. 연하의 밑에서 호시탐탐 요의 일인자가 되기를 갈망한 사람들도 온의 출현에 어떤 반감도 표현하지 않았다. 그들은 단순 노동자였다. 누가 이곳의 우두머리가 되냐는 것에는 별로 관심이 없는 비렁뱅이 인생들이었다. 노비가 아니라는 것만으로 행복해하는 천민들일 뿐이다. 면천된 노비들은 대부분 지금의 생활에 만족하고 있다. 일한 만큼의 넉넉함이다. 자유가 그것이다. 일하면서도 놀기도 하는 적당한 노동이 필요한 곳이다. 서로 간에 반목보다는 동병상련의 끈끈함이 우선이다. 만정의 변화에 다소 놀란 듯한 것도 순간이고, 금방 무관심으로 변하는 소박함이 있는 곳이다. 오히려 여자 복장에 어색한 것은 만정이다. 어쩐지 하면서도 만정의 신혼생활에 더 흥미 있어 하는 사람들이다. 그들은 단순하게 남녀간의 유희가 더 흥미로운 사람들이다. 어떤 변화보다는 심심하지만 소소한 평화에 길든 사람들이다.

묘한 변화가 일었다. 죽을 것 같은 연하의 병세가 호전 기미를 보인 것이다. 굿이 효험이 있었는지? 서 의원의 처방과 송이의 정성 결과라지만 모두 반기는 일이다. 서 의원도 놀란 눈치다. 오진이었을까. 그렇다면 그동안의 증상은 세상이 무서운 연하의 몸이 부린 어리광인가? 마음의 짐은 신체적 병을 가져온다는데. 이제 와서 진실을 말한들 무슨 소용이 있겠는가. 그렇다고 끝내 모른 체하기도 어려운 일이다.


# 15

세월이 이만큼 흘렀으니 이제 마음들이 눅눅해지지 않았을까? 아니 그 독은 아직 그곳에 묻혀있을까? 두려웠지만 순리를 따르기로 했다. 송이의 마음을 이해했다. 연하를 바라보는 넋 잃은 송이. 무시했지만 묵인할 수는 없는 일이다. 부처도 돌아눕는다는 말이 있다. 그만큼 견디기 힘든 일이라는 말이다.

순간의 착각이었는가. 설마 연하가 자기를 어찌하리라는 생각은 꿈에도 하지 않았다. 연하의 울부짖음을 보고 사실을 말할까 고민했다. 자칫하면 여인의 시기심이라고 핀잔만 들을 수 있는 일이다. 서둘러 송이가 묻은 물건을 치웠다. 그리고 다음 날 도연은 연하에 의해 낭떠러지로 미끄러져졌다. 그리고 정신을 차렸을 때 지산의 걱정스러운 눈을 보았다. 그로부터 계속 받은 지산의 보살핌이다, 연하에 대한 분노가 좀체 사라지지 않았으나 지산을 향한 사모의 정은 별개다. 그렇지만 자신의 몸으로 그 이상의 어떤 것을 바랄 처지가 못 된다. 많이 의지하지만, 곁에 둘 수 없는 사람이 지산이다, 그래서 선택한 것이 단아와의 묶음이다. 온이 떠나고 아이도 잃은 단아의 처지. 그런데다 제대로 자신도 건사하지 못한 어미라는 무거운 혹조차 있는 단아다. 양반도 천민도 아닌데다 가진 것도 없는 여자. 지산의 눈빛이 누구를 향하든 그것은 문제가 아니다. 지산을 의지하고 싶은 마음이 문제다. 모든 것으로 봐 자기는 도저히 언감생심인 사람이다. 다행히 단아가 거부하지 않아 얼마나 다행인지? 다만 지산이 단아를 가까이하지 않는 것 같아 신경쓰인다. 의외지만 어미라해도 그것까지 두 사람에게 강요할 수 없다.

　　여름꽃은 어찌 된 일인지 모두 흰색이다. 산기슭에 피어 요란한 내음을 풍기는 아카시아꽃, 여인네 치맛자락을 휘날리게 하고 마음을 싱숭생숭하게 하는 남정네 정액 냄새를 풍기는 밤꽃도 흰색이다. 밭에 피어 수확을 기다리는 파꽃도 그렇고 감자꽃도 그렇다. 그런가 하면 들판에 멋대로 피어있는 개망초꽃도 토끼풀도 흰색이다. 무엇을 위한 저항이고 누구를 위한 순백인가. 꽃 하나하나 볼품이 없는 듯하지만, 군락은 나름의 아름다움을 갖고 있다. 먼저 아카시아만 봐도 그렇다. 요란한 냄새 때문에 어디선가

벌들이 무수히 몰려든다. 모양에 비해 아름다운 향을 내뿜는 꽃이다. 이파리도 그렇다. 작지만 여럿이 하나의 대열을 만든 정렬된 모습도 그런대로 아름답다. 번식력이 좋아 뿌리가 주변 모두를 점령하는 생명력도 아카시아만의 무시 못 할 위력이다. 냄새 또한 천 리를 간단다. 그래서 벌이나 나비들이 아카시아꽃을 찾아 멀리서도 수없이 날아온다. 밤꽃도 마찬가지다. 냄새만 다를 뿐 요란함은 극치. 더구나 여자와 접한 후 쏟아낸 정액 냄새와 비슷한 비린 냄새는 혼자된 여자들의 가슴을 마구 흔들어버린다. 약간은 역겹지만, 특유의 비린내는 남자의 정액을 가까이한 여인네들의 자궁을 옴질거리게 한다. 도연도 예외는 아니다. 주변에서 요란한 냄새를 풍기는 밤나무를 어찌 그냥 지나칠 수 있으랴. 그녀는 가끔 연하와의 운우지정을 기억하면서 웃기도 했다. 연하의 부드러운 손길에서 정신없이 즐거워한 시절도 이제는 작은 추억일 뿐이다. 그녀가 지금 안타까워하는 것은 애매한 지산의 태도다. 단아의 울타리일 뿐인 지산. 단아에게 아이라도 하나 만들어 주시지 않고, 그녀는 그동안 수십 번 죽음을 생각했지만 홀로된 단아를 생각하면 차마 행할 수 없었다. 혼자 살기에 세상은 너무 참혹하고 외롭다. 혈혈단신처럼 외로운 것은 없다. 그녀는 계속 만정을 떠올렸다. 잊지 않으려고 발버둥 치면서 안타까운 모정을 되새겼다. 너무나 간절한 바람 때문인지 정말 어느 날 만정이 나타난 것이다. 그때의 놀람과 기쁨을 어찌 말로 표현하랴. 우락부락한 남자의 모습이지만 어미의 눈까지 속일 수는 없었다.

좁은 마당이지만 여러 가지 꽃이 피어있다. 한해살이 꽃이 많다. 잡초를 뽑으면서 도연은 문득 자신의 인생이 잡초보다 못했다는 생각이 든다. 연하의 그늘에서 무위도식했고 지산의 배려 속에 단아의 보호 속에 같은 생활을 반복했다. 복이라기보다는 삶에 게을렀다. 여자들이 오히려 삶의 중앙에 서서 진두지휘한 시절이다. 그런데 도연은 그러지 못했다. 조용히 사는 것이 전부였다. 그냥 있는 듯 없는 듯. 그 습관이 그녀를 게으르게 했다. 생활에 게으르다는 것은 무능하다는 것이다. 특별히 달라진 것은 없다. 변한 것도 없다. 지산은 주변에 있다. 아니 더 가까운 사이가 되었다. 그런데도 새벽이면 도연은 많이 외롭다. 여전히 단아를 가까이하지 않는 지산의 속내를 모르겠다. 가끔 그런 지산이 야속하다. 단아도 큰 불평은 없다. 송이와의 관계도 변하지 않는 듯하다. 나만 가만히 있으면 송이가 단아의 기둥이나 바람막이 벽이 될 수도 있겠다는 생각에, 도연은 여전히 자신이 취할 길을 찾지 못했다. 세월은 이렇게 잔인한 것인가?

온은 나름대로 열심히 연하의 일을 배웠다. 상형常形된 기형의 표면에 그림을 그리는데 어쩐지 잘 안 된다. 특히 상감기법은 정교한 기술을 요구했다. 왕족으로서 글도 배웠고 어느 정도 회화도 배웠지만 잘 그려지지 않는다.

상감청자란 고려 의종 때부터 발달한 것으로 비취색 바탕에 여러 가지 그림이나 무늬가 새겨진 자기를 말한다. 상감기법은 상형된 그릇의 표면에 그림을 그린 다음 문양을 음각하고, 그 부분을 바탕흙의 성분과 흡사한 백토白土나 자토赭土로 메꾼 다음, 표면 위로 넘친 백토나 자토를 제거하면 음각으로 팬 부분에, 백토와 자토의 흙색이 남아 의도한 모양이 나타나는데 기법은 매우 정교하고 섬세하며 기술을 요구한다. 그래서 힘든 작업이다. 선천적으로 손재주가 없는 사람은 그 고역이 말로 표현할 수 없다. 그렇게 어려운 일을 하자니 온은 너무 힘들다.

만정은 힘들어하는 온을 보면서 또 후회했다. 차라리 구하지 말 것을. 차라리 그냥 남처럼 살 것을. 그의 아낙이 되지 말고 그냥 옆에서 바라만 보고 살 것을 하는 후회다. 아버지의 훈련은 언제나 고되고 힘들다. 꼭 사내라야 하는 규정이라도 있다는 말인가. 차라리 내가 배우고 싶다. 아버지에게 슬쩍 떠보았으나 연하는 들은 체도 하지 않는다. 파김치 되어 옆에서 쓰러져 잠드는 온을 보는 만정은 괴롭기 그지없다. 무엇인가 말을 하려다 언제나 입을 다문 아버지, 그리고 송이가 장터를 집어치우고 다시 요로 들어왔다. 가끔은 물건을 가지고 장터를 나가기도 하지만 대부분 연하 곁에서 시중든다. 이제는 고맙다. 죽을병이라던 아버지의 회생이 그냥 고마울 뿐이다. 단아는 잘 있는지? 모양새를 보니 단아와 지산은 보통 사이는 아닌 듯하다. 그곳에 머물 때 지산의 조심스러운 보살핌이 어머니를 향한 것인 줄 알았다. 누구면 어때라. 의지할 사람이 옆에 있다는 것은 좋은 일이다. 온은 덩치만 크지 의지하기에는 너무 약하다. 그렇다고 인제 와서 모른 체할 상대도 아니다. 참 골 아픈 상대다. 처음 본 남자 몸에 정신없이 현혹되어 헤맸던 것도 어리석은 호기심이 아니고 무엇인가, 참 무모한 그리움 덩어리다. 인연도 아닌 우연이 만든 사슬이 이렇게 질길 줄은 정말 뜻밖이다. 단아, 불쌍한 내 동생. 설사 아버지가 다르다 하더라도 단아는 내 동생이다. 단아에게 온을 주고 얼마나 많은 날을 앓았는지 모른다. 그 앓이가 증오가 될까 서둘러 어머니에게 자신의 존재를 알리지도 못하고 떠나와 버렸다. 가슴 속에 두려운 정을 삭히느라 얼마나 많은 날을 마음속으로 울었는지 모른다. 온이 혼자 돌아왔을 때 반가우면서도 두려웠던 마음을 어찌 말로 표현하랴.

감꽃이 떨어진 지도 상당히 지났다. 이제 감나무는 꼬마 감들을 매달고 있다. 어머니가 가꾸던 마당 귀퉁이 밭에는 여러 가지 꽃이 피어있다. 만정의 복장은 여전히 남장이다. 어려서부터 너무 편해 버린 복장이다. 헐렁한 바지와 아무렇게 동여맨 옷고름, 그냥 묶어 올린 머리. 다른 여자들의 요란함이 없는 복장이다.

냇가는 여름맞이가 한창이다. 주변의 풀은 점점 억세졌다. 물풀 사이로 움직이는 작은 곤충들. 물고기들. 물이끼 범벅인 돌멩이들은 여전히 무심히 흘러가는 물줄기에 몸을 맡기고 하세월을 지내고 있다. 작은 연못에는 언젠가부터 연꽃들이 피기 시작한다. 자신이 감당한 만큼의 물을 보듬고 있다가 버거우면 가차 없이 쏟아버리는 연잎의 지혜를 우리도 배웠으면 좋겠다는 생각이다. 인간의 무한정한 욕망에 대한 경고가 아닐 수 없다. 요란한 들풀은 여름의 특색이다. 여기저기 키만 자란 잡초들을 내버려 두라는 연하의 명령. 그들도 살아야 하지 않겠냐는 말은 맞지만, 너무 무성한 잡초 때문에 만정은 날마다 힘들다.

간밤에 내린 비로 인해 산과 구름이 서로 힘겨루기를 하고 있다. 구름이 산을 품고 있는지. 산이 구름을 잡고 놓아주지 않는지. 어느 부분은 한지를 찢어놓은 듯하다. 산기슭에 진을 치고 낮게 깔린 구름이 있는가 하면, 산허리에 빨래처럼 널려있는 구름도 만만하지 않다. 무엇에 대한 미련이 많아 오르지 못하고 산을 동무 삼아 서성거리는 구름 조각들은 어찌 이렇게 많은 시간을 헤매고 있는가? 수시로 자신의 모양을 바꾸면서도 한사코 산기슭에서 머뭇거리는 구름이다. 비 온 뒤 석양은 붉게 물들지도 않는다. 탱자나무 날카로운 가시 사이로 마지막 호박꽃이 어설프게 웃고 있는데 장독대 못생긴 바위 아래에 난쟁이 채송화가 서로 키 재기 하고 있다. 봉선화는 무르익은 감색을 띠고 사람들 손을 기다리고 있고 주둥이 쑥 내민 분꽃이 군데군데 새까만 씨앗을 물고 앙증맞게 웃고 있다.

"아버지 제발 말씀을 해주세요. 그래야 용서든 이해든 할 수 있잖아요."

결국 만정은 연하의 턱 아래서 토해냈다. 연하의 미간이 심하게 구겨졌다. 언젠가는 이런 일이 올 줄 알았지만, 그날이 먼 훗날이 되기를 간절히 바랐고, 가능한 생전에 없기를 그리도 바랐지만 세상에 영원한 비밀은 없다. 이승에서 풀어야 할 숙제인지라 어쩔 수 없는 일이었다. 연하는 만정의 눈을 똑바로 보지 못했다. 송이를 어떻게 할지? 잠시 생각해보았다. 용서? 천부당만부당한 일이다. 우연히 정말 우연히, 아니 아니다. 도연을 절벽 아래로 밀어뜨리고 송이를 품었다. 무서운 합리화였다. 그리고 도연의 옷가지라도 묻어주려고 도연이 가꾸던 꽃밭을 밤중에 팠다. 여러 가지 꽃이 주인을 잃고 시들시들한 채 죽어가는 밭이다. 그곳에서 연하는 송이가 묻은 항아리, 도연이 찾아낸 항아리를 보았다. 그리고 그곳에서 도연이 유품을 보았다. 자신이 도연이를 처음 만난 날 주었던 자기로 된 노리개다. 볼품없지만 처음 가마에서 구운 작품이다. 무늬라고는 매화 한 송이에 대나무 가지 하나. 무식해서 매, 란, 국, 죽이 무엇을 뜻하는지 모른다. 다만 어느 술판에서 들은 기억으로 매화와 대나무는 남녀 간의 돈독한 정을 의미한단다. 가끔 오가면서 들린 주막에서 허드렛일하던 도연. 미련하게 항아리에 언제나 물을 가득 채우고 흘러내리는 물이 얼굴 범벅인 미련한 여자. 누가 나 같은 비렁뱅이에게 시집오

랴. 그때 연하는 질펀한 고령토 위에서 헐떡이던 시절이다. 어찌
어찌 도둑질하듯 빚은 못생긴 항아리 노리개. 그것을 도연에게
내밀고 얼굴 붉어지면서 같이 살자고 했었다. 좀체 대답을 회피
하던 도연이 어느 날 작은 보퉁이 하나 들고 스스로 찾아왔다. 그
렇게 한 몸이 되었다. 그리고 별 탈 없이 잘 살았다 서 의원의 가
끔 따가운 시선도 오히려 연하에겐 거드름이었다. 승리한 사람의
여유로움이다. 서 의원 때문에 긴장한 적이 있었지만, 도연과 살
림을 합친 뒤부터 별문제 없었다. 호탕하게 웃으면서 도연을 포
기한 서 의원과는 더 돈독해졌다. 도연을 위해 빚은 노리개가 수
장의 눈에 들어 본격적으로 기술을 전수 한 것도 사실이다. 장인
특유의 괴팍함도 도연과의 생활에선 시들어진 꽃 신세가 되었다.
그런 도연이었다.

　송이를 멀리하였다. 차마 송이를 맑은 정신으론 취할 수 없었
다. 모른 척했지만, 그것은 형식이었다. 도연의 무덤덤한 용모에
비해 절세가인인 송이다. 같은 값이면 다홍치마라지만 예쁜 여
자들의 방탕함을 저주한 연하다. 시대가 그랬지만 용서할 수 없
는 여인네들의 방탕함에 넌더리를 낸 연하다. 유곽에서 만난 송
이에 대한 끊어낼 수 없는 갈증이 한순간 괴롭혔다. 그랬는데 송
이가 어느 날 저절로 찾아들었다. 그날부터 연하는 도연에게 살
의를 느꼈다. 너무나 밋밋한 도연과의 생활에 권태를 느낀 것이
다. 어쩌면 그 사건이 도연을 없애는 합법적 구실인지도. 울고 싶

은데 뺨 때려주니 얼마나 고마운 우연인가? 잔인한 사랑이었다. 송이의 머리에 거머리를 붙여 실험했다. 강렬하지만 용납되지 못한 사랑은 잔인하다. 그릇 비색에 대한 열망도 연하로선 포기할 수 없는 열망이다. 모든 것이 가당찮은 욕심이지만 거부할 수 없는 욕망이다.

가을이 저만치서 손짓한다. 해바라기가 노란 얼굴을 들이대며 웃고 있다. 유난히 키가 크고 꽃도 큰 꽃이다. 모든 꽃의 여왕. 그런데도 많은 사랑을 받지 못하는 것은 너무 키가 커서, 아님? 무엇 때문에.


안개 품은 산은 신비롭다. 안개의 이동은 산세를 임의로 바꾼다. 보일 듯 말 듯 한 봉우리. 종이를 찢어놓은 듯한 구름이 골짜기에서 천천히 움직인다. 여기저기 산들이 구름과 숨바꼭질이라도 하는 듯한 풍경이다. 그렇구나! 구름이란 것은 이렇게 신비하구나. 갈대가 웃으니 산수국도 웃고 있다. 여기저기 가을꽃이 옹기종기 얽혀서 서로 안고 웃고 있다. 세상은 가을 냄새로 가득하다. 백일홍 설은 전설조차 웃고 싶은 눈치다. 붉은빛에 감추고 오가는 사람들의 허한 마음 다독이는 마당의 꽃들도 요란하다. 가을이 꽃잎에 숨어 오늘도 출렁인다. 웅덩이의 물그림자 내려보니 영락없는 가을이다. 흘러가는 이파리에 그리움 보내리라. 들국화 요염함 속에 숨어 쉬는 그리움들이 가을 특유의 외로움과 어울린다. 보랏빛 모습에 멈춘 발길 어찌하나, 주저앉은 그리움에 스며드는 서늘함도 고역이다. 누군가에게 전하라 하니 해님이 비웃는다.

산허리에 덜렁 누운 야속한 해님이시어. 머무라고 목매는 내심정 좀 알아주소. 새빨간 하늘 바다에 떠다니는 그리움을 어찌하란 말이냐. 물 위를 배회하는 낙엽들의 서러움을 어찌 달래란 말이오. 세월에 떠밀려 우왕좌왕하는 서러운 인간들 신세를 가엾게 봐주면 안 되겠소. 서로 만져서 달래가며 살라 이르시오. 갈대의 허연 수염 물가에서 서성이니 우리네 인간들도 덩달아서 머뭇머뭇하는구려.


인생은 이런 거구나 서성임의 진행형이구나. 송이는 가만히 가을을 음미했다. 왜 이리 불안한가. 연하의 병이 낫고 있는데 어찌이리 마음이 허하단 말인가. 도대체 누가 이리도 처절하게 그리운지. 만정의 싸늘한 눈빛이 자꾸 뒤에서 자신을 밀어내고 있음을 느꼈다. 한 해의 끝자락에서 서성거리는 것이 인생. 인생이란그런 거란다. 날마다 어딘가에서 서성거리는 것. 그러다가 지나가는 누군가를 만나서 웃음 한 조각 주고받고 이별 한 방울 받아먹고 기뻐하다 슬퍼하다를 반복하다가 그렇게 그렇게 서성이며살다가 가는 것. 송이는 가슴 쓰러지는 소리를 들었다.

만정은 헐렁한 바지를 벗고 처음 여자 옷을 입어보았다. 어색하다. 온을 위해서는 그렇게 해야 하는데 정말 마음 내키지 않는다. 아무리 보아도 이쁜 곳이 없는데 온이 자신을 이뻐해 준다. 고맙다기보다 황송하다. 단아에 대한 미안함도 이제는 많이 사라졌다. 그들은 잘살고 있는지. 어쩐지 앞으로 나서기 미안하고 민망하다. 여전히 입을 열지 않는 아버지. 그리고 송이의 불안한 표정. 그들이 무엇인가 나쁜 짓을 같이 하고 있음이 느껴지는데 증거가 없다. 어머니에 대한 그리움도 숨기기 힘들다. 송이가 아무리 다가와도 같이 다가설 수 없었던 마음. 어린 나이지만 아버지와 송이의 은밀한 흐름을 느낄 수 있었다. 아니 아버지의 요란한 변덕과 폭언에 언제나 다소곳한 송이에게 연민보다 적의가 먼저인 마음은 자기도 알 수 없는 감정이다. 어린 만정도 그것이 무엇인지 헤아리지 못한 본심이었다. 어머니, 말도 못 하고 몸도 성하지 못한 어머니. 그런 어머니를 건사하고 사는 동생 단아에 대한 애틋함은 심한 갈증처럼 견디기 힘들다. 그렇지만 온에 대한 마음만은 만정도 어쩔 수 없다. 온에게도 차마 단아의 일은 말하지 못하겠다. 온은 억지 춘향 격으로 아버지 일을 배운다. 그러니 일은 더디고 연하의 짜증은 날로 더 강도가 진해진다.

정부에서는 처음 그릇만 보내라더니 숙련된 도공까지 보내란다. 결국 자신을 원하는 것이다. 원나라에 가서 그릇을 굽는다.

어려운 일은 아니다. 차라리 송이만 데리고 갈까 보다 생각이 든다. 그러려면 일단 온에게 모든 것은 전수해야 한다. 그런데 아무리 봐도 온은 아니다. 덩치만 크지 정말 쓸모없는 남자. 도망자이기에 만정의 곁을 떠나지 않을 거라는 생각으로 온을 택했다. 역시 그뿐이다.


## 16

멀리 남쪽 강진 요에서 사람이 왔다. 그곳에도 나라의 방침이 내려간 모양이다. 내년 날이 풀리면 배를 띄우란다. 연하는 만정과 온을 동무 삼아 길 떠날 채비를 했다. 십시일반이라고 무엇인가 서로 의견을 조율하다 보면 좋은 방안이 떠오를지도 모른다는 기대였다. 따라가고 싶어 하는 송이를 냉정히 거절했다. 동짓달로 접어든 날씨는 찬바람이 매섭다. 남장하니 만정이 의젓해 보였다. 하나만 달고 나오지. 연하는 한숨을 쉬었다.

겨울이라 뱃길보다는 육로가 더 낫겠다 싶다. 고약한 하느님, 아침부터 눈발이다. 두꺼운 솜옷을 입어도 바람은 역시 차다. 해안 길은 구불구불하니 산기슭을 따라 걸었다. 남쪽이어서인지 조금은 찬 기운이 덜 느껴진다. 두둑한 노잣돈에 불평은 없다.

하늘의 구름에 묻고 싶다. 누구하고 그렇게 날마다 노느냐고. 바닷물에 비친 네 그림자 들여다보고 노는지? 바위 위의 갈매기들은 바닷물과 쉴새 없이 노닥거린다. 누군가를 향해 포효하는 구름. 외로운 망부석을 위한 구름의 의식도 요란하다. 은빛 비늘을 뒤집어서 쓴 바다. 바위는 오늘도 전설을 만들어내느라 열심이다. 혼자인가 싶으면 다시 떼지어 나는 갈매기. 누군가를 찾아 헤매다가 망부석 된 바위의 긴 목이 아프다. 두 손 모아 누군가를 기다리지만, 여전히 무소식뿐인 바다. 검은 바위에 달라붙은 꼬마 조개들의 치열한 생존경쟁. 저들도 생물이기에 약육강식하려나? 모래 위에 앙상하게 남은 줄기뿐인 식물은 벗은 몸으로 겨울은 어찌 지내려나. 마주 보는 두 섬을 이어주는 외줄 아래 한가하게 놀고있는 나룻배. 겨울 바다는 아무래도 허전하다. 석양처럼. 또 겨울엔 잠자는 어선도 많다. 세찬 바람 때문에 함부로 배를 띄우지 못한다. 그래서 어부들도 겨울나기가 어렵다.

초승달이 잠깐 얼굴을 비치더니 사라졌다. 초저녁 꿈자리가 사나웠다. 누가 달하고 오입이라도 했나 하고 만정은 생각했다. 바다는 바다대로 산은 산대로 으스스하고 허전하다.

바닷길을 돌아 돌아 도착한 주막에서 세 사람은 여장을 풀었다. 연하는 모처럼 온과 마주 앉았다. 사위와 장인의 관계다. 못난 놈. 연하는 속으로 혀를 끌끌 찼다.

몸이 얼어 굳으니 열정이 얼고 의욕까지 꽁꽁 얼어버렸다. 겨울이면 모든 것이 얼어버리는 자연의 이치를 모른 것은 아니지만. 얼어 굳은 땅의 고약함을 어찌 탓하랴. 가끔 보이는 작은 보랏빛 국화, 모든 잎 떨구고 너절하게 늘어진 빛바랜 풀 줄기, 뒹구는 낙엽들이 찬바람에 오들오들 떨고 있다. 초겨울이면 달라붙는 이유 모를 서러움은, 단 한 번의 뜬구름 사랑에 취해 하룻밤 머물다간 임을 못 잊어하는, 작부의 외롭고 서러운 풋사랑의 불씨인 듯. 세 사람 각기 다른 마음으로 객지의 스산함에 잠겨있다.

무엇이 두려운가? 죽음? 그래 그것일 수도 있다. 죽음은 어느 날 느닷없이 닥치는 재앙 같아야 한다. 죽음의 문턱에서 벌벌 떨어보지 않는 사람은 모른다. 진도에서 하루도 편히 잠을 잔 적이 없다. 역모는 잡히면 곧 죽음이다. 설사 잡히지 않는다고 해도 날마다 불안한 자리, 그 자리는 언제나 풍전등화다. 어머니도 아내도 자식도 믿지 못하는 자리다. 그렇지만 매력적인 자리인 것은 확실하다. 기회만 있으면 앉아보고 싶은 자리. 그래서 한번 욕심냈지만, 그에게 왕은 그냥 그림 속의 떡이었다. 작은 평화를 빼앗겼다. 그리고 처자식을 희생시켰다. 은밀한 접촉을 아내가 모를 리 없건만 모른 척해주었다. 생각 없이 먹고사는 생활에 아내도 무슨 변화라도 기대한 것일까. 힘없는 나라의 왕. 원나라의 부마. 동생이 원나라 왕족과 결혼했다는 소식을 듣고 눈물 보이시던 아버지. 아니 원나라의 꼭두각시. 왕족으로서 분통이 터질 일이지만 허울뿐인 왕족은 서민보다 못한 취급을 받고 산다. 물질적으로야 풍요롭지만. 어찌 남자로서 물질만으로 만족할 수 있으랴. 그래서 당겨본 화살이었지만 완전히 빗나가 버린 것이다. 아니 과녁이 없는 끝이 뾰족하지 않은 화살, 어느 곳도 뚫지 못하는 무딘 화살인 것을. 그런 화살을 쏘아 놓고 기다린 바보 대열로 생각 없이 들어선 꼬락서니다. 그들이 끝까지 고집한 또 하나의 고려는 허울이다. 삼별초는 무신들의 제 이의 반란이었다. 한번 정권을 뒤집어 보니 얼마 동안은 소수이지만 호사를 했다. 그렇지만 무신도 편애로 분열이 일어나게 한 것이다. 권력 앞에 무너지는 가족관계에 예외는 없었다. 방법이 옳고 그름을 떠나 움켜쥔 모든 부귀영화는 당대에는 휘황찬란하지만 혼자 누린 권력을 분산해야 하는 다음 대에서는 반드시 분열을 초래했다. 무신의 난도 예외는 아니었다.

단아를 취하라는 연하의 명령. 그래 왕들은 그랬다. 그러나 나는 왕이 아닌 것을. 온이 거절하니 연하가 버럭 화를 낸다. 조금 더 생각해보라는 권함 같은 명령에 온은 시간을 달라고 애원했다.


연하를 강진 요에 남기고 만정과 바다를 따라 더 남쪽으로 내려왔다. 밤중에 나룻배를 타고 파도에 밀려 도착한 곳이 정녕 여기쯤인가? 비조차 오던 캄캄한 밤이었다. 정말 신이 도와 살았다.

어슴푸레 눈을 뜨니 두 개의 작은 섬이 보였다. 그는 그 섬에 올라가 몸을 숨겼다가 날이 어두워지자 헤엄을 쳐 뭍으로 나와 무조건 북쪽을 향해 걸었었다.

고려청자와 제주말들이 수없이 오가던 관문이다. 마량은 항구로서 오래전부터 유명한 곳이다. 마량은 제주로 가는 해상교통의 마지막 관문이다. 날씨가 좋으면 멀리 제주도도 보인다. 아니 육지 맨 남쪽 끝이다. 그뿐만 아니라 칠량면 등 강진만 일대에서 만든 고려청자를 개성까지 실어나르던 수백km 뱃길의 시작점이었고, 제주에서 실려 온 말들이 육지에 처음 발을 디딘 곳이었다. 제주에서 뱃길을 따라 실려 온 말들이 뭍에 처음 내려서 먹이를 먹었던 곳이라 하여 마량이라는 이름이 붙여졌다. 마량에 내린 말들은 일정 기간 육지 적응 훈련을 받고 개경으로 옮겨졌다. 마량항 인근에는 말들이 쉬어가던 쉼터가 있는 신마마을이 자리했다. 구불구불 해안 길을 끼고 주변을 돌아보면 아기자기한 산과 바다가 서로 묘한 조화를 이루고 있다. 크고 작은 섬들이 서로를 감시한다. 그때는 주위를 돌아볼 여력이 없어 무심코 지나친 곳인데 다시 보니 참 경관이 좋다. 만정에게 어떻게 이야기를 해야 할지 걱정이다. 어부들의 부지런한 손놀림, 다소 시끄러운 포구, 흰옷 입은 아낙들의 종종걸음. 그때 보지 못한 풍경들이다. 그리고 가막섬의 의연한 모습 또한 절경이다. 언덕에서 내려다보니 가막섬이 시선을 사로잡는다. 마량항 한쪽, 바로 눈앞에 있지만, 누구도 가고 싶은 생각은 간절하지만, 함부로 가서 볼 수 없는 섬이다. 밀물 때에는 주위가 바닷물에 잠겨 물 위에 떠 있는 것처럼 보이다 물이 빠지면 군데군데 땅이 드러나지만 쉽게 가까이 다가갈 수 없다. 펄 때문이다. 바다 가운데에 상록수들이 우거진 아름다운 섬이다. 기이하면서도 그 모습이 너무 아름다워 감히 눈이 부시다. 물이 서서히 나가고 있다. 부처님도 돌아눕는다는 씨앗의 이야기. 그것도 친동생을. 차마 못 할 일이다. 아무리 일부다처가 성행하는 시대지만. 그런데 아버지라는 사람이 그것을 강요하고 있다. 온은 만정에게서 마음의 평화를 얻었다. 죽음에서 구해준 은인이 아니라 절망의 구렁텅이에서 구해준 사람이다. 차라리 죽었으면 행복했을 상황인데 그러지 못했다. 절대로 목숨을 보전하라는 힘없고 늙은 신하의 간절함. 억지로 밀리다시피 배에 오른 온. 파도가 뱃전을 때릴 때 그는 죽음을 생각했다.

"아니 되옵니다. 전하를 무사히 육지까지 모셔다드리라는 명을 받들었습니다."

역시 늙은 사공이었다. 배에 올라 조금 움직이는데 잔잔한 하늘이 화를 내기 시작했다. 비바람 요란한데도 늙은 사공은 당황함 없이 노를 잘 저었다. 멀리 수평선 위에 구름이 어디선가 빛을 가져다주었다.

"전하 부디 옥체를 보존하시옵소서."

뱃머리에서 마지막 인사를 하는 사공의 손을 잡았다.

"저는 다시 진도로 돌아갑니다. 비록 우리가 뜻을 이루지는 못했지만, 군신 관계였고 삼별초는 원나라에 대한 마지막 항전입니다. 힘이 없어 패했지만, 훗날 역사는 우리를 단순한 반역자라고 매도하지 않을 것입니다. 진도에는 죽지 않은 우리 편 몇 사람이 있을 것입니다. 그들의 운명까지 책임지려 하지 마십시오. 김통정 장군은 경솔한 분이 아닙니다. 무모한 항쟁이었지만 우리는 필사적이었습니다. 잠시 무관이 되고 싶었는데 욕심이었습니다. 평범한 어부로 여생을 보낼 생각입니다. 전하의 용안을 모르는 곳이면 목숨 보전은 어렵지 않습니다. 그런 날이 올지 모르지만, 훗날 혹시 소인을 만나게 되면 군신 관계가 아닌 동지로서 지난 날을 이야기하면서 술잔이라도 나눈다면 여한이 없을 것입니다."

그는 진도로 무사히 돌아갔으리라. 바다를 무서워하지 않는 용맹 있는 사람이었으니.


하릴없이 며칠을 보냈다. 그렇게 떠나온 진도 소식이 궁금하다. 모두 죽었겠지? 고려 조정에서 나온 사람들은 그렇지 않았겠지만, 원나라에서 나온 사람들은 무참히 살육했다. 힘없는 나라의 백성은 언제나 강대국에 피의 향연을 선물한다. 문득 진도에 가고 싶다. 몇 사람을 제외하고 사람들을 만난 일이 없어 자신을 기억하는 사람이 없을 수 있겠다는 생각이 들었다. 내가 거처하던 막사가 원군에 의해 불에 타 모든 것이 한 줌의 재가 되었단다.

그렇게 나는 죽었노라 하고 온은 웃었다. 만정은 말없이 자신의 수발을 든다. 객사에서 만정의 몸을 더듬었다.

난 그저 당신의 혀끝에서 가장 순수한 즐거움을 느낀 사람이다. 당신의 섬세한 손끝에서 감미로운 행복에 취한 사람일 뿐, 당신의 몸놀림에서 가장 아름다운 즐거움을 느낀 사람일 뿐. 그냥 이대로만 살고 싶은데. 당신의 마지막 여자가 나였으면 했는데. 모든 것이 내겐 넘치는 행복인데. 어디서부터 어긋난 행복이란 말인가? 만정은 온의 몸놀림에서 무한한 행복을 느꼈다. 참 아이러니한 온과의 만남이다. 단아를 어찌한단 말인가? 그리고 어머니를 어찌 건사해야 하는가. 아버지는 결정적 순간만은 언제나 침묵이다. 그리고 단아와 온을 나눠 가지란다. 흔한 일이지만 두렵다. 그렇지만 그렇게 해야 한다고 이미 작정했다. 아버지의 한숨은 거절하기 어려울 만큼 지독한 강요다. 완전히 잃는 것보다는 반쪽이라도 갖는 것이 더 나을 것 같은 서글픈 체념이다.

어떻게 세상사는 이렇게 얄궂은지?


진도는 변함없이 아수라장이다. 중앙에서 온 관리들은 백성들을 탄압하기에만 열중이고 폐허가 된 궁터는 음산하기조차 하다. 자칭 궁녀와 아녀자들이 몽골로부터 자신을 보호하고자 백제의 삼천궁녀처럼 몸을 던졌다는 웅덩이는 여전히 서슬이 퍼렇다. 비가 오면 여인들이 우는 소리가 들려 사람들이 지나치기를 꺼린단다. 아무것도 묻지 않는 만정을 앞세워 웅덩이 가까이 다가섰다. 약소국의 여인들은 전쟁을 만나면 죽지 않으면 몸을 버리기 일쑤다. 그깟 정절이 무엇이기에. 어떻게든 살아야 하거늘. 전분세락轉糞世樂. 온은 삼별초 왕이 되어 어느 여인도 취하지 않았다. 불안한 상태에서 여자는 차라리 성가신 존재다. 여자를 취하는 것도 적어도 생명이 보존된 상태라야 가능한 것을. 미색은 아니어도 보기 싫은 여자는 없었다. 왕에 대한 최소한의 예의다. 풍전등화의 옥좌에서 어찌 자신만 편안한 상태를 취할 수 있겠는가? 의식주조차 불안한 상태. 어찌 그 상황에서 아랫도린들 편히 숨이나 쉬랴. 잠시 꿈틀거린 듯하다 이내 사그라지는 물건에 관심조차 없이 지냈다.

비가 지나간 다음 날은 안개가 온 누리를 뒤덮는다. 골마다 서서히 움직이는 안개는 산세를 자유자재로 변화시킨다. 희미하게 자신을 드러내는가 하면 금방 흔적 없이 사라지는 산봉우리들. 바닷가는 안개에 더 요동친다. 굽이굽이 골짜기는 비안개와 힘겨루기를 한다. 유난히 섬이 많은 남해는 운무 속에 섬들이 아주 작은 점이 되어 있다. 바다도 낮은 산도 운무에 갇혀있다. 돌아가면 단아를 만나야 한다는 사실이 무겁다. 집 떠난 지 반년이 지났다.

섬이 육지와 다른 것이 한 가지가 있다. 모든 집이 돌담으로 어린아이도 쉽게 넘을 수 있게 높지 않다. 크고 작은 돌을 차곡차곡

포개서 쌓은 담이 모진 비바람도 잘 버틴다. 다만 어느 날 느닷없이 들이닥친 해일만 없으면 천년 지기다. 대문이란 것이 묘하다. 낡은 집 주위를 감싸고 있던 돌담이 끊어진 곳 양쪽에 어설픈 기둥이 세워져있다. 그 기둥에 통나무를 가로로 뉘어놓은 것이 대문이다. 보통 때는 서 있는 통나무다. 사람들은 수시로 집에 드나든다. 그렇지만 통나무가 가로로 걸쳐있으면 아주 급한 일이 아니면 누구도 그 집을 방문하지 않는다. 섬에서는 낮과 밤이 구분되지 않는다. 대부분 사람이 낮에 일하고 밤에 쉬지만 섬은 그렇지 않다. 바다로 나간 배는 만선이 되면 돌아온다. 그 시간은 일정하지 않다. 배에서 내린 남자들은 제일 먼저 여자를 찾았다. 특히 신혼인 경우는 더 그렇다. 신혼이 아니라도 마찬가지다. 새벽도 좋고 대낮도 좋다. 그들은 오랜만에 만나 무조건 서로를 탐닉한다. 그동안 굶주렸던 성욕을 밤낮 가리지 않고 남녀가 엉켜 해소하는 것이다. 어떤 이는 사흘 밤낮을 먹지도, 자지도 않고 짐승처럼 즐기기도 한다. 사람들은 그 사실을 알기에 절대로 나무가 누워있으면 그 집을 방문하지 않는 것이다. 온에게 그 사실을 알려준 것은 진도에서 모집한 병졸이었다. 둘러보니 많은 집들의 대문에 통나무가 가로로 누워있다. 배가 들어온 모양이다.


  단아는 오늘도 심사가 뒤틀렸다. 분명 지아비건만 도통 다가와 주지 않는 지산. 그렇다고 모른 체하지도 않고 말없이 도와주는 사람. 남편이라기보다는 아버지 같은 지산이다. 새벽에 도망치듯 자신을 떠난 온에 대한 노여움도 사그라들었다. 송이의 배려도 의아하지만, 말없이 자신을 도와주는 사람들을 싫어할 이유가 없다. 무엇보다 어머니의 변화가 의아하다. 송이에 대한 어머니의 태도. 노함도 호의도 아니 미묘한 응대. 온에 대한 노여움은 사라졌는데 그리움이란 것이 조금은 남아있다.

송이가 돈이 될만한 여러 가지 물건과 쌀을 가지고 왔다. 이유는 모르지만, 자신을 도와주는 사람을 구태여 미워할 필요가 없기에 단아는 고맙게 맞이했다. 어머니와 단둘이 할 이야기가 있단다. 단아는 가까운 냇가로 내려갔다. 여전히 맑은 물이 흐르는 곳이다. 그곳에서 지산을 만났다. 여러 가지 푸성귀를 흐르는 물로 씻는 중이다. 단아는 아직 지산을 어떻게도 부르지 못했다. 그냥 의지하는 사람, 무조건 도와주는 좋은 사람, 그래서 고마운 사람이다.

"단아야."

지산의 부름에 단아는 배시시 웃었다. 이별을 어떻게 단아에게 설명해야 하나. 지금까지 많은 사람을 만났고 헤어졌다. 그렇지만 지나가는 바람 같은 것이었는데 지금은 다르다. 회자정리 거자필반會者定離 去者必返이라고 하지만.

단아를 데려가겠다는 연하, 그래 제 자식 데려간다는데 어찌 말리나. 다만 도연이를 들먹이지 않으니 고맙지. 그런데 도연이

197

단아만 내놓으려나? 따라가겠다면 어쩌나? 처참한 도연이를 본 순간부터 언제나 싸한 아픔에 시달린 지산이다. 단아를 맡기로 한 것은 도연에 대한 배려다. 말을 잃은 도연의 간절한 눈빛을 외면할 수 없다. 그는 가족으로 자신을 곁에 두고 싶어 하는 도연의 마음을 읽은 것이다. 가당찮은 요구지만 너무나 간절한 여자의 마음이 보였다. 단아를 자신이 받았고 그런 단아의 아이를 손수 묻었다. 혼자는 아무것도 할 수 없는 도연과 단아다. 업보라고 생각했다. 순간의 욕정을 못 참고 저지른 패륜은 용서받을 수 없다. 나이 어린 단아를 더듬은 추악한 기억이 언제나 지산을 괴롭혔다. 그래서 도연에게도 단아에게도 다가가지 못한 지산이다. 본인도 어떻게 할 수 없는 순간의 실수다. 패륜에 대한 응징이라 생각하고 추수르지만 마음대로 안 되는 것이 자신을 용서하는 일이었다.

한 달 후, 단아를 데리러 오겠다는 연하를 거절할 이유가 없다. 가서 잘살기를 바랄 뿐이다. 도연은 아직 어떤 의사 표현도 하지 않는다. 여전히 굳게 다문 입. 단아가 아기를 잃었을 때 잠깐 입이 열려 좋아했는데 그때뿐이다.

냇물에 발을 담그고자 버선을 벗는 단아. 거칠어진 손만큼 발도 우직하다. 지산은 단아의 발을 씻어주었다. 간지럼을 타는지 단아가 까르르 웃는다.

새벽만 되면 닭울음 때문에 잠을 깼다. 지산의 일과는 그렇게 새벽부터 시작된다. 헛간에 가서 바가지에 주섬주섬 곡식을 담아 와 마당에 뿌렸다. 여기저기서 우르르 닭들이 몰려든다. 동물은 이상하게 수컷들이 모양새가 더 낫다. 한 달 전에 시골장에 가서 사 왔는데 제법 자랐다. 처음에는 움직이지 않더니 이제는 완전히 제 세상인 양 활보하고 있다. 단아가 가기 전에 한 마리 먹이고 싶다. 날마다 서너 개씩 낳은 달걀은 전부 도연에게 가져다주었다.

제일 예쁜 수탉을 따라 암탉과 병아리들이 같이 움직인다. 그런 꼬랑지에 풀죽은 수탉 한 마리가 어슬렁거리며 따라붙는다. 닭의 생리라는 게 묘하다. 암탉 열을 거느리면서도 수탉 한 마리는 내친다. 한마디로 암탉을 독식하겠다는 심보다. 지산은 기운 빠진 수탉이 가여워 따로 먹이를 챙겨주려는데 빌어먹을 괄시 받으면서도 수탉은, 지산의 호의를 무시하고 닭들의 주변을 서성인다. 내 꼴이군 하고 지산은 웃었다. 적어도 나는 두 여자에게 괄시받지는 않았거든 하고 허허 웃었다. 과연 단아만 보내고 도연이 견딜 수 있을지. 한사코 같이 가라는데 완전 고래 심줄이다.


송이와의 악연을 모르는 단아에게 구태여 알리고 싶지 않은 마음이다. 불쌍한 단아를 마음 놓고 맡길 수 있는 사람으로 송이를 낙점하기까지 도연도 많이 고민했다. 그래도 성한 가족, 단아에게 평생 짐이 된 자신, 그런데 이리 허전하니 어찌 된 마음인가, 이제 누구를 의지해야 하는가? 언제나 그윽한 시선을 보낸 지산은 이미 단아의 남편이다. 두 사람 사이 합궁이 이뤄지지 않는 사실은 아직 도연은 알지 못했다. 인생사 한 치 앞을 모르는 것이라 지산도 단아도 그냥 입을 다물고 있다. 다시 생각하니 단아도 지산도 얼마나 다행한 일인지. 이런 상황을 미리 감지라도 한 듯하다.

바위옷이 돌 전체를 감싸 안고 있다. 누가 일부러 만들어 입힌 것도 아니건만, 빈틈없이 돌을 싸안고 있다. 습하고 어려운 환경에서 잘 견디는 이끼. 계절에 상관없이 그 모습을 간직하고 있다. 얼핏 보면 같은 모양인듯하나 그렇지 않다. 간밤에 다녀간 비로 풀잎에 남은 빗방울이 햇빛을 보고 별처럼 반짝인다. 자연의 눈부심이다.

양지로 나오니 수달래가 바위틈에서 웃고 있다. 같은 진달래지만 독성이 있고 잎과 꽃이 같이 피는 꽃. 계곡 바위 틈새에서 절묘하게 피어있는 수달래가 요염하기조차 하다. 냇가 곳곳에 바위를 안고 군락을 이루고 핀 수달래. 그리고 조금 산을 오르니 한뿌리에서 곧게 자란 나무가 중간쯤 가지치기로 갈라지는가 했더니 윗부분에 다시 뒤엉켜있는 나무가 보인다. 아무래도 이별은 싫은 모양이다. 한곳에 머물기를 고집하는 나무에 비해 이곳저곳 옮겨 다니며 삶의 터전을 찾아 평생을 헤매는 동물. 그 동물인 사람. 그래서 평생이 고달픔과 싸워야 한다. 삶이라는 것은 기쁨보다 괴로움이 많다. 기쁨은 번개처럼 찰나다. 그리고 나머지 시간은 괴로움의 다른 얼굴이다.

일심 암 정남은 극락세계라 나무아미타불
천지 지시 분한 후에 삼남 화성 일어나서
세상천지 만물 중에 사람에게서 또 있는가?
이보시오 시주님네 이 내 말씀 들어보오
이 세상 나온 사람 뉘 덕으로 나왔었나!
불보살님 은덕으로 아버님 전 뼈를 타고
어머님 전 살을 타고 칠성님께 명을 빌어
제석님게 복을 타고 석가여래 제도하사
인생일신 탄생하니 한두 살에 철을 몰라
부모 은공 아올소냐 이삼십을 당하여는
애윽하고 고생살이 부모 은공 갚을소냐
절통하고 애달플사 부모 은덕 못다 갚아
무정세월 약유파라 원수 백발 달려드니
인간 칠십 고대희라 없던 망령 절로 난다.
망령 들어 변할쏘냐 이팔청춘 소년들아
늙은이 망령 웃지 말라 눈 어둡고 귀먹으니
망령이라 흉을 보고 구석구석 웃는 모양
절통하고 애달픈들 할 일없고 할 일없다
홍 두 백발 늙었으니 다시 젊듯 못 하리라

〈회심가에서〉

201

멀리서 들려오는 회심가다. 낮고 무거운 풍악을 찾아 걸음을 옮겼다. 아니 자신도 모르게 소리에 끌려가고 있다.

누군가 죽은 듯. 죽음 앞에는 장사 없고 빈부 차도 없다. 상투 올린 남정네의 장구 소리는 방정을 떨지만 대부분 악기는 우울한 소리다. 소리를 내는 여자 혼자 주변을 걸으면서 계속 읊조린다. 묵직한 남자의 춤사위가 너울거린다. 지긋한 남자의 춤사위가 사람들을 끌어당긴다. 역시 구전을 통해 전수한 것이다. 징의 우울하고 긴 음이 분위기를 무겁게 한다. 방정맞은 듯하지만 처절한 꽹과리 소리는 저승길 가기 싫어 발버둥을 치는 망자의 처절한 몸부림 같다. 그리고 무겁게 가라앉은 북소리를 동무해 울려 나오는 구음이 죽은 사람의 원혼을 쫓기 위한 마지막 외침 같다. 모두 이승 버리고 저승으로 향하는 혼을 달래는 소리다. 사뿐거리다가 촐랑이처럼 호들갑스럽기도 한 춤사위. 저승길이 멀어서 천천히 쉬고자 함인지. 이승에 남은 인연에 대한 미련인지. 미친 듯 요란하다가 죽은 듯 잠잠하다가를 반복한다. 무당의 춤사위는 점점 신의 경지에 이른다. 주변 사람들의 표정이 어둡기는 마찬가지다.

온은 사람들 틈에서 서러운 춤판을 구경했다. 섬이라는 것은 내일을 기약할 수 없는 생의 끝자락이다. 아침에 고요하던 바다는 피할 틈도 없이 순식간에 밀려오는 노도를 이기지 못한다. 노도는 사람들을 수장해버린다. 만선으로 돌아오마고 바다로 나간 사람들이 전부 되돌아오지 않는다. 그래서 해마다 풍어제를 지내고 굿을 하지만 바다의 심술 앞에는 완전 무기력 상태다. 또 누군가가 바다로 나가 돌아오지 못한 모양이다. 아니면 일 년의 풍어를 기원하는 의식인가? 송홧가루가 날린다. 코끝으로 느껴지는 향은 좋지만, 마른기침을 요구하는 송홧가루다.

연하가 자신을 탐탁지 않아 하는 것을 알지만 어찌할 방법이 없다. 그렇게 살아온 것을. 도공이 되고 싶은 생각은 전혀 없다. 그런데 그것을 강요하는 연하지만 거스를 수도 없다. 모든 것이 힘들다. 이렇게 뒤죽박죽인 인생이 싫다.


인생일신 탄생하니 한두 살에 철을 몰라
부모 은공 아올소냐 이삼십을 당하여는
애옥하고 고생살이 부모 은공 갚을쏘냐
어이없고 애달플사 무정세월 약유파라 원수 백발 달려드니


신이로구나. 마이장서 오날이로구나.
에헤 에헤 에헤 어허이야. 단야신이여 에헤 에헤 이히야
등잔 가세 등잔을 가세 하날님 전에 에헤 등잔을 가세
늙은 사람은 어허 죽지를 말고 젊은 사람은 늙지 말고 등잔
을 가세
신이여, 여 허어 허이 어 여 허어 어허어로구나

마이장서 오늘이로구나. 에헤 에헤 에헤 에허이야
단야신이여 에헤 에헤 에헤이 왕아 신아,
공심은 절을 짓고 남의 남산 본이로세 에헤 에헤 에헤야
고려도 나라이고 팔만대장경은 사도세경이오
경상도는 대풀이요 전라도는 중천에 풀이란다
잔도 잔도 새로 속잎이 나네. 에라 만수야 에라 대신이야
대활연으로 설설이 나리소사

〈초가망석〉


오시도다 오시도다. 천하 제석 어허
일월 제석 삼불 제석님이 이땅에 나려를 왔네
에이야 나 에헤에 에헤에 에헤에 제석님이 왔네
에 에헤이야 제석님네 제석님의 본을 받고 제석님의 안철 받
세
제석님의 근본을 게 어디가 본이시오
제석님의 근본은 게 어디가 본이시오
제석님은 근본은 해도 돋고 달도 돌아
제석님의 근본은 턴방국에 마당국이라
제석님의 본이로라

〈제석가에서 이하 생략〉


　　회심가와 제석가는 서로 조합을 이룬 섬사람들의 한의 소리
다. 지난번 나갔다 돌아오지 못한 사람을 그리는 회심가와 제석

가. 누구도 거스를 수 없는 바다를 향한 원망의 소리다. 굿판이 사람들 마음의 웅어리를 부숴준다. 문득 장구를 치는 남자와 눈이 마주친다. 신명 나게 손놀림을 하면서 힐긋거리는 눈빛에 등골이 서늘해진다. 누구일까? 왜 나를? 나를 아는 사람인가? 서둘러 일어섰다. 그리고 앞뒤를 살피면서 굿판을 떠났다. 정신없이 걸어오는데 어느새 남자가 자신 앞에 턱 버티고 있다. 도대체 누구인가? 허연 수염 자락이 바람에 너풀거린다. 사내의 눈에서 반가움이 전해진다. 개경에서 부렸던 종인가? 아니면 드나들던 어느 대감집 하솔인가? 반가움보다 두려움이 먼저다. 아니면 정부의 끄나풀?

"전하."

전하라니? 나를 전하라고 부르는 사람.

"혹시나 했습니다. 며칠 전에 우연히 뵙고 긴가민가했습니다."

"그대는?"

"예 폭풍우 속에 전하를 육지까지 모신 사람입니다. 바다에 익숙한 소인은 다음 날 무사히 진도로 갈 수 있었습니다. 삼별초 잔병들은 김통정을 따라 제주로 떠났고, 남은 병사들은 모두 흩어졌습니다. 김방경을 선두로 몽골군의 잔혹한 학살에 섬은 아수라장이 되었고 밤에는 무인도같이 조용해졌습니다. 숨죽이며 울고 미친 사람처럼 떠들고, 저도 다음 해에 진도를 떠나 떠돌다 다시 돌아와 이곳에 머물고 있습니다. 제가 진도에서 목숨을 부지할 수 있었던 것은 장구의 고수이기 때문입니다. 진도는 오래전부터 한풀이 음악이 전수되었고 지금도 그들은 장인으로 대접받고 있답니다. 신분 고하를 막론하고 망자에 대한 예우는 동서고금을 통해 대단하답니다. 단 차례상의 음식이 그것을 구분하지만. 없는 자는 소반으로 위로하고 있는 자는 성찬으로 위세를 떠는 것만 다를 뿐입니다. 제주도로 거처를 옮긴 김통정도 결국 자살로 생을 마감했답니다. 전하가 돌아가시지 않으면 언젠가는 이곳을 찾으리라 생각했습니다. 물론 전하는 폭풍과 어둠 속에서의 동행이었기에 저를 모르실 것입니다."

덕분이라고 치하하고 싶은데 온은 얼른 그 말을 내놓지 못했다. 그래, 자네로 인해 생명을 얻었지. 나이는 들어 보이는데 번뜩이는 눈이 예사롭지 않다. 예인으로 다소 쓸쓸한 표정이다.

배중손, 훗날을 도모하란다. 훗날, 온은 그 말을 되씹었다. 역모에 실패한 무리에게 훗날은 언감생심이다. 참혹한 죽음만 있을 뿐인데. 그는 같이 죽고 싶었다. 무능한 왕이었지만 수장으로 장엄한 죽음을 원했다. 그런데 노장은 한사코 그의 죽음을 말렸다. 편안하게 사는 그를 들쑤신 것에 대한 참회인지 모른다. 배중손을 만나기 전까지는 아들 환의 재롱을 보며 편안하게 살고 있었다. 은밀하고 정중한 유혹 앞에 어찌 남아로서 흔들리지 않을 수 있으랴. 한번쯤 소신대로 나라를 움직여 보고 싶은 마음이 요동을 치고 있을 때 배중손의 충동질은 너무 뜨거운 유혹이었다. 두 번도 생각하지 않고 따라나섰다.

"어찌 지내셨는지? 꼭 듣고자 여쭙는 것이 아닙니다. 떠돌다 보면 기이한 인연들을 만난답니다. 어떤 양반 자제분의 씻김굿을 하고자 출행한 오산사라는 암자에서 귀한 모자를 만난 적이 있습니다. 기품있어 보이는데 허드렛일을 열심히 하시기에 은근히 호기심이 생겼지요. 동자승을 보는 순간 전하 생각이 났습니다. 그래서 슬쩍 여쭈었습니다. 제가 모시던 분과 너무 닮은 아기 스님이라고. 전하의 집안 식구 같은 데 도무지 입을 열지 않으셔서. 눈속에 전하의 생사 안위에 대한 궁금증이 역력히 드러나 보였습니다만, 전하의 이야기는 누구도 내놓을 수 없는 금기사항이라. 또한 딱히 알려드릴 상황도 아니고. 이리 만날 줄 몰랐기에. 소인의 불찰을 용서하시옵소서."


나이에 대해 사람들은 애써 외면하고자 한다. 그렇지만 숫자보다 힘든 게 변화하는 신체다. 자신의 생이 많이 남지 않았다는 생각에 매사를 서두르다 보니 마냥 실수다. 연하는 단아를 맞을 준비를 하면서 머리에 심한 통증을 느꼈다. 못할 짓. 만정에게 단아에게 못할 짓이라 생각하지만 달리 방법이 없다. 서로 의지하고 살기를 바라지만 과연 가능한 일인지?

운명의 소용돌이는 잔인하기만 하다. 체면도 없고 미안함도 없다. 그리고 허락도 없이 개인의 일생을 좌지우지한다. 얼마나 더 살 수 있을지 아무도 모른다. 도공 누구도 원나라 가기를 원하지 않는다. 그렇지만 누군가 가야 한다. 강진 요에는 그럴만한 도공이 없다. 원의 요구는 끈질기다. 모든 것을 다 가져가려 한다. 온. 연하는 온을 생각하고 기술을 대강이라도 전수하려는데 쉽지 않다. 자신을 위해 도연을 희생시켰다. 만정, 단아, 누구든 아들을 낳아주면 좋겠다. 둘 다 낳으면 더 좋고. 잠시 도연을 향한 미안함에 흔들렸지만, 연하의 이기심은 또 자신만을 생각했다. 한두해로 끝날 전쟁은 아니다. 누군가 아들만 낳으면 모든 기술을 전수할 생각이다. 어떤 분야에 최고가 되기는 쉬운 일이 아니다. 순정의 손에 이끌려 이곳으로 들어온 것은 연하가 아주 어렸을 때다. 역모까지는 아니어도 감히 천민으로 양반을 대적한 반란 수뇌의 자식. 잡히면 무조건 죽는다. 순정은 누이의 핏줄인 연하를 살리기 위해 이 요로 숨어들었다. 영민한 게 연하였다. 죽어라 일을 배웠다. 도자기 굽는 것은 반복되는 단순노동이었다. 세월과 함께 익숙해질 줄 아는 것이 기술이었다. 눈썰미만 조금 있으면. 노예보다는 좋은 위치다. 그리고 어느 곳이든 수장은 후한 대접을 받는다. 그런데 온은 도대체가 아니다. 의욕도 없고 눈썰미도 없다. 고생 없이 자란 사람들의 무력함. 누가 만든 법인가. 요의 수장이 남자라야 한다는 것은. 만정에게 일을 가르치고 싶다. 줄곧 생각한 일이다. 지독한 음모이기에 은밀히 진행해야 한다. 참 쓸모없는 놈인데 왜 만정도 단아도 한결같이 목매는지. 왕족! 그런 게 따로 있나? 누구든 이긴 사람이 왕인 것을.

기골이 장대했다는 조상, 의협심도 강하고 책임감도 있었단다. 살 수 있었는데도 배반이라는 것을 용납하지 못한 우매함. 배반자는 항상 측근 사람인 것을 정말 몰랐단 말인가? 할아버지는 배반을 모른 사람이고 어머니는 죽음과 삶의 힘겨운 선택에서 삶을 움켜쥔 사람과 피를 나눈 형제. 그런 비겁함의 피가 연하에게 흐르고 있었다. 온에 대한 미움은 이런 태생에서 오는 자괴감일지도. 서 의원의 충고를 받아들이고자 했다. 자신의 피를 이어받았다면. 그리고 눈썰미가 있다면 그동안 눈으로는 익혔을 기술들이다. 만정을 일부러 끌어들이지는 않았지만, 가끔 기웃거리는 만정을 홀대하지도 않았다. 이런 날을 이미 예측한 행동이었는지.

만적을 사람들은 칭송했고 순정이란 사람을 사람들은 욕하는 것을 들었다. 만적은 양반이 아닌 모든 사람에겐 영웅이다. 떳떳하게 조상을 내세우고자 양반이라는 것을 탐낸 많은 사람들. 어느 술집에선가. 연하는 내 조상이 만적이라고 말했다가 혼난 적이 있다. 그들이 양반의 식솔이란 것을 알고 허허하고 웃었다. 그리고 한 번은 투전판에서 슬그머니 만적의 이야기를 꺼냈던 적이 있었다. 사람들은 눈이 휘둥그레지면서 만적을 칭송했지만, 순정이란 사람을 향해 온갖 욕을 퍼부었다. 연하는 어느 쪽도 동조할 수 없었다. 참 아이러니한 자신의 혈통이 우스웠다. 만정

이라는 이름은 연하가 고집한 것이다, 만적에서 만자를 순정에
서 정자를.

　비 지나간 다음 날 아침은 산등성이를 가르는 안개로부터 시작
한다. 그 안갯속에 숨어있는 가을은 화려함인가, 세월이 야속한
서러움인가. 저 구름은 어디를 향해 흘러가는가? 두둥실 떠다니
는 구름도 애환이 있다니 천부당만부당한 역설이다. 해와 구름의
인연, 물고기는 물과 다투지 않고 해도 구름과 다투지 않는다는
말이 생각난다. 옳은 이야기다. 서로 양보하는 것이 둘 다 살 길
인 것을 모를 리 없다. 자연은 이렇게 싸우는 대신 적당히 양보하
는데. 인간은 왜 맨날 싸움질인가? 승패를 가를 수 없는 질긴 싸
움이다. 도대체 이 전쟁은 누가 만든 악행인가?
　바다에 내려앉기를 원하는 구름은 짙은 회색으로 옷을 갈아입
었다. 하지만 어림없다는 바다의 거부는 무엇인가. 두둥실 부유
하는 구름은 바닷속에서 쉬고 싶다는데. 해가 자지러지게 웃는
다. 사람들이 오가면서 쉬고 또 쉰다는 바위에 걸터앉았다. 잠시
모든 시름 놓고 바다를 보니 푸른 물결 여전하고 맑음도 놀랍기
만 하다. 넘실거리는 파도는 특유의 비릿한 내음으로 사람들을
부른다. 잡힐 것 같은 물고기는 여전히 춤사위만 한창이다. 밤마
다는 파도소리만 요란하다. 바다를 보고 흘린 눈물에 골이 팬 바
위들의 무표정이 서글프다. 구제할 수 없는 중생들 헤아리기가

버겁단다. 철없는 물고기들은 먹이 찾아 출렁출렁한다. 달마상꼴인 흉측한 바위는 인간의 욕심이 만든 괴물 상이다. 오랜 세월 마모된 바위는 겉은 둥그렇지만, 속살은 여전히 단단하기가 과욕에 찌든 인간들 속이리다. 차라리 바닷속으로 들어가 용왕님과 말동무하고 지내기를 갈망하지만 놓아주지 않는 속세의 미련 때문에 수년을 흔들거리고 있는 바위의 애탐은 누가 만든 형벌인가. 소나무 벗 삼은 산길은 급하게 걷다 행여 넘어질까 염려하여 꾸불거린다. 빗물 머금은 야생 꽃이 온을 반겨주나 계곡은 덤덤히 맞이한다.

소금강이면 어떠하고 대금강이면 무엇하랴. 잠시 오솔길 걸으니 몇 년 전 사냥 다녀온 금강의 능선과 계곡이 생각난다. 신의 한 수인 양 수려한 계곡과 우람한 능선. 아름다운 산하다. 시름없던 시절의 한나절이었다. 비록 수평선은 아닐지라도 석양은 그렇게 하루를 마감하고자 한다. 주먹 바위 속에 무엇이 들어있나 궁금하다. 산이건 바다건 바위 이름이야 보는 사람 생각대로 붙여질 뿐, 아무 의미가 없다.

금강은 비를 흠씬 머금고 온을 맞이했다. 내게 구름을 가를 가위를 주십사 간절히 기도했지만 허사였다. 그렇다고 쉬지 않고 비가 뿌려대는 날씨도 아니다. 비가 오는 듯, 쉬는 듯. 멀리 금강의 절경들이 숨바꼭질하듯 보였다가 사라지기를 반복. 눈앞도 보이지 않게 안개가 자욱했다가도 잠시 해가 얼굴을 보이기도 한 얄

굿은 변덕스러운 날씨다. 금강은 언제나 비를 품고 사람들을 기다린다는 말이 사실인 듯하다. 보일 듯 말듯 감칠맛 나게 가끔 보여준 주변 경관에 놀라면서 하늘을 원망하며 걸었다. 바위는 저마다 특징을 갖고 자리매김을 하고, 물먹은 나무들의 싱싱함이 땀을 식혀주고. 젖은 땅에서 올라오는 상긋한 흙냄새는 무엇과 비교할 수 없는 귀한 것이고. 마지못한 응대이지만 주변의 아름다움에 그저 놀랐다. 무슨 객기였는지.

　같은 꽃이면서 언제나 다른 표정을 짓고 있는 하얀 꽃, 노랑꽃, 보라색 꽃들의 향연, 수천 그루의 나무 또한 저마다 개성 있게 은근히 매무새를 자랑하고, 때로는 은밀한 웃음을 선사해준 능선의 절경. 그치지 못하는 비에 그리움 방울 흘려보내는데 아쉬움을 어찌 말로 하랴. 멀리 보이는 능선은 작은 바위 조각들이 옹기종기 모여 만든 아기자기한 바위 언덕이다. 구름과 숨바꼭질하며 조금씩 얼굴 내미는 다른 능선들도 수려하기는 마찬가지다. 사방을 둘러봐도 절경이다. 는개와 안개와 구름은 여전히 온을 조롱하듯 들락날락했다. 내 힘으로 어떻게 할 수도 없는 고약한 날씨. 금강은 언제나 축축하게 젖은 상태로 사람들을 유혹한다고 한다. 높은 산이 주는 잔인한 초대란다. 웅장한 산세. 골마다 풍기는 아기자기한 우아함의 조화. 점점 높이 오를수록 나무들은 몸을 낮춘다. 빗줄기는 여전히 변덕을 부렸지만 멈추지 않았다. 간간이 안개가 절경을 선사해준다. 미끄러운 바위에 더듬더듬 올라서니 그때부터 장관이다. 벌거벗은 동물들이 서로 엉겨 붙은 형상을 한 바위. 모든 동물이 서로를 완전히 껴안고 있는 듯한 바위다. 그 웅장한 바위 앞에 잠깐 멈추었다. 숨이 막혀왔다. 어쩌면 부드러운 곡선은 하나같이 서로를 부둥켜안고 부동자세로 서 있는지. 신의 신비가 엿보이는 자연의 위대한 조각품이다. 비에 미끄럽틀이 된 길은 자꾸 걸음을 멈추게 했다. 오르락내리락 돌고 돌아가는 능선. 바위 하나하나, 나무 한 그루 모두 각양각색. 멀리 보이는 경치도 절경, 가깝게 만져지는 경치도 감탄. 비 머금고 녹음 진한 능선을 객기 아니면 꿈엔들 어찌 오를 생각이나 했으랴. 때론 뾰쪽한 모습이 날카로운 송곳을 연상시키기도 하고 어느 것은 평퍼짐한 것이 농익은 여인의 나신 같은 바위들이 곳곳에 산재해있다. 세상 모든 동물의 형상을 한 크고 작은 바위들은 험난하기 그지없다. 바위 속에 뿌리를 내리고 서 있는 나무의 끈질긴 삶을 보며 온은 자신의 운명을 비웃었다. 산속에서 길을 잃고 그 자리에서 응고되어 돌로 변한 온갖 짐승들의 향연이 금강능선이다. 어떤 바위는 상 위에 찰떡을 차곡차곡 포개서 올려놓은 모양, 거북이 모양도 있고 강아지 모양도 있고. 어차피 바위의 이름이야 처음 본 사람의 마음이다. 장엄한 능선을 보지 못하고 죽은 사람이 더 많을지도 모른다는 말이 사실 같다. 너무 예쁜 나무, 솜 같은 이끼 안고 천년을 서 있는 절벽의 바위가 시린 그리움이라. 테 두른 촛대바위가 어느 놈의 살송곳이 아닌가 생각 들었다. 속살 드러낸 금강소나무가 여인의 살결처럼 매끄러워 놀랐고, 한 그루의 나무가 외피는 마치 여러 개의 나무가 한데 붙어 있는 듯한 모습을 하기도 한다. 곳곳의 바위가 검버섯 핀 피부 같았다. 무엇 때문이었는지 온은 남자 하인 몇을 데리고 금강에 올랐다. 마의태자의 은둔. 그것은 비운의 태자가 험한 산을 휘저으면서 스스로 울분을 잠재우는 최고의 선택이었다. 아버지의 항복을 반대한 마의태자의 처절한 울분이 곳곳에 남아있었다.

잠시 옛 생각에 잠겼다 온은 산에서 내려왔다. 선택의 여지가 없다. 돌아눕는 만정이 가였다.

물레 앞에 앉았다. 필수과정인데 어렵다. 그릇이 올라오다가 무거운 듯 주저앉아 버린다. 어디서부터 잘못된 것인지? 어려서부터 익혀야만 가능한 작업인가? 연하의 노한 눈빛에 전신이 오그라들었다. 어찌하면 좋을지 도무지 생각이 나지 않는다. 앞을 보자니 아득하고 돌아보자니 어이없다.

아버지의 제안. 외면할 수도 수용할 수도 없다. 만정은 어머니를 만나기 위해 요를 내려왔다. 너무 어려운 문제를 안고 끙끙댔다. 바람 따라 그냥 살려니 마음이 아프고 거슬리려니 몸이 고달프다. 물은 바위를 비껴가는 지혜가 있는데 바람은 모든 것을 무시하고 직진이다. 고집쟁이 바람, 냉정한 바람. 세상은 언제나 이렇게 냉정하다. 바람처럼.

도연에게 연하의 뜻은 전하려는데 선뜻 말을 꺼낼 수가 없다. 차라리 내가 물러서자. 결국 만정은 그렇게 결론을 내렸다. 아쉽다. 온을 만나 오랫동안 시달린 한이 버려지기 시작했는데. 남장을 할 수밖에 없는 자신의 생김새. 연하의 괴팍한 고집도 만정에겐 견디기 힘든 일이다. 정확히 기억할 수는 없지만 언젠가부터 이상한 억지로 자신을 괴롭힌 아버지다. 일상생활에선 너무나 자애롭지만, 가끔 미친 사람처럼 날뛰는 아버지가 만정은 생소했다. 어머니를 향한 그리움도 잠시. 온을 향한 뜨거움도 잠시, 모든 것은 그렇게 잠시 만정을 스쳐 갔다. 만정은 사람들 눈을 피해 연하로부터 여러 가지 기술을 익히기 시작했다. 아버지의 간곡한 부탁이다. 옳은 말이다. 은밀한 기술을 온에게 전수하라는 아버지의 명령이다. 그래서 언제나 온이 일하는 곳에 나타났다. 사람들 앞에서는 건성으로 온은 몸으로 일을 배우지만 만정은 머리와 가슴으로 일을 배웠다. 틈만 나면 연하는 만정에게 열심히 말로 일을 가르쳤다. 그리고 남모르게 연하는 만정을 침실로 불러들여 실지로 일을 시켰다. 덕분에 온이 배워야 할 일의 양은 현저하게 줄어들었다.

# 17

　오랜만에 지산에 업혀 산에 올랐다. 굳이 마다했는데 지산의 고집을 꺾지 못했다.

　오색찬란한 가을 단풍 혼자로도 곱거늘. 하느님 눈물(비)로 그 동안 탐욕 씻어내고 가을은 천천히 아래쪽으로 이동 중이다. 맑은 모습, 산천이 구름 걷히면 따뜻한 해바람에 젖은 삭신 말리고 가을 색으로 치장하면 얼마나 이쁘려나. 주변 절경 따라 사람조차 알록달록 물들인 조물주의 전지전능하심에 혀를 내두르고 감탄하노라니 어디선가 가을 신이 사람들을 보고 웃고 있다. 한 겹 두 겹 차곡차곡 쌓여있는 낙엽 모아 원앙금침 만들어 임 오시면 덮으련다. 가을에 묻어온 고약한 그리움, 그리하면 없어지려나 시험해보련다. 수석전시장 제 일봉에 오르니 구름 아래 산봉우리들 제멋 뽐내느라 요염한 자태로 도연을 희롱한다. 평생을 가슴 살짝 대고 서 있는 두 개의 바위는 상사 바위라 이름 붙였고 크고 작은 두 바위에 만정, 단아라 이름을 붙여 내려오는 길에 만져주려는데 그 바위 간 곳 없어 도연는 웃기만 했다. 유난히 일찍 물든 저 은행나무 성급한 몸짓에 단풍이 웃고 있다. 보이는 것은 오색 절경. 제 일봉에 세상 슬픔 올려놓고 내려온 발걸음은 새털처럼 가볍다. 구름 속에서 서성이던 빨간 해도 가는 시간 잡지 못하고 서서히 떠나간다. 상큼한 바람을 맞고 오른 산. 산세가 칼을 세워놓은 것처럼 생겼다. 낙엽으로 뒤덮인 산은 가을을 이미 저 멀리 떠나보내고 여기저기 널려있는 낙엽 밑으로, 겨울잠 준비하는 온갖 생물들의 모습이 어른거려 발걸음 옮기기가 염려스럽다. 키 재기하는 잣나무는 여전히 짙은 녹색이건만 햇빛을 반사하는 은행, 단풍나무의 눈부신 나래가 춤추는 산. 잣나무 속에서 유난히 키가 큰 연하의 모습이 어른거린다. 유난히 빨간 저 단풍은 누굴 위한 정열이 아직도 남아 그 빛을 간직하고 있는지 묻고 싶다. 사방으로 가지를 치고 우람하게 서 있는 소나무들. 저렇게 마음대로 살 수 있는 세상이 우리에게 없으니 차라리 산속의 소나무로 환생하고 싶다. 냇가 벗은 미루나무 가운데 홀로 서 있는 은행나무. 네 아무리 노랑 잎 붙안고 있다 해도 가을이 머물쏘냐, 얼른 잎 떨구고 겨울 준비 서둘러라. 바보 나무야. 배 지나간 자리 흐르는 물이 지우듯이 지나간 세월 서둘러 지우고 새로운 날에 찾아올 행복을 기대하고자 하는데 어찌 이리 답답함뿐인지. 여기저기 가는 곳마다 밟히는 낙엽이 내년을 힘차게 약속하고 아쉬운 지난날 지우라고 성화니 난들 어쩌랴. 암. 지우고말고. 멀리 보이는 웅덩이가 일품이다. 눈 앞에 펼쳐지는 마을의 모습이 어린 시절 고향으로 날 데려다주니 어찌 고맙지 않을쏜가? 제 살 깎아 만든 길에 오가는 사람들로 산이 울고 있다. 비스듬히 누운 사다리 받치고 서 있는 천변의 저 나무는 여름의 싱싱함을 어디로 보냈던가. 그 모습이 어린 시절 떠나보낸 내 모습 같아 숙연해진다. 울려고 내가 왔나 다리가 엄살이지만 머리는 청정 공기에 잠겨 시시덕거리니, 에라 나는 어찌 못하겠으니 너희 둘이 박치기하라 버려두니 불평도 찬사도 잠잠해진다. 가을이 이렇게 그들 곁에 다가왔다.

　하루를 보내기가 이리 힘드니 남은 세월 어찌 살지 걱정이다. 그가 나를 혹시 찾아내면 내 말문을 열리라. 그렇게 15년을 훌쩍 넘기다 보니 이제 말하는 방법도 잊은 것 같다. 나는 결코 투기한 적도 없고 가마터에 간 적도 없거늘. 다만 생각난 것은 연하와 운우지정을 나누던 때의 일 뿐이다. 불꽃이 튀듯 열정적인 연하였다. 오직 그 기점에서 모든 것이 멈춘 상태다. 그녀는 모든 시름을 쥐어뜯으며 살았다. 그런데 작두로 잘라도 곧 자라는 도마뱀의 꼬리처럼 시름은 재생 능력이 좋으니 지랄이다. 오해는 당신의 특기고 억울함은 내 영역입니다. 연하의 그림자에 숨어 살고 싶었다. 그냥 그리 살고 싶었다. 그리고 괜찮을 줄 알았다. 송이의 고운 자태에도 투기하지 않았다. 연하의 오해를 칼로 도려낼 수만 있다면 당장 그리하고 싶다.

　자연에는 장사 없구나. 이렇게 오고 마는 세월. 이렇게 사라지는 세월. 속수무책으로 바라만 보는 사람들. 절 마당에서 본 잠자리의 한가한 모습이 눈에 선하다. 정말 어김없구나! 세월. 비라도 한 움큼 쏟아지면 후련해지려나? 구름 속에 시름 숨겨놓고 찾지 말아야지. 심심해. 심심해. 심심해서 죽겠구나. 파란 하늘의 저 구름은 어디를 향해 움직이는지? 까닭 없이 저렇게 하늘에 떠 있지는 않을 것인데. 흔들리는 해바라기 잎은 왜 저렇게 또 떨고 있는지? 뻗어가는 칡넝쿨에서 쉬고 있는 저 햇빛은 누구를 위한 빛 남인지? 만정을 보는 순간 숨이 막힐 것 같은 심장을 어찌 다스리랴. 그가 다가오고 있음이다. 가마 그릇들이 한결같이 뒤틀리고 깨진 사실이 확인되는 순간 그녀는 검은 구름 사이에서 히죽거리는 송이를 보았다. 사랑은 나눌 수 없지만, 송이랑은 나누려 했다. 그래야 할 것 같았다. 연하를 향한 송이의 눈빛을 보았다. 씨앗을 보면 부처도 돌아눕는다는 말. 그러나 송이의 고운 자태에 연하를 머물게 하고 싶었다. 여자인 자신이 봐도 모든 것이 너무 이쁜 송이다. 보퉁이 하나를 들고 어느 날 홀연히 나타난 송이. 노류장화의 애환이 저 보퉁이에 들어있다고 생각했다.


받아도 아픈 것이 줘도 아프고 못 받으면 애달프고 받아도 두렵고. 아프고 애달프고 두려운 고약한 정. 없으면 심심하고 있어도 외롭더라. 사람들에 대한 정이란 것이 이렇게 무섭다. 연하. 밤에는 전혀 찾아주지 않는 남자. 그런데도 이리 절절한 그리움 만들어 준 남자.

함부로 정 달라고 경솔한 고백이나

주저하지 않고 은근살짝 정 덩어리 내준다면

좋은 인연 만들어 즐겁게 살 것인데.

세월은 재촉하지 않아도 잘 가는데,

20년 전이라면 보채지 않을 텐데

그때는 설익은 情도 체중 일으키지 않을 거니까.

세월 따라 북망산천이 어느새 코앞이라

아쉬운 후회로 눈퉁이 밤 퉁이 되기 싫어

마른 정 물 축여 달라고 떼쓰고 울어나볼까?

바람이 나무 끝에서 노는 날이면 송이는 더 힘들다. 오늘도 그렇다. 연하는 그렇게 송이를 애달프게 한다. 마음이란 것은 주는 데 한 달 걸리면, 되돌아오는데 그 백배는 된다는 데. 걱정이다. 연하만 바라보기 15년이다. 잊을라치면 슬쩍 왔다가 잠깐 흔적 남기고 못 본 듯이 나가는 연하. 15년의 열 배면 150년인데. 가망 없는 세월이다. 이런 고약한 형벌을 내게 안겨주다니. 그렇다면 결국 내 마음 돌려받지 못하고 저승에서도 연하를 찾아 헤매겠구나. 짧은 기쁨 주고 긴 형벌 만들어 준 연하를 어떤 벌로 다스릴지 고민이다.


힘 조절을 잘못하면 물레에서 그릇이 찌그러진다. 생각보다 어렵다. 쉬운 것이 하나도 없다. 산 넘어 산이라더니 딱 그 꼴이다. 흙 속에 공기가 남지 않게 발로 반죽하는 일은 그냥 육체적인 노동이다. 밟기만 하면 된다. 그릇을 빚는 일도 육체적인 노동이지만 집중력이 필요하다. 몰입하지 않으면 그릇이 주저앉아 버린다. 조금이라도 방심하면 그릇이 찌그러진다.

손과 정신과 눈과 발이 완전 일체가 돼야 한다. 빚은 그릇이 마르면 표면에 그림을 그린 다음 조각도로 홈을 판다. 그런 다음 백토나 자토를 물에 개어서 무늬에 맞게 붓으로 칠하는데 불필요하게 칠해진 부분을 긁어내면 무늬가 나타나고 이것을 상감기법이라고 한다. 그릇을 굽기 전에 그늘에서 충분히 말린 다음 초벌구이를 한다. 그릇이 구워지면 가마에서 식을 때까지 4~5일 정도 그대로 둔다. 초벌구이한 그릇에 유약을 발라주는데 유약에 들어있는 철 성분에 따라 그릇의 색이 결정된다. 두벌구이는 초벌구이 때보다 온도를 더 높게 한다. 이때 공기가 들어가지 말아야 하고 5~6일 정도 가마에서 그릇이 식을 때까지 가마에 두었다가 꺼내서 잘못된 그릇, 모양이나 색이 안 좋은 그릇은 전부 깨버린다. 넉넉히 보름 이상이 걸리는 일이다. 이 기간은 모두 조심스러워한다.

밥장사는 그런대로 식구들은 건사했다. 의외로 도연이 적극적으로 도와주니 단아로선 더 바랄 것이 없다. 내게 이런 복도 있구나. 난장으로 주먹밥 배달하는 일도 단아는 재미있다. 무엇보다 다양한 많은 사람을 만나는 일이 즐겁다. 아주 소박한 행복이다. 놓치고 싶지 않은 안정과 평화다. 포기할 것은 얼른 포기할수록 좋다는 것을 체득한 단아다. 이상하게 더 갖고 싶은 것이 없다. 긍정은 포기다. 어머니만을 바라보고 살았던 날에 비하면 무엇을 더 바라리오. 그런데 어쩐지 불안하다. 너무 좋은 데 왜 가끔 불안한지.

터덜터덜 주먹밥 다 팔고 집으로 오는 길이다. 약간은 가파른 언덕에 자리를 잡은 주막. 그렇지만 이웃 마을이라도 갈라치면 이 고개를 넘어야 한다. 어떻게 이런 곳을 마련해준 지산이 고맙다. 단아는 그냥 지산을 의지했다. 그냥 차라리 아버지였으면 좋았을 것을 하고 혼자 웃었다.


만정 오라버니가? 단아는 어머니와 마주 앉아 웃고 있는 만정을 보았다. 그 사람은? 잠깐 온이 생각난다. 미련이어서가 아니라 궁금한 정도다. 다시 만날 이유가 없는 사람이다. 죽었다고 해도 상관없는 사람. 놀랄 정도로 싸늘해진 감정이다. 아닌 것을. 아니었던 것을. 어머니의 정성이 보이는 저녁상에 마주 앉으니 감회가 새롭다. 지산은 일부러 자리를 비켜주었는지 보이지 않는다. 만정은 간단히 그간의 일을 설명했다. 놀라 입을 다물지 못하는 단아다. 그러나 그동안 궁금한 것이 모두 풀렸다, 어머니의 가느다란 입놀림. 서운해하던 미소. 가족이라는 말이 우선은 고맙다. 아버지. 그런 게 있었어. 어떤 사람이야.

"나는 가지 않고 단아도 보내지 않겠다."

뜻밖의 말이다.

"그냥 이렇게 살자. 가끔 오가며."

단호한 도연에 만정은 차마 온의 이야기는 꺼내지 못했다. 자신이 물러서기로 작정한 만정이지만 쉽게 받아들일 수 없는 상황이다.

도연은 지산을 생각했다. 너무나 황송한 배려. 어찌 그 은혜를 몰라라 할 수 있는가? 며칠 전 넌지시 지산이 한 말이 생각났다. 지산이 조심스럽게 연하의 뜻을 전했을 때 도연은 이미 결정했다. 지산의 보살핌이 더 진하다는 것을 느낀 것이다. 자기가 필요하면 살인도 마다치 않는 연하의 이기심. 무서운 그 아성으로 다시 들어가고 싶지 않은 것이다. 어떤 음모를 갖고 손을 내미는지 알 수 없는 연하. 뜨겁게 좋았었다. 그렇지만 지산은 뜨겁지 않지만 편안하다. 뜨거움도 젊었을 때 일이다. 잠깐잠깐 생각은 나지만 전부는 아니었다. 말을 담고 사는 세월 동안 도연은 편안함을 알았다. 그리고 송이도 가엾다. 송이를 많이 좋아하는 단아에게 복잡한 관계를 구태여 알려줄 필요는 없다.

지금까지 오매불망 기다리던 소식인데 막상 접하니 이상하게 허망하다.


늙은 소나무는 솔방울을 잔뜩 달고 있다. 소나무는 죽기 전에 자손을 퍼뜨리기 위해 자신의 모든 영양소를 그런 식으로 분출한다고 한다. 종족 번식을 위한 몸부림은 동물이나 식물이나 처절하다. 사력을 다한 몸부림이다. 지산은 요즘 들어 아이 하나쯤 갖고 싶은 생각이 든다. 문득 나이를 생각해본다. 언제 쉰을 넘기고 이순이 가깝다. 나무를 하려다 올망졸망 달린 솔방울을 보노라니 그런 마음이 요동치는 것 같다. 못해도 백 년은 넘은 듯한 소나무. 뿌리 윗부분은 지나가는 사람들 발에 반들반들하다. 저렇게 밟히는 동안 얼마나 아프고 힘들었을까? 무심코 내딛는 발걸음에 저렇게 식물들은 시달리고 있었나 보다. 아직은 여름철인데 꼭대기에 빨갛게 변장한 나뭇잎 하나. 성질 급한 나뭇가지의 작품인가. 도연도 단아도 가까이 있지만, 누구도 취할 수 없는 못난 마음. 그동안 수음으로 달랜 욕망도 이제는 아득한데 무슨 망령된 생각이람. 그런데 갈수록 더 외로워지는 나날이다. 인생이 추울 때구나 생각이 든다. 어린 단아를 만지고 느꼈던 표현 할 수 없는 마음. 도연이 아니고 단아였음을 알았을 때 느낀 당황함. 그 뒤로 지산은 완전히 여자로부터 스스로 격리시켰다. 그러기를 벌써 스무 해 가까이 보냈다. 조물주의 형벌이라고 포기했는데 요즘 들어 이상하리만큼 부모가 되고 싶은 것이다. 나이 탓인가? 세월. 제발 나이만 동무해 갈 것이지. 절대로 단아를 보내지 않겠다는 도연의 마음을 모르겠다. 약간 더듬거리나 이제는 확실한 생각을 말로 전할 수 있는 도연이다. 더구나 단아와의 결합을 강요하는 눈빛이 더 당혹스럽다.

# 18

배 두 척에 자기를 실었다. 이곳의 도공이라야 한다는 전갈을 받은 연하. 이미 짐작했지만 온은 아직이다. 최고의 도공이라야 한다는 원나라. 그리고 중앙의 전갈, 연하라고 꼬집어 말은 하지 않지만 분명한 조정의 뜻이다. 연하가 보낸 자기의 의문의 빛깔이 원 황제를 현혹했단다. 빨간색의 조합은 실로 놀랍다. 혼자일 때는 그냥 예쁜 색이다. 그런데 누군가와 결합하면 아주 오묘한 빛을 낸다. 어찌 생각하면 가문의 영광이다. 연하의 자기가 원에서는 대단한 가격에 팔린다는 소문, 이 소문에 연하에게 원나라로 가라는 명령이 내려진 것이다.

왕자까지 원으로 보내는 판국에 일개 도공 하나야 어떤 이유든 거절은 언감생심이다. 단아를 보내줄 거로 생각했는데 보기 좋게 거절당했다. 뜻밖의 일이었다. 만정을 어느 정도 자신의 경지까지 올려놓았으나 표면으로 내보내지 않았다. 원나라로 간다면 돌아오지 못하더라도 영화는 누릴 것이지만.

먼 옛날 삼국시대 일본으로 건너간 백제의 도공들은 지금 일본에서 대단한 예우를 받고 산다지만 고국으로 돌아오지 못한 한에 노년을 한숨으로 채우다 눈을 감는다고 한다. 어느 분야에 일인자가 된다는 것이 결코 좋은 것만은 아니구나! 생각이 들었다.

만정을 불렀다. 이제는 더 물러설 자리가 없다. 처음부터 온을 보낼 생각이었는데 어미를 뺏은 것도 모자라 지아비까지 빼앗아버리면 너무 비정한 아버지라 할 것 같아 망설였다. 그렇지만 다른 방법이 없다. 내게도 어쩔 수 없는 더러운 피가 들어있구나. 자신을 위한 일이라면 물불 가리지 않는 실수의 피. 인지상정이라고 합리화시켜본다. 연하는 만정을 외면하고 입을 열었다

"그놈을 원나라로 보내야겠다."

"어찌 그런 생각을?"

"그럼 내가 가랴?"

"온 보다는."

"너는 이곳을 지켜라. 아비의 소원이고 명령이다."

"모든 것을 항상 이런 식으로 하셨습니까? 아버지를 위해 다른 사람을 가차 없이 희생양으로 삼으시는 행동이요. 그래서 어머니도 그리하셨고요."

"그놈에게는 비밀로 해라. 어차피 그놈은 고려에서는 죽은 놈이다. 그리고 원나라로 가는 것도 애국이다. 우리가 같이 사는 길이기도 하고. 네가 여자이면서 아버지 일을 이어받아야 하는 것도 운명이다. 어차피 천민은 천민의 삶을 살아야 한단다. 한 달 후에 배가 떠난다. 그리고 인연이 아닌 것은 미리 잘라버려야 하고, 세상 어느 곳에나 인연을 항상 줄지어 기다린단다. 단아 일은 가슴 아프지만, 굳이 보내지 않겠다는 네 어머니의 심정도 헤아리자. 비록 나이 차가 있지만 돌봐주는 사람도 있으니 그곳 걱정은 하지 말고 우리는 우리의 삶을 살자."

"어머니와의 일은?"

"순리를 따랐을 뿐이다."

연하에 대한 분노가 가여움으로 변했다. 평생을 이런 식으로 살아온 것. 새삼 누구에 의해 변화는커녕 오히려 고집만 더 세질 뿐이다.


손에 흙이 묻지 않기 위해서 적당히 손에 물을 묻혀야 하는데 온은 그것조차 힘들다. 몇 번이나 연하에게 지청구를 들었지만, 적당이라는 것이 어느 만큼인지 여전히 감을 못 잡겠다. 말없이 자신을 지켜보는 연하도 만정도 의아롭다. 그들의 침묵이 으스스한 것은 무슨 암시인가? 그릇을 골라내는 작업이 한창이다. 강진요를 다녀온 뒤로 무거운 침묵 일관이다. 오늘따라 제대로 그릇 하나 만들지 못했다. 어떤 모양은 고사하고 펀펀한 사발 하나 만들어지지 않는다. 손재주도 타고난 것인지? 그러고 보니 지금까지 이렇다 할 재주를 보지 못했다. 어쩌면 재주 없어도 먹고사는 데 불편을 느끼지 않았다는 것이 더 적당하다. 대대로 물려 받은 전답과 노비. 왕 씨라는 성 하나로 누렸던 많은 호사. 그때가 행복한 때였다는 아쉬움이 날마다.


오산사鼇山寺 환이 얼마나 자랐을까? 아직은 살아있다니 다행이다. 보고 싶다. 요즘 들어 사무친 그리움이다. 뒤숭숭한 분위

227

기가 한기를 느끼게 하니 가족에 대한 그리움은 상대적으로 배가 된다. 막상 만나도 할 말이 없는 사람들. 적나라하게 상봉을 즐길 수도 없는 상황이다. 먼발치로 잠시 본다고 무슨 죄가 성립될 리 없다. 그러나 그리움은 더 가중될 것이다. 살아있으면서 서로 만날 수 없는 사람들의 가슴앓이. 인연은 운명이고 관계는 노력이라는데. 마음대로 움직일 수 없는 신세가 한스럽다. 혹 다시 오산사에 갈 일이 생기면 집안 식구들을 데려오겠다던 장구 고수를 믿어볼까 한다. 회자정리라지 않는가? 만나면 헤어지지만 언젠가는 다시 만난다는 말. 인간사가 태어난 것은 행복이지만 평생을 앓아야 할 육체적인 생로병사生老病死에 정신적인 네 가지 고통 애별이고愛別離苦(사랑하는 사람과 헤어져야 하는 괴로움), 원증회고怨憎會苦(미워하는 사람과 만나야 하고), 구부득고(구하고 원하지만 얻어지지 않아 생기는 괴로움), 오음(색色. 수受. 상想, 행行, 식識)성고에 오욕(식食욕, 물物욕, 수면욕, 명예욕. 성性욕) 칠정(기쁨, 성냄, 슬픔, 즐거움, 비탄, 두려움, 놀라움). 쉬운 것은 하나도 없다. 그런데도 바득바득 살고자 하는 많은 사람이다. 고통도 살아있는 자의 특권이란다. 이리도 힘들기만 하건만. 나는 얼마나 견디고 있는가?

사랑하는 가족과 헤어졌다. 미워하는 사람은 아직 만나지 못했다. 특별히 누구를 미워한 적이 없다는 말이 적당하다. 구하고 원했지만 이루지 못했다. 언제나 칠정은 날마다 반복되었다. 때로

우물의 난간

는 많이 기쁜 날도 있고 그렇지 않은 날도 있었다. 생명을 주셨으면 기쁨만 주시지. 하기야 그랬으면 불교가 생기지도 않았을 것이다. 누구를 위해 만들어진 종교인가? 차라리 몰랐으면 더 좋았을 진리교 종교다. 조상님은 어쩌자고 하필 불교를 숭앙했는가? 무지가 때로는 더 행복할 수 있거늘, 파헤칠수록 괴로움만 알게 된 불경. 하라는 것보다 하지 말라는 항목이 더 많은 불경. 움직이는 사람을 가만히 쉬라고 강요하는 법전, 어리석은 백성은 나라님이 하라면 무조건 따라 한다.

만정의 침묵도 괴롭다. 평소에도 조잘대지 않는 만정이지만 최근에는 거의 입을 열지 않는다. 사람들은 침묵은 금이라고 말하지만, 가족 간의 침묵은 불안이다. 무언가 서로 숨겨야 할 비밀이 있다는 것이다. 한 이불을 덮고 자면서 서로에게 비밀이 있다는 것은 가족이 아니다.


어찌 차마 자식에게 생이별을 강요해야 하나. 그것도 두 자식에게. 하지만 연하는 선택의 여지가 없다. 언제 배를 띄울 거냐는 독촉도 몇 번째다. 연하는 머리가 질끈질끈 아프다. 여전히 입을 다물고 허락하지 않는 만정도 버겁다. 도연과의 일을 요구하는 만정의 집요한 눈빛. 대를 위해 소를 희생하자는 설득이 전혀 먹히지 않는다. 자신도 어느 것이 대이고 소인지 가늠하지 못하겠다. 차라리 미련 없이 모두를 버리고 떠날까도 생각이 들지만 죽어도 내 나라에서 죽고 싶다는 힘겨운 고집. 이제 모든 것을 내려놓고 차라리 속죄하며 살고 싶은 생각은 잠시 연하를 괴롭혔다. 그러나 살아온 시절을 부정해야 하는 참회는 용납하기 힘들다. 자신의 생을 송두리째 부정해야 하는 후회는 더 어려운 일이다. 열심히 살았다. 인생이란 것이 이런 것이다. 이상한 나무. 초록뿐인 이파리의 위쪽이 완전 노리다. 꽃이려니 했다. 그냥 그렇게 생각하고 자세히 보니 잎이다. 착각하다 보면 그것이 진실로 둔갑한다. 그러다 보면 진실이 거짓 앞에 사실이 무너지는 것이 삶이다.

속수무책처럼 고약한 형벌은 없다. 자신의 생도 이렇게 애매하다. 정도까지는 아니지만, 누구보다 열심이었다. 살인은 자신을 지키기 위한 필연이었다. 자신도 모르게 발견한 비색을 원나라에서 탐하는 것은 당연한 일이다. 많은 도공이 끊임없이 자신만의 비색을 찾기 위해 고군분투했다. 그렇지만 그 색은 본인만의 것으로 누구에게도 전수되지 못했다. 도자기 하나하나에 사력을 다했으나 도공의 기록은 어디에도 남아있지 못했다. 천민으로 자기 이름을 자신의 작품에 새기면 곧장 양반들이 도공을 잡아다 매질을 서슴지 않았기 때문이다. 양반들은 도공을 천민 취급해 철저히 무시했다. 또한 도공은 자신이 원한 색깔이 나오지 않으면 스스로 몸을 던지는 일도 비일비재했다. 비록 사회적 자위는 낮게 평가되었으나 도자기에 쏟는 그들의 정성은 가히 하늘도 놀라게 했다. 그들은 자신이 제작한 도자기가 제작 중 온도 조절, 조각, 형태, 균형 중 조금의 실수라도 해서 원하는 모습이 나오지 않으면, 수효에 연연하지 않고 모든 도자기를 부숴버리는 광기가 있는 사람들이다. 소문은 언제나 날개가 있고 꼬리도 길어, 이런 이야기들이 공공연하게 나돌아다녔고 연하도 수없는 소문에 전전긍긍하는 광기 많은 도공이었다. 원나라에서도 전하기를 세상에 흉내를 낼 수 없는 것이 열 개가 있는데 그중 하나가 고려자기의 신비스러운 비색이라고 말했다. 이웃 나라에서 침범하면 제일 처음 욕심낸 것이 도공이었다. 이웃 나라로 팔려 간 도자기는 부르는 것이 값이었고 귀족들은 억만금을 주고 고려의 찻잔 같은 것을 사들였다. 찻잔 하나에 자신이 소유한 성城과도 바꾸는 것이 일본이었다. 663년에 일어난 백강 전투가 나·당 연합군의 승리로 끝나자 많은 백제 유민들이 귀국하는 왜군을 따라 일본으로 건너갔다. 왜국의 참패는 중국의 번성을 예고했고 백제의 부흥 운동의 실패는 신라 삼국통일의 기초가 되었다. 땅이 비옥했고 농토가 넓다는 장점을 갖고 있었지만, 왕조의 타락을 이기지 못한 백제가 나제동맹군에 대패한 것이다. 많은 백제인은 그렇게 일본으로 망명길에 올랐고 그중에 섞인 도공들은 왜국에서 제대로 기량을 펼치지 못하고 망국의 한에만 사로잡혔다. 오래전부터 나라에 죄를 지은 사람들이 배를 타고 도망갔다. 죄인들과 유민들은 서로에게 냉정한 이웃이 되었다. 알 수 없는 적대감이다. 백제의 도공들이 만든 자기가 일본 귀족들에게 호가로 거래되자 도공들은 기술을 독식했다. 그들은 그래서 유민들을 거부한 것이다. 흔하면 천해진다는 진리를 유민들이 체득한 것이다. 도망자와 망명자는 근본부터 다르다. 도망자는 나라에 죄를 지어 버림받은 사람들이고 망명자는 스스로 조국을 버린 사람들이다. 도망자들은 자신들의 치부가 망명자들에 의해 탄로가 날까 전전긍긍했다. 그러다 보니 자연적으로 그들은 같은 백제 난민이면서도 서로를 경계한 것이다. 기술적인 면은 도망자 쪽이 더 우세했다. 그러나 그들은 왜인들에게 결코 대접받지 못했다.

시나브로 서로를 미워한 사람들은 결국 합이 되지 못하고 서로를 죽이는 일을 열심히 할 뿐, 제대로 그릇도 구워내지 못하고 생을 마감한 사람들이 많았다. 그 이유는 고려자기가 왜국뿐 아니라 중국에서도 인기 있는 상품이기 때문이다. 강대국은 언제나 약소국에서 가장 귀한 것을 요구한다. 납치한 도공들은 주색잡기만 열심이고 틈만 나면 고국을 향해 줄행랑이다. 온갖 감언이설로 융숭한 대접을 해도 나 몰라라 하고 무조건 남으로 가다 잡히거나 굶어 죽었다. 애초 중국에서 들어왔지만, 고려인들의 창의성이 모국인 중국을 능가했다. 가면 돌아오기 힘든 곳. 어쩌자고 내가 빚은 자기가 원 황제의 눈에 들었담. 한편은 자랑스럽지만, 결코 좋은 일이 아닌 찬사에 연하는 힘들다. 아직 만정에게 피 이야기는 하지 못했고 송이도 마찬가지다. 다만 혼자만 알고 있는 비법이다. 그래서 더 원나라로 가기 싫은 연하다.


# 19

좀 뜨거워지고 싶은데 그리하지 못했다. 만정은 단아의 외침이 생각났다. 아이 하나 만들어 주세요. 만정의 지금 마음이다. 열흘 후에 배를 띄운다. 연하의 말에 만정은 쓰러질 뻔했다. 혹시나 했다. 자신의 무언이 항변임을 모를 리 없는데. 어떤 말머리도 비치지 않았지만 온은 유난히 뜨거웠다. 강렬했다. 만정은 뜨거워지지 못했다. 눈물이 볼에 미끄러졌다. 단아야. 가여운 단아. 그렇지만 너보다 내가 더 먼저 좋아한 남자. 간절히 원한 사람이지만 언제나 가슴 한편이 짠하고 아픈 사람. 덩치만 크지 실지로 아무것도 하지 못하는 사람. 기대고 의지하기보다는 도와줘야 할 사람. 그런데 도와줄 수 없는 기막힌 현실. 아버지와 나라를 위해 희생해야 할 사람. 어쩌면 진도에서 원의 포로가 돼야 했을 사람. 우연히 들은 이야기. 오산사. 한 번쯤 온이 들먹일 줄 알았다. 멍하니 먼 곳을 보고 한숨만 쉬던 모습. 진도에서 만난 고수를 기다리는가 보다 생각했다. 반년이 지났지만, 누구도 찾아오는 사람이 없었다. 만정은 사람을 보내 온의 집안 식구를 부를까도 생각했으나 모른 체했다. 그리움 덩어리 하나를 구태여 만들어 줄 필요를 느끼지 않은 것이다. 어차피 사람은 평생 그리움 하나는 가지고 산다고 한다. 단아에 대한 온의 마음은 아무것도 아니라는 것을 알았다. 그래서 단아가 더 가엽기도 했지만, 상대의 마음조차 어찌할 수 없다. 온은 구름이었다. 언제든 형체도 없이 사라질 구름 같은 것이었다. 그렇다고 정신없이 다가설 수도 없는 온이다. 눈앞에 있지만 전부 내 것이라는 포근한 만족을 준 적이 한번도 없었다. 그렇지만 좋은 것을 어찌하랴. 내일 오후에 배가 뜬다. 추상같은 명령이다. 제게 아이를. 만정은 간절히 원했다. 아버지를 용서하자. 온의 입이 만정의 눈물을 훔쳤다. 침보다 뜨거운 눈물이다. 만정은 침인 줄 알았는데 온도 눈물을 흘리고 있었다.

"나를 닮은 아이를."

온이 귀에 대고 속삭였다. 미안합니다. 정말 미안합니다. 가끔은 뜨겁던 만정이 데워지지 않은 것을 느낀 온이다. 그는 이별을 느꼈다. 부녀의 은밀한 눈빛에서 그들의 음모를 읽었다. 차마 아는 체 할 수 없다. 이런 거구나. 진도를 떠나 산 오 년이라는 세월은 내게 덤이었구나. 오산사 식구들은 잘 있겠지. 어차피 내가 버린 식구. 나나 그들이나 마음대로 대명천지를 활보할 형편은 아니지. 그냥 잊고 잘 살기를. 어차피 돌아갈 수 없는 가족들이다. 차라리 죽었다고 생각하고 잘 살기를 바라는 마음이다. 그렇지만 날마다 기다렸다. 인편에 소식이라도 듣기를 간절히 바랐다. 데워지지 않는 만정에게 정액을 쏟았다.


온을 위해 마련한 비단옷을 내놓았다. 말없이 옷을 갈아입으면서 온은 만정을 빤히 바라보았다. 그리고 만정의 두 손을 꽉 잡았다. 무거운 침묵이 두렵다.

"부탁이 있소."

처음으로 만정에게 정중하다.

"예를 갖추어 그대를 맞이하진 않았지만, 그대는 엄연한 내 아낙이오. 나 떠난 후라도 혹시 누가 나를 찾아오면 불쌍한 식솔을 거두어줬으면 하오. 나이 지긋한 남자일 수도 있고 아니면 모자母子일지도 모르겠소. 누가 되었든 나를 찾아온 사람이면 후하게 대접해주면 고맙겠소. 내 손님은 곧 그대의 손님이오. 만약 이 년 안에 아무도 오지 않거들랑 오산사를 찾아가 주면 고맙겠소. 개경에 버리고 온 내 식솔이오. 그리고 단아에게는 미안하다는 말도 전해주구려. 만약 단아가 아이를 생산했다면 그대가 돌봐주구려. 그대에게만 할 수 있는 부탁이니 명심해 주구려."

'그냥 우리 도망가요. 어디든 따라나설 것입니다.'

마음은 그렇지만 만정은 차마 말을 뱉어내지 못했다. 그리고 마지막 큰절을 올렸다.

'옥체를 보존하세요. 그러다보면 언젠가는 오늘을 이야기하고 웃는 날이 올 수도 있겠지요. 죽지 않으면 인연은 언젠가는 만난

다더이다'

눈물을 보여서는 안 되는 상황이지만 가슴속에서 치미는 뜨거운 분노로 만정은 얼굴이 붉어졌다. 눈물을 삼키려니 상대적으로 더 붉어지는 얼굴색이다.

의연한 모습으로 요를 내려가는 온의 뒷모습을 보며 만정은 역시 왕족은 다르다고 생각했다. 아버지는 어젯밤에 서 의원에게 가서 아직 돌아오지 않는다. 사람이라면 당신인들 마음 편할 리 없지 유난히 바람이 많이 불었다. 배가 출항할 수 있을지 걱정이다. 더는 미룰 수 없는 조정의 명령, 원의 심한 독촉. 그릇을 가득 실은 배는 일반 선박과 다르다. 서해안은 구불구불 해안선이 복잡하다.

고려는 삼국, 가야국이 개척한 해상교통을 이용해 여러 나라와 교역을 시행했다. 삼국을 통일했으나 압록강 두만강을 여진족에게 빼앗겨 궁여지책으로 해상교통에 모든 것을 의존해야 했다. 백제, 신라가 개척한 중국해로를 통해 중국과의 교류를 활발히 하여 해상교통을 발전시켰다. 맹점은 바다가 노하면 언제든 배를 띄우지 못한다는 것이다. 예고 없는 노함에는 속수무책이라는 것이다.

그랬어. 만정은 배가 떠난 다음 날 단아를 찾아갔다가 도연에게 상황을 들었다. 연하에 대한 마지막 연민이 사라졌다. 끝까지 자기 생각만을 고집한 사람. 예인이기 앞서 지아비이고 부모였거늘. 살다 보면 갖고 싶은 것을 전부 갖은 사람은 없는데. 선택의 갈림길에 서서 아무것도 손해 보지 않으려 하면 결국 모두 잃고 마는 것인데. 끝내 합가를 거부한 어머니의 마음이 전해졌다. 눈물 글썽이는 단아의 애처로운 모습도 만정은 힘들다. 첫정의 최후를 이런 식으로 알고 싶지 않았다. 여전히 주위만 맴도는 지산에 대한 원망도 단아의 슬픔을 거들었다. 계속되는 궂은 날씨에 불길한 마음을 애써서 달래고자 하지만 좀체 두려움은 사람들을 떠나지 않는다. 만정은 단아를 도닥거렸다. 연하에 대한 도연의 숨은 그리움은 증오로 둔갑했다.

어머니와 동생을 부탁드린다고 예를 갖추어 지산을 대했다. 차마 송이 이야기까지는 하지 말라는 어머니의 마음을 존중했다. 송이도 가여운 여자라는 어머니의 너그러움은 그동안 언어장애인으로 살아온 자신에 대한 한이리라. 절대로 단아를 보내지 않겠다는 도연의 마음을 받아들였다. 어디서든 살기는 마찬가지라는 도연의 뜻이었다.

만정의 일상은 잔잔한 평화 속에 시작되었다. 온이 떠나면서 남겨준 숙제가 만정이 살아가는 힘이 되었다. 아무 일도 없는 것처럼 행동하는 연하에 대한 분노도 기다림으로 다스렸다. 자기를 실은 배가 떠났다는 소식도 들었다. 새벽이면 닭이 우는 소리까지 들린다니 멀지 않는 뱃길이다.

　회자정리 거자필반. 서 의원의 위로에 만정은 눈물을 거두었다. 당신 하고 싶은 대로 했으면서 뭐가 그리 괴롭냐고 따지고 싶지만 그리하지 못했다. 연하에게 자기들은 자식보다 중한 것이라는 사실을 만정은 이해하지 못했다. 어떤 날은 송이도 못 알아볼 정도가 되어 돌아온 연하를 감당할 수 없어 서 의원을 찾아간 만정이다.

　"축하한다. 그래도 그놈이 네게 새끼를 주고 갔구나."

　서 의원이 지어준 약봉지를 들고 만정은 요로 돌아왔다. 혹시 그동안 누가 찾아오지 않았나 하고 송이에게 물었다. 기다림이 무색할 지경이다. 온이 떠난 지 달포가 지났다. 원나라에서 무슨 소식이라도 올 법한데 아무런 소식이 없다. 무소식이 희소식이라지만 불안하긴 연하도 마찬가지다. 요즘 들어 부쩍 왜구가 자주 서해안까지 침략한다는 흉흉한 소문을 서 의원에게 들었다. 예전에도 번번이 중국으로 가는 화물선이 왜구의 침입으로 수장되기도 했다. 도자기의 수송은 국가 간의 약속으로 비밀리에 추진된 상항이지만. 언제나 호시탐탐 고려를 노리고 중국을 노린 왜구들이다. 아무리 중국이 큰 나라지만 바다가 아니면 어느 곳도 갈 수 없는 왜구의 치열한 바다 사냥을 이길 수가 없다. 그날따라 비바람이 요란하게 몰아치고 있다. 밉지만 아버지다. 만정은 땅거미 지는 산 아래를 내려다보고 있었다. 기다림이다. 서 의원

에게 다녀오마고 아침 일찍 요를 내려간 아버지. 빗길에 취중 행
보는 누가 봐도 위험하다. 기어이 자신을 위해 약을 지어 오신단
다. 서 의원에게 자신의 잉태 소식을 듣고 기뻐하시던 아버지였
다. 노쇠라는 것은 신기하다. 새로운 생명은 무조건 반긴다. 아
직은 아니라고 만류하는 만정을 뿌리치고 기어이 산에서 내려가
셨다. 아이를 위해 아버지에 대한 마음을 버리고자 하는데 좀처
럼 만정은 자신의 감정을 다스리기가 버겁다. 원망도 증오도 사
랑이라는 어머니 말이 생각났다. 맞는 말이다. 결국 만정은 아버
지를 마중하고자 산에서 내려갔다. 그녀는 아는 길이라 수월하게
서 의원 마당에 도착했다. 비 때문인지 찾아오는 환자는 없는 듯
하다. 만정은 천천히 섬돌에 올랐다. 도란도란 서 의원의 방에서
말소리가 들린다. 격한 연하의 목소리에 비해 서 의원은 아주 작
은 소리로 말한다.

"이 보시게나, 운명은 자고로 재천이라네. 그놈은 진도에서 이
미 죽은 몸일세. 왜구의 침략은 언제든 우리가 감당해야 할 악재
인 것을. 더구나 훌륭한 고려의 장인과 값비싼 도자기가 중국으
로 간다니 왜구는 진즉부터 그 냄새를 맡은 거야. 더구나 우리 배
는 무장한 병졸은 하나도 없었어. 원나라와 왜구가 바다에서 붙
었다면 십중팔구는 왜놈이 이겨. 관리 소홀은 우리 실책이란 말
일세. 다행한 것은 이번 참사에 원도 책임을 느끼고 당분간 도자
기 공출은 없을 것이라는 후문이네. 물론 자네는 아깝겠지. 더구

나 만정에게 면목 없으리다. 또 하나 다행인 것은 자네의 물건이 왜놈들에게 넘어가지 않은 것이야. 왜놈들은 허가받지 않는 해적이라네. 중국 본토에서 원군이 오자 왜놈들은 급히 도망가 버렸으나 우리 배는 그대로 바다에 침몰하고 말았다네. 물론 배에 탄 모든 사람도 함께. 만정엔 당분간 비밀로 하시게. 만정의 참을성이 어떤 일을 벌일지 난들 알겠나? 아이로 인해 가까스로 참는 만정이 보기 안타까워. 자네는 많은 사람을 괴롭히고 아프게 하는 재주가 아주 많아. 이제야 하는 얘기네만 도연을 빼앗기고 자네를 저주했어. 그 저주가 이렇게 현실에 나타나지 않았나 생각되네. 망가져 가는 자네 모습을 보며 자신을 위로하고 살았다네. 세상 모든 것을 가지려는 욕심은 불행의 전초전이라네. 자네는 너무 많은 것을 욕심냈어. 도연이 자네에게 돌아오지 않는 이유를 나는 알아. 자네의 이기심이 무서웠던 것이라네. 자신을 위해 어떤 희생도 마다하지 않는 이기심. 여자들은 편안함을 좋아한다네. 그런데 자네는 어찌했나? 여자들의 진심 따윈 안중에도 없고 여자를 탐하기만 하지 않았나. 시들어가는 송이를 보시게나.”

“그만둬. 이 개자식아.”

“충고에 관대해야 하는 것도 노년의 지혜라네. 하지만 자네는 항상 그랬지. 충고 따위. 그리고 불평은 넘치는 관심인데 언제나 무시!”

버럭 소리 지르는 연하, 만정은 부들부들 떨었다. 죽었어? 물고기 밥이 되었어? 살아만 있으면 언젠가는 만날지 모른다는 가녀린 희망이 한 줄기 빛이었는데.

서 의원은 연하의 마지막 잔에 하얗고 끈끈한 액체를 부었다. 입춘을 보낸 추위지만 빗속에 잠든다는 것은 곧 죽음이다. 결국은 이렇게 되는구나.

어떻게 요까지 왔는지 모르겠다. 만정은 비로 인해 가마에 불을 붙이지 않는 것이 생각났다. 초벌구이를 마치고 비만 멈추면 재벌구이로 들어갈 수십 개의 자기들. 연하의 것도 있고 처음으로 자신이 만든 것도 있다. 송이의 피가 스며든 비색의 자기도 몇 점. 놀란 송이가 만류했으나 만정은 멈추지 않고 가마에서 자기를 꺼내 하나하나 바위를 향해 던졌다. 흔한 일인지라 누구도 놀라지 않았다. 사람들은 자기가 잘못된 것이라고 생각한 것이다. 그날 밤 끝내 연하는 요로 돌아오지 않았다.

사흘 후 비가 멈췄다. 만정은 산기슭에 넘어져 숨을 거둔 연하의 시체를 보았다. 항상 다니던 주변은 어수선한데 연하는 잠자듯 반듯이 누워있다. 주변에는 물에 젖은 약봉지가 가지런히 놓여있었다.

만정은 후하게 장례를 치렀다. 단아, 도연이에게 알리지 않았다. 송이의 울음이 만정의 애간장을 녹였으나 만정은 울지 않았다. 인편을 통해 서 의원에게 연하의 부고를 알렸으나 장례식에 서 의원은 나타나지 않았다. 만정은 요를 없애기로 마음먹었다.

어머니에게로 가야지 생각했다. 사람들은 연하가 없어지자 하나, 둘 스스로 요를 떠났다. 만정은 연하의 사십구재 때 요를 불 질렀다. 여기저기 널브러진 파편들이 연기에 그을려 시커멓다. 흉한 모습이다. 어머니를 찾아가기로 한 날, 서 의원을 찾아 나섰다. 서 의원 앞에서 실컷 울고 싶었다. 그랬는데 이상한 일이다. 서 의원이 달포 전에 마을을 떠나버린 것을 알았다. 달포 전이라면 얼핏 연하가 죽은 시기와 같다. 고개를 갸웃거렸다. 평생을 같이한 지인이 없어지니 홀로 살아갈 자신이 없어진 모양이다고 만정은 생각했다. 아버지처럼 모실 것인데.

## 20

서 의원은 아직 떼가 자라지 않는 연하의 무덤을 바라보았다. 지독한 악연을 결국 자신의 손으로 끝낸 허탈감. 서 의원은 연하의 마지막 잔에 하얗고 끈끈한 액체를 부었다. 오랜 기간 모아둔 액체다. 환자를 치료할 때 쓰는 액이다. 오래 깊이 잠들게 하는 액체다. 요로 돌아가는 길에 잠을 부를 것이다. 빗속에서 잠들면 체온이 떨어져 곧 죽음이다. 연하에 대한 마지막 사랑이고 증오였다.

폐허로 변한 요의 모습이 처참하다. 자식이 부모를 죽이는 것을 볼 수 없다는 것은 허울 좋은 핑계다. 연하와 무엇인가 더 경쟁하는 삶을 계속하고 싶지 않은 것이다. 오랜 애중 시대의 끝이다. 멀쩡한 연하에게 죽을병이라고 처방해서 연하 스스로 무너지기를 바랬는데 실패했다. 주변이 연하의 죽음을 용납하지 않았기 때문이다. 오히려 연하가 모두에게 더 많은 보살핌을 받게 되자 서 의원은 화만 더 났다. 그래 호시탐탐 기회를 노린 서 의원이다. 적은 언제나 가장 가까운 곳에 있었다.

서 의원은 괴나리봇짐을 더듬었다. 그리고 작은 항아리를 꺼냈다. 뚜껑을 열고 안을 들여다보았다. 새빨간 핏속에서 거머리 몇 마리가 움직이고 있다. 환자의 환부를 도려낼 때 절대 필요한 것이다. 더러는 환자에게 독한 술을 먹이거나 상처 부위에 완전히 발효된 술을 흥건히 부어놓고 수술하기도 했지만, 그것도 귀찮아 생각해낸 방법이다. 그는 환부 주변의 깨끗한 피를 조금씩 몰래 빼내 이렇게 거머리의 생존을 돕고 있었다. 그리고 연하가 필요하다면 감질나게 도와주었다. 희번덕거리며 광기를 보이는 연하를 보면서 스스로 만족감에 잠겼다. 어디에 쓰이는지는 묻지 않았다. 필요한 사람에게 여유있게 도와주면서 그 때마다 우월감을 느꼈다.

하늘 향해 뻗은 손에 봄이 잡히니 논두렁 밭두렁에서 작은 싹들이 얼굴을 내민다. 봄 안갠가, 물안갠가, 지독한 습기가 그들을 품고 희롱하려 하니 먼 산 아지랑이가 질투의 신으로 둔갑해 양지쪽에 눌러 쉬는 햇살에 이르기를 저기 달아나는 겨울 잡아 꿇어 앉히란다. 헐레벌떡 놀란 해가 일어서 다 넘어지니 꽁지 빼고 달아나던 겨울이 히죽거리며 하는 말이 걸작이다. 바위틈에 숨어있는 꽃샘추위와 오뉴월 장독 깰 여인의 한도 내 그림자라, 화나면 언제든 뒤돌아 올 테니 다시 안 볼 듯 내치지 말라 엄포다. 놀란 봄이 연분홍 치마끈 풀어놓고 임 맞을 준비 하려다 혼비백산 하여 같이 동여맨 것이 하필 겨울 허리다. 질펀한 모래톱에 겨울, 봄이 엉겨 붙어 지랄 떤다. 홍살바가 봄인가, 청살바가 봄인가? 이기고 지는 것은 진인사대천명이라. 지랄 같은 기 싸움에 멍든 것은 어린 새싹들이다

서 의원은 삼거리 언덕 주막에서 송이와 술잔을 주고받으며 웃었다. 얇게 언 얼음 위에 눈이 머물고 살얼음이 냇가 가장자리로 밀려나는데 흘러가고 싶지 않은 세월이 얼음 되어 곁에 머물고 있다. 얼음장 밑 시냇물은 세월처럼 쉬지 않고 흘러간다. 저 얼음에 세월을 같이 얼려 묶어두리라. 그렇게라도 잡아두고 싶은 세월이다. 그늘의 잎사귀에 숨어있는 눈가루가 얼음 위에서 녹을 줄 모르는 눈(설雪)에 눈웃음치며 동무하자 충동질이다. 안개 뿜어대던 냇물이 뒤늦게 나온 강렬한 햇빛에 은빛 물결로 출렁이고 찢긴 얼음 사이로 보이는 무심한 물은, 얼른 녹아 같이 가자 재촉하건

만 웅달이 고집스럽게 얼음을 붙들고 있다. 맨발의 오리는 발 시린 줄 모르고 자맥질하고 비둘기가 허공에서 춤춘다. 갈대는 여전히 민얼굴로 바람과 싸우고 앙상한 가지는 바람 피해 흔들리건만, 속 빈 대나무는 여전히 기세등등한 채 소나무와 기 싸움하느라 열심이다. 시절이 겨울과 봄의 중간이다. 옛 선비의 눈물이 밴 고갯길은 쉬지 않고 열심히 흐르는 개울물 따라 뻗어 있다. 급제 눈물, 낙방 눈물. 이별 아쉬운 작부의 눈물이 범벅이는 곳이다. 구슬픈 노랫가락이 행인의 발길을 잡는다. 물안개 밤에 안겨 개울을 가득 채우고 달은 구름과 장난질한다. 저놈의 안개는 누굴 떠나보내기 싫어 개울에 갇혀 울고 있는지 모르겠다.

목련꽃 아래서 봄놀이 하던 동기(童妓) 나이 들어
시절에 대한 그리움으로 잠 못 이루니
하느님도 애달파  비 뿌려 그리움 씻어 내리네.
그러나 미련하신 하느님
빗물에 씻길 그리움이라면
애당초 생기지도 않았을 것이외다.
빗소리에 놀라 나뭇가지 떠는 소리가
그나마 남은 잠 훔쳐 도망가니
새벽까지 남은 시간 보낼 일 걱정이네.
에라, 뜬 눈으로 아침 잡아
하느님 볼기짝이라도 때릴까 보다.
가녀린 나뭇가지 움츠리고 떠는데

돋아난 새싹은 기세등등이고.

성난 비는 우르르 꽝!

그러나 미련하신 하느님

당신 화풀이 새싹에게 하지 말고

갈 줄만 아는 세월에게 해주시면.

놀란 세월 자빠져 더디 가지 않으시려나.


송이의 넋두리에 서 의원이 웃는다. 서 의원은 송이를 가볍게 안았다. 서 의원과 송이는 둘 다 살인의 음모를 키운 공동체다. 아버지에 의해 억지로 전 씨가 된 서 의원. 왕 씨에 대한 미련은 없지만 아주 작은 아쉬움은 여전히 존재했다. 부질없는 욕망이고 아쉬움이다. 연하에게 그들은 가족이 아니었다. 남은 이웃이었다. 서로의 슬픔과 분노를 어루만지고 남은 생을 어떻게 살 것인가를 궁리하는.


뱃속에서 무엇인가 힘차게 발길질을 한다. 만정은 가만히 음미했다. 고맙고 기쁘다. 태동의 시작이다. 하늘의 구름이 온통 온의 모습이다. 마당에서 재잘거리는 단아가 정겹다. 앞산, 뒷산 산수유 흐드러지게 피어있고 진달래가 만산이다. 만정은 조용히 배를 만지며 중얼거렸다.

"가만있어. 알고 있으니 제발 가만있어."

인편으로 오산사에 사람을 보냈으나 아무런 소식이 없다. 몸을 풀면 직접 찾아갈 생각이다. 삶이란 것이 별로 재미없다. 그렇지만 태동은 만정의 활력소다. 이런거구나. 이렇게 이어지는 것이 인생이란 것이구나. 그렇지만 덤이란 것도 있거늘.

한없이 미안하고 고마운 사람. 그러지만 이제는 끝없는 그리움을 남겨놓고 가버린 사람이다.

아버지. 그리 돌아가시려거든 차라리 당신이 배를 타시지. 서로의 운명은 태어날 때 이미 정해진 것인데. 냇가의 버들이 풋내 풍기며 웃고 있고 연둣빛 새싹도 봄이라 하늘거린다. 흐르는 물줄기도 봄 소리 요란하게 재잘거리는데 아직도 겨울 속에서 헤매는 날씨다. 피다 잠시 쉬고 있는 뜰의 벚나무가 살포시 웃고 있는데 개나리는 어느 새 봄 떠날 채비다. 활짝 핀 목련도 떨어진 준비 한창인데 날씨는 여전히 겨울 속. 양지의 쑥도 진한 냄새 풍기고 앙증맞고 새파란 돌나물이 땅바닥 더듬으며 열심히 트림중이다. 겨우내 시퍼런 대나무는 하늘 찌르겠다 고개 뻣뻣하게 들고 있다. 왔는가 했더니 아직도 저 멀리 있는 봄이다.


며칠을 퍼붓는 눈으로 온통 세상은 하얗다. 겨울이 가기 전 마지막 몸부림 같은 날씨다. 얼마전부터 어디서 왔는지 뒷다리 하나가 반밖에 없는 개 한 마리가 산하를 휘젓고 다닌다. 만정은 개의 눈빛에서 연하의 외로운 눈빛을 보았다. 요를 떠나올 때 옆에서 낑낑거리던 개다. 그러나 어찌할 수 없어 모른체했는데 어느 날 마당에서 서성이고 있었다. 도연에게는 그냥 돌봐주자고 했다. 불쌍한 인간 같으니라고 어찌 성하지 못한 개로 환생하여 주변을 서성이나. 만정은 귀퉁이 한쪽이 깨진 사기그릇에 개먹이를 주었다. 나라가 풍전등화 상태다. 그래서인지 사람들의 삶이 편안하지를 않다. 만정은 우물의 난간에 서 있는 듯 불안하다.